Philipp Fuge
Beeile dich langsam
Schweden zu Fuß

Philipp Fuge

Beeile dich langsam

Schweden zu Fuß

FSC
www.fsc.org
MIX
Papier aus ver-
antwortungsvollen
Quellen
Paper from
responsible sources
FSC® C105338

Bibliografische Information der Deutschen Nationalbibliothek:
Die Deutsche Nationalbibliothek verzeichnet diese Publikation in der Deutschen Nationalbibliografie; detaillierte bibliografische Daten sind im Internet über http://dnb.dnb.de abrufbar.

Die automatisierte Analyse des Werkes, um daraus Informationen insbesondere über Muster, Trends und Korrelationen gemäß §44b UrhG („Text und Data Mining") zu gewinnen, ist untersagt.

© 2025 Philipp Fuge

Verlag: BoD · Books on Demand GmbH, Überseering 33, 22297 Hamburg, bod@bod.de

Druck: Libri Plureos GmbH, Friedensallee 273, 22763 Hamburg

ISBN: 978-3-7693-2635-2

Inhaltsverzeichnis

Ich öffne die Augen und blinzle schlaftrunken in das orange Zwielicht der aufgehenden Sonne hinein. In gleichmäßigem Takt rumpelt der Zug über einen Flickenteppich aus Weiden, Äckern und Waldstücken. Links verläuft eine Schnellstraße, rechts schillert manchmal ein bisschen Ostsee durchs Fenster. Ein paar Sitze weiter vorn guckt eine dunkelrote Mütze über die Rückenlehne und irgendwo hinter mir ragt eine Schuhspitze in den Gang. Ansonsten bin ich allein im Wagon.

„Nächster Halt Karlskrona" schnarrt es durch den Lautsprecher und draußen wird es rasch städtischer. Immer mehr Häuser tauchen auf, Straßenzüge, Kirchtürme, Parkanlagen, Spaziergänger mit Hunden. Ich wuchte meinen Rucksack aus der Gepäckablage und schwanke durch den Gang in Richtung Tür. An so viel Gewicht auf den Schultern muss ich mich erstmal wieder gewöhnen.

Mit einem leisen Quietschen kommt die Lok zum Halten. Die Wanderstöcke voran mache ich einen großen Schritt auf den Bahnsteig hinaus. Ein kurzes Pfeifen ertönt, dann rattert der Zug hinter mir davon und vor mir liegt Schweden. Das heißt, eigentlich ist da nur der menschenleere Bahnhofsvorplatz von Karlskrona, doch fühlt es sich für einen Augenblick so an, als breite sich das ganze Land vor mir aus: In der Ferne die hohen Gipfel, dann die tiefen Wälder und riesengroßen Seen und schließlich die wilden Flüsse, die sich zum Meer hinabschlängeln.

Ein bisschen euphorisch und ein bisschen zögerlich gehe ich die ersten Schritte. Ich bin todmüde von der langen Anreise und zugleich hellwach. In mir rumort eine nervöse Unruhe irgendwo zwischen Übermut und Zweifel, Verzagtheit und

Tatendrang. Bisher habe ich die 4500 Kilometer kreuz und quer durch Schweden, die ich während der nächsten acht Monate laufen will, bloß am Schreibtisch geplant. Jetzt bin ich tatsächlich unterwegs und es wird ernst.

Die Sonne ist inzwischen vollständig aufgegangen, über mir wölbt sich ein blauer Himmel und eine hauchdünne Schneedecke lässt die Welt beinah unnatürlich hell erscheinen. Im noch kahlen Geäst der Bäume am Straßenrand zwitschern die Vögel. Es ist ein herrlicher Frühlingsmorgen Anfang März. Schöner hätte ich mir den Beginn meine Wanderung wohl kaum erträumen können.

In der Fußgängerzone angelangt beschließe ich, mir zunächst einen Kaffee und eine Zimtschnecke zu gönnen. Während ich gemütlich in einem weichen Sessel versinke, die warme Tasse in den Händen, merke ich erst, wie kalt mir draußen war. Ich strecke die Beine aus und spüre, dass ich innerlich ruhiger werde. Ich sollte mich nicht auf die Strecke als Ganzes konzentrieren, sondern auf die vielen kleinen Schritte, aus denen sie besteht. Statt einem abstrakten Ziel in ferner Zukunft entgegenzufiebern, möchte ich jeden Meter und jeden Augenblick wertschätzen. Dann nämlich werde ich wie von selbst immer genau dort sein, wo ich gerade sein möchte, im Hier und Jetzt.

Als ich das Café wieder verlasse, ist es ist merklich wärmer geworden. Menschen laufen geschäftig die Straße auf und ab. Mitten im Gewühl umkreisen ein paar Lachmöwen einen Mülleimer und streiten sich keifend um die Überreste eines weggeworfenen Brötchens. Die Fontänen eines Springbrunnens schillern in den hellen Strahlen der Vormittagssonne. Zwei Kirchen und mehrere andere prächtige Bauten mit kunstvoll gestalteten Fassaden umgeben den weitläufig angelegten Marktplatz. Alles aus Stein, kein einziges Holzhaus. Besonders schwedisch wirkt das nicht, vielmehr versprüht es ein beinah südeuropäisches Flair. Und das trotz des eisigen Ostseewindes und der weißen Schneehäubchen, die Bänke, Blumenkübel, Fenstersimse und Mäuerchen zieren und auch vor dem Kopf von König Karl XI. nicht Halt gemacht haben, der über das von ihm gegründete Karlskrona bis heute als Statue Wache hält.

Erbaut wurde die Barockstadt auf mehr als dreißig zum Teil winzigen Inseln. Andauernd sieht man irgendwo das Meer, dessen heute nur ganz leicht gekräuselte Oberfläche unter einem strahlend blauen Himmel mindestens ebenso strahlend vor sich hin glitzert. Eine Weile lasse ich die Beine von der Kaimauer hinabbaumeln, schaue in Richtung Horizont und verliere mich in meinen Gedanken.

Mein anfängliches Zaudern ist einer großen Dankbarkeit gewichen. Zwar bin ich immer noch aufgeregt, aber sorglos und ohne Bedenken. Ich fühle mich freudig gespannt wie ein Kind unterm Weihnachtsbaum und ich spüre, wie das unfassbare Glück dieses Augenblicks jede Faser meines Körpers durchdringt. Der weite Blick, die warmen Sonnenstrahlen, der frische Wind, die salzige Luft, die Rufe der Möwen, das Schnattern der Enten und der sanft plätschernde Wellenschlag. Hier draußen wartet so viel Schönes auf mich. Ich muss nur lernen, es wahrzunehmen, und genau darum bin ich aufgebrochen.

Aufbruch bedeutet Abschied vom Bekannten und Vertrauten. Zwar lasse ich einiges gern für eine Weile hinter mir zurück, aber es gibt auch viel Liebgewonnenes, das mir Halt und Sicherheit gibt und auf das zu verzichten mich Mut kostet. Es ist, als segelte ich aufs Meer hinaus. Das Ufer wird kleiner und kleiner. Manchmal freue ich mich über die neu gewonnene Freiheit, manchmal habe ich Angst und will umkehren. Doch der Drang, über den Horizont hinauszublicken, ist stärker. Eine Weitwanderung ist immer auch eine Reise tief ins eigene Selbst. Ich laufe los, um herauszufinden, wer ich bin, wenn kein Land mehr in Sicht ist.

Der eigentliche Grund dafür, dass ich Karlskrona als Startpunkt gewählt habe, ist jedoch gar nicht der Blick aufs Meer, sondern ein Junge namens Nils Holgersson, der in einen Kobold verwandelt wird und dadurch winzig genug ist, um auf dem Rücken einer Gans quer durch Schweden zu fliegen. Dabei lernt, versteht und erlebt er so viel Neues, dass er als ein anderer nach Hause zurückkehrt, als der er aufgebrochen ist.

Karlskrona ist die erste große Stadt auf Nils' Weg. Genau wie ich staunt er über die fürstlichen Häuser auf dem erhaben wirkenden Marktplatz, macht allerdings den Fehler, Karl XI. mit einer frechen Bemerkung zu provozieren, woraufhin der König lebendig wird und ihn mit laut polternden Schritten durch die nächtlichen Gassen jagt. Zuflucht gewährt ihm schließlich der freundliche, holzgeschnitzte Herr Rosenbom, indem er kurz den Hut lüftet. Dank seines praktischen Zwergenformats kann Nils darunter unbemerkt verschwinden.

Vor der Admiralskirche treffe ich auf die Skulptur „Sprungen ur boken", die den kleinen Nils zeigt, wie er aus einem aufgeschlagenen Buch hervorhüpft. Eine Weile stehe ich davor und lasse das Denkmal auf mich wirken. Ich glaube, es möchte daran erinnern, dass sich zwischen den Seiten eines Buches wunderbare Welten auftun können. Dies geschieht immer dann, wenn wir nicht bloß lesen, sondern auch träumen. Unser Gehirn ist in der Lage, Buchstaben nicht nur zu Worten, sondern zu ganz neuen Wirklichkeiten zusammenzusetzen. So entstehen Orte jenseits unserer gewöhnlichen Wahrnehmung, wo man zum Beispiel auf einer Gans durch die Luft fliegen und die Sprache der Tiere verstehen kann.

Sich von der eigenen Vorstellungskraft ab und zu entführen zu lassen, ist aus meiner Sicht weder Zeitverschwendung noch schädliche Weltflucht, sondern eine Möglichkeit, um Mut und Kraft zu tanken für einen neuen Blick auf die Realität des Alltags. Ähnliches passiert beim Wandern: Wenn ich nichts weiter zu tun habe, als einen Fuß vor den anderen zu setzen und Meter für Meter die Landschaft an mir vorbeiziehen zu lassen, dann wird mein Kopf frei und es entsteht Raum für allerlei

Gedanken. Erinnerungen können wach werden, Ideen können wachsen, Geschichten können entstehen. Im Rhythmus meiner eigenen Schritte kann ich loslassen, was ich vergessen, und mir aneignen, was ich bewahren will.

Mein Weg raus aus der Inselstadt Karlskrona führt am Wasser entlang. Die Luft schmeckt salzig, die Möwen kreischen und an den vertäuten Booten klackert das Tauwerk. Die Sonne hat inzwischen ihren höchsten Punkt erreicht und strahlt erstaunlich hell vom wolkenlosen Himmel herab. Wären da nicht der eisige Wind und die kleinen Schneehäufchen überall am Wegesrand, würde sich die Welt vielleicht sogar frühlingshaft anfühlen. So jedoch werde ich, sobald ich zum Fotografieren die Handschuhe ausziehe, unmissverständlich daran erinnert, dass heute erst der achte März ist und ich wohl noch ein paar Wochen lang vor allem frieren werde.

In einem Supermarkt am Stadtrand statte ich mich mit Proviant aus: ein großes Paket Nudeln, ein paar Instantsuppen, Nüsse, Rosinen, Haferflocken, Kakao- und Kaffeepulver, Kekse und reichlich Schokoriegel. Bis zur nächsten Einkaufsmöglichkeit in Rönneby sind es knapp hundert Kilometer. Dafür brauche ich vier Tage. So lange müssen meine Vorräte reichen.

Karlskrona und Rönneby liegen beide am östlichen Ende der schwedischen Südküste. Auf der Karte wirkt der Abstand zwischen den Orten nicht sehr groß und in der Tat sind es Luftlinie nur etwa zwanzig Kilometer. Mit dem Auto auf der Fernstraße nahe am Meer entlang wäre die Strecke rasch bewältigt. Ich will jedoch nicht den kürzesten, sondern den schönsten Weg finden und deshalb entscheide ich mich, auf dem Wanderweg Blekingeleden einen weiten Bogen übers Landesinnere zu machen.

Am Bastasjön, einem kleinen Waldsee hinter der Stadt, stoße ich auf die erste Wegmarkierung, ein oranger Farbklecks an einem Baumstamm. Der Nachmittag ist inzwischen weit fortgeschritten und die Sonne bereits zur Hälfte hinter den Baumwipfeln verschwunden. Letzte Strahlen gedämpften Lichts blitzen verhalten über die vereiste Wasseroberfläche. Zwar werden die Tage während der nächsten Wochen rasch länger werden, doch im Augenblick tue ich gut daran, spätestens gegen 18 Uhr zu wissen, wo ich schlafen kann.

Nachdem ich den See zur Hälfte umrundet habe, finde ich ein geeignetes Plätzchen für ein Nachtlager. Inzwischen ist die Sonne vollständig untergegangen. Der westliche Himmel erstrahlt in kräftigem Abendrot, während im Osten vor tiefblauem Hintergrund schon die ersten Sterne zu leuchten beginnen. Ich hocke mich zwischen die Baumwurzeln am Ufer, hacke mit den Wanderstöcken ein paar Mal auf die dünne Eisdecke ein und lasse das schneidend kalte Wasser in meine Trinkflasche fließen. Dann breite ich die Zeltplane aus, stecke die Stangen durch die Ösen und schlage die Heringe in den harten, gefrorenen Boden.

Anders als in Deutschland ist Wildzelten in Schweden so gut wie überall erlaubt. Sonderregelungen gibt es nur für einige Nationalparks und besondere Schutzgebiete. Ansonsten gilt das „Allemansrätten", demzufolge jedem Menschen der freie Zugang zur Natur gestattet ist, sofern er sorgsam mit ihr umgeht.

Als mein Häuschen endlich steht, ist die Nacht vollständig hereingebrochen. Die Singvögel sind verstummt und stattdessen schallen Eulenrufe durch den Buchenwald. Der Lichtkegel, den meine Kopflampe über den Boden wirft, reicht nur ein paar Meter weit. Hoch und schwarz ragen die nackten Stämme in den Himmel empor, vor dem sich scherenschnittartig das kahle Geäst der Baumkronen abzeichnet. Durch die dünne Schneedecke schimmert rötlich braun das Laub vom letzten Jahr. Über dem See steht ein großer, fahler Mond, kein Lüftchen regt sich, es ist vollkommen still und bitterkalt.

Nachdem ich einen großen Topf Nudeln verschlungen habe, ziehe ich den Schlafsack bis über beide Ohren zu, schiebe mir die Mütze tief in die Stirn und schlafe so schnell fest ein, dass ich kaum noch Zeit habe zu merken, wie müde ich bin.

Gegen Morgen ist es am kältesten. Bibbernd schiebe ich mir im blassen Licht der Dämmerung einen Schokoriegel zwischen die Zähne. Das hilft, um sich ein bisschen wärmer zu fühlen und noch kurz weiter zu dösen. Doch langfristig muss ich den Schlafsack verlassen und meine kuschlig warme Schlafkleidung gegen das klamme Wanderzeug von gestern eintauschen, daran führt kein Weg vorbei.

Da ich entsetzlich friere, will ich alles ganz schnell erledigen, was auf zwei Quadratmetern Zelt natürlich nicht gelingen kann. Fluchend und Zähne klappernd verfange ich mich halb aufgerichtet erst in den Ärmeln von Pullover und Jacke, dann in den Beinen meiner langen Unterhose. Zwischendurch suche ich meine Mütze, dann die Socken, dann den linken und schließlich den rechten Handschuh. Jedes Mal kremple ich das mich umgebende Chaos aus Kochgeschirr, Suppentüten, Klamottenberg, Wanderkarten, Powerbanks, Taschenlampe, Handy und Zahnbürste einmal komplett um, nur um am Ende festzustellen, dass das gesuchte Kleidungsstück unter meine Isomatte gerutscht ist, ich also die ganze Zeit darauf gesessen habe.

Bis ich in sinnvoller Reihenfolge und Richtung vollständig angezogen bin, dauert es eine Weile. Und immer wieder frage ich mich, warum ich mir das hier eigentlich antue. Ich könnte jetzt so schön zu Hause im Warmen sitzen. Solche Momente, in denen ich am liebsten hinschmeißen will, sind auf meinen Weitwanderungen gar nicht so selten. Doch habe ich mit der Zeit gelernt, dass sie genauso schnell, wie sie kommen, auch wieder vergehen und dass ich am besten daran tue, sie zu ignorieren.

Es funktioniert auch diesmal: Kaum, dass ich den Reißverschluss des Zeltes aufgezogen habe, weiß ich wieder sehr genau, weshalb ich unterwegs bin: Auf jedem Zweig, jedem

Millimeter Moos, das die Steine und Baumstämme umhüllt, auf jedem Blättchen am Boden und jeder Kiefernnadel sitzen Eiskristalle und glitzern im Licht der Morgensonne wie unzählige Perlen. Die Welt sieht aus, als wäre ich in eine riesige Schatzkiste gefallen.

Das Eis auf dem See ist über Nacht undurchdringlich hart geworden. Auch das Wasser in meiner Trinkflasche hat sich in einen trägen Klotz verwandelt. Mit viel Schütteln gelingt es mir, ein paar Bröckchen in meinen Kochtopf zu befördern, doch für Kaffee und Müsli reicht das wohl kaum. Mein Frühstück besteht also bloß aus einem weiteren, ziemlich bissfesten, tiefgefrorenen Schokoriegel. Unter anderen Umständen könnte mir das gründlich die Laune verderben, nicht jedoch an einem so schönen Morgen wie heute.

Ich stapfe durch einen tief verschneiten, hügeligen Winterwald – manchmal bergab, meistens jedoch bergauf. Der Schnee drückt die Zweige weit hinab und die großen kantigen Felsen, die überall zwischen den Baumstämmen verstreut liegen, tragen weiße Häubchen. Selma Lagerlöf beschreibt Blekinge wie eine Art Treppe, die von der flachen Ostseeküste hinauf ins småländische Hochland führt. Stufe für Stufe keuche ich vorwärts und freue mich jetzt schon auf den Weg von übermorgen, der mich wieder abwärts zurück zum Meer bringen wird.

Am Ufer eines zumindest teilweise flüssigen Baches kann ich endlich mein Frühstück nachholen. Ich setze mich auf einen schmalen Holzsteg, lasse die Beine baumeln und schaue ins Wasser hinab. An den Steinen am Ufer hängen noch dicke Eiszapfen, doch in der Mitte strömt es lebhaft. Die Sonne glitzert auf der wildbewegten Oberfläche und ich spüre den Frühling in allen Gliedern.

Stundenlang wandere ich über eine bis auf ein paar Tierspuren unberührte weiße Decke hinweg. Es ist vollkommen windstill und abgesehen vom Knarzen des Schnees unter meinen Sohlen ist kaum ein Laut zu hören. Als ich abends im Schlafsack liege, macht sich in meinen überanstrengten Muskeln eine angenehm betäubende Müdigkeit breit. Ich bin umgeben von bedingungsloser Ruhe und fühle mich absolut sicher und geborgen. Zweifel und Unlust von heute Morgen sind Lichtjahre weit von mir entfernt.

Während der folgenden Tage stapfe, schlittere, stolpere und schnaufe ich die Treppe namens Blekinge auf und ab. In den oberen Stockwerken lausche ich dem Knirschen, Krachen und Knistern der zugefrorenen Seen. Manchmal klingen die Geräusche der sich aneinanderreibenden Eisschollen fast wie Gesang. Weiter unten zwischen den Feldern ist es milder. Hier zwitschern Spatzenschwärme in den Sträuchern, und auf der Hauptstraße von Rönneby gucken sogar schon erste Blümchen durch den brüchigen Asphalt.

Den Supermarkt im Zentrum habe ich rasch gefunden und beinah ebenso rasch ist mein Einkaufswagen reichlich gefüllt. Gierig schiebe ich an den Regalen entlang: Kuchen, frisches Obst, ein Käsebrötchen, Trinkjoghurt... Eigentlich nichts Besonderes, aber nach vier Tagen nur mit meinen knapp bemessenen Rucksack-Rationen fühle ich mich wie im Schlaraffenland. Vor lauter Hunger übertreibe ich es allerdings ein wenig, und verfüttere schließlich jede Menge Kuchen und Croissant an ein paar vorwitzig dreinblickende Dohlen auf dem Marktplatz. Es tut gut, mal wieder richtig satt zu sein.

Zwischen den Dächern der bunten Holzhäuser, die sich an einen kleinen Hügel schmiegen, ragt ein kalkfarbener Kirchturm hervor. Darüber ziehen schwere Regenwolken auf, die im Kontrast zu dem weißen Mauerwerk noch etwas düsterer wirken als sie ohnehin schon sind. Ich beginne zu frösteln, hinter mir klappert ein Fahnenmast im Wind, über mir kreischen die Möwen und vor mir fliegt eine leere Plastiktüte in wirrem Zickzackkurs über das Straßenpflaster. Um noch im Trockenen einen Schlafplatz zu finden, muss ich mich beeilen.

Die Einfamilienhaussiedlungen rund um den Stadtkern durchquere ich beinah im Laufschritt. Als endlich das letzte bisschen Vorort hinter mir liegt, erklimme ich einen felsigen Absatz und schlage oben im Kiefernwald mein Zelt auf. Der Wind hat abgeflaut, noch ist kein Tropfen gefallen, die Luft aber ist klamm. Feucht-verschwommenes Dämmerlicht senkt sich herab. Konturlos verwackelt wie unter einem milchgasartigen Schleier gehen unter mir im Tal die Lichter an. Ich verkrieche mich in den Schlafsack und lese „Nils Holgersson", das einzige Buch, das ich dabeihabe, und im Augenblick das passendste, das ich mir vorstellen kann: „Die Erde hüllt sich in Regendunst" heißt es dort, als die Wildgänse über Blekinge fliegen, und genauso sieht auch mein Blekinge am nächsten Morgen aus.

Tatsächlich ziehen unterwegs immer wieder Wildgänse in großen Scharen über mich hinweg. Bemerkenswert mühelos fliegen sie dem schlechten Wetter einfach davon. Mir aber bleibt nichts anderes übrig, als durch den Matsch zu stapfen. Unerbittlich prasselt und trommelt der Regen auf meine Kapuze. Mein Pfad schlängelt sich durch einen urig bemoosten Nadelwald. Schwerer weißer Dunst hängt an den Baumwipfeln fest und pitschnass schlagen mir die Zweige ins Gesicht. Für eine Weile verkrieche ich mich unter einem massigen, dachartig geneigten Felsbrocken, von dessen äußerster Spitze mit einem leise hallenden Knall Tropfen für Tropfen auf eine dicke, knorrige Wurzel niederfällt. Es ist fast wie in einer Koboldhöhle. Die Welt wirkt ganz und gar verwunschen. Während eine laute, schmutzige Stadt bei diesem Wetter einfach nur hässlich wäre, wandere ich hier durch ein zauberhaftes Regenmärchen. Klar könnte ich gut darauf verzichten, dass mir die feuchtkalte Nässe durch Jacke und Pullover, Hose, Schuhe und Socken langsam, aber sicher bis auf die nackte Haut durchsickert, im Tausch gegen ein so herrliches Naturerlebnis jedoch ist das ein fairer Preis.

Gegen Nachmittag lichtet sich der Wald. Ich gelange auf ein lose mit Heidekraut, windschiefen Kiefern und bizarr geformten Wacholdersträuchern bewachsenes Felsplateau. Von hier aus habe ich eine knappe Woche hinter Karlskrona endlich wieder Blick auf die Ostsee. Ich kraxele zu einem schmalen Stück Strand hinunter. Ein Streifen Sand, dann Wiese, dahinter ein Buchenwäldchen. Die flachen Wellen brechen sich sanft und bilden nur sehr wenig Gischt. Zwischen den Baumstämmen entdecke ich einen Windschutz oder auf Schwedisch vindskydd. Das sind kleine Rastunterstände zum Picknicken und auch zum Übernachten. Meistens sind sie an einer Seite offen mit weit hinabgezogenem Dach. Drinnen ist man sicher vor Unwetter und kann auf einem trockenen Boden aus Holzplanken Schlafsack und Isomatte ausbreiten.

Ich knote Packriemen und Schnürsenkel zu einer langen Wäscheleine zusammen und spanne sie quer durch meine Behausung. Schon bald baumelt mein nasser Krempel im Abendlicht, dahinter plätschert die Ostsee. Natürlich wird über Nacht nicht alles trocken werden, aber trotzdem wird mich jeder verschwundene Wassertropfen ein kleines bisschen leichter machen, und wenn ich morgen früh weiterlaufe, bin ich hoffentlich ein etwas weniger vollgesogener Schwamm.

Mein Plan geht auf, wenigstens so halbwegs. Den Rest regelt das kräftige Sonnenlicht des nächsten Tages. Ich erwache durch lebhaftes Vogelgezwitscher in den Baumkronen über mir. Von etwas weiter entfernt aus den Tiefen des Buchenwaldes hallt das Hämmern eines Spechtes dazwischen. Ich schäle mich aus dem Schlafsack und werfe den Gaskocher an. Erstmal Kaffee und Frühstück mit Meerblick. Gestern war die Ostsee diesig grau, heute ist sie so tiefblau, dass man die frostig kalten Temperaturen beinah vergessen könnte.

Es ist mein siebter Tag unterwegs und allmählich werden die täglichen Handgriffe beim Ein- und Auspacken zur Routine. Es fühlt sich völlig normal an, hier draußen zu sein. Mein

Leben vor der Tour scheint sehr weit weg. Ich lebe von Augenblick zu Augenblick nur mit dem, was in meinen Rucksack passt, und nehme die Dinge wie sie gerade kommen. Gestern waren die Blätter am Boden glitschig nass, Regentropfen hingen an meiner Nasenspitze und für meine Brille hätte ich gut ein Paar Scheibenwischer gebrauchen können. Heute rascheln meine Schritte durch golden schimmerndes Laub, während ich dem hellen Frühlingslicht entgegenblinzele. Im Schritttempo erlebe ich meine Umgebung wie ein Museum voller Schätze, die nur darauf warten, von mir entdeckt zu werden.

Tag für Tag umgibt mich ein ewig gleicher, beruhigender Rhythmus: Im Morgengrauen fiebere ich bibbernd den ersten Sonnenstrahlen entgegen. Mittags glitzern die Eisblumen an den Zweigen der Bäume mit den Elchspuren in der unberührten Schneedecke um die Wette. Nachmittags landet ein Haufen schnatternder Wasservögel auf der noch halb gefrorenen, bläulich schimmernden Oberfläche eines Waldsees, über den sich ganz allmählich ein knalliges Abendrot herabsenkt. Das Farbspektakel wird nahtlos von einem überwältigenden Sternenhimmel abgelöst, bis ein paar Stunden später das Ganze mit der aufgehenden Sonne wieder von vorne anfängt.

Nach einer stockfinsteren Winternacht draußen im Zelt kann man spüren, wie sehr das Leben auf unserem Planeten auf den wärmenden und leuchtenden Feuerball dort oben am Himmel angewiesen ist, und plötzlich nimmt man ihn nicht mehr nur beiläufig wahr, sondern empfindet ihn als etwas ganz Besonderes. Viele alte Kulturen verehrten Sonnengötter, eine sehr naheliegende Idee, wie ich finde. Denn hier draußen kommt es mir vor, als beginne jeder Tag mit einem riesengroßen Wunder.

Wenn ich mit dieser Überzeugung den Rucksack schultere, dann kann ich sicher sein, dass es nicht lange dauert, bis ich ein zweites und drittes und immer noch mehr Wunder entdecke. Am Ufer des Mörrum zum Beispiel schaue ich lange auf die wild strudelnde Wasseroberfläche hinab, die beständig neue

Wellen und Wirbel bildet, ein gleichbleibendes Strömen und doch ist kein Augenblick wie der andere. Wenn ich meine Kamera auf eine bestimmte Stelle richte, den Auslöser eine Weile gedrückt halte und mir danach die Fotoreihe angucke, dann sieht jedes Bild ein wenig anders aus. In einem Moment ist das Wasser spiegelglatt, dann wieder kringelt es sich zu einem Strudel zusammen, manchmal bildet es launisch spritzende Wellen und vielleicht tänzelt etwas Gischt auf den Kämmen.

Der Mörrum ist der größte Fluss in Blekinge und, da Unmengen Lachse in ihm leben, ein beliebtes Ausflugsziel für Sportfischer. Noch aber hat die Angelsaison nicht begonnen, weit und breit ist niemand zu sehen und der Pfad am Ufer noch ganz und gar bedeckt vom Laub des Vorjahres. Nacheinander hebe ich einige der alten Buchenblätter vom Boden auf und betrachte den Verlauf der Adern an ihrer Unterseite. Auch hier gilt: Obwohl sie sich ähneln, ist doch jedes für sich einzigartig.

Man kann sich in so vieles vertiefen und sich andächtig darüber freuen, wenn man sich nur die Zeit dafür nimmt. Je langsamer ich mich fortbewege, desto mehr fange ich an, Dingen Beachtung zu schenken, von denen ich ganz und gar vergessen hatte, dass es sie gibt. Ich weiß nicht, wann ich mir zum letzten Mal die Hülle einer Buchecker mit ihren weichen Spitzen oder die Maserung der Rinde eines herabgefallenen Astes genauer angesehen habe. Ich glaube, das ist lange her. Wahrscheinlich war ich noch ein Kind.

Während ich so vor mich hinlaufe und tagelang mit meinen Gedanken allein bin, entsteht in meinem Kopf viel Raum für Fantasie. Ab und zu tauchen an einem See oder am Rand eines Ackers einzelne rote Holzhäuschen auf. Einige sind romantisch verfallen, andere wirken wie verrammelte Feriendomizile, wo vielleicht im Sommer jemand wohnt. Manchmal lege ich den Rucksack ins verschneite Gras, esse ein paar Kekse, stelle mir vor, wem die Häuser gehören oder einst gehört haben, und denke mir Geschichten aus, die sich hier zugetragen haben könnten.

Eine verwitterte Schautafel neben einer Felshöhle mitten im Wald informiert in knappen, nur noch halb lesbaren Worten darüber, dass dieser Ort vor vielen hundert Jahren einem Tischler als Werkstatt gedient hat. Für mich ist er perfekt geeignet, um mich vor einem nahenden Schneeschauer zu verkriechen. Durch einen fensterartigen Ausschnitt sehe ich den tanzenden Flocken zu und vor meinem inneren Auge entwickeln sich sehr lebendige Bilder vom einstigen Arbeitsleben zwischen diesen steinernen Wänden.

Ganz ähnlich ergeht es mir ein paar Tage später in Tulseboda – früher ein in Schweden beliebter Kurort, heute ein bewaldeter Hügel, unter dem sich die Ruinen der ehemaligen Kuranlagen verbergen. Nur die Heilquelle selbst existiert noch. Tulseboda war berühmt für sein eisenhaltiges Wasser und tatsächlich schmeckt die Flüssigkeit, die ich in meine Tasse schöpfe, ziemlich metallisch. Ich belasse es also bei ein paar vorsichtigen Schlucken, während ich mir vorstelle, wie hier, wo heute Eichhörnchen die Stämme hoch und runter huschen, Wildschweine nach Eicheln schnüffeln und nachts der Waldkauz ruft, einst vornehme Gesellschaften durch den Kurpark flanierten.

Von Tulseboda ist es nicht mehr weit bis nach Olofström. Der Ort ist mit seinen 7500 Einwohnern nicht gerade riesig, aber ausreichend, um alles zu bekommen, wonach ich mich im Augenblick dringend sehne: reichlich Essen, eine warme Dusche und eine Möglichkeit, meine dreckigen, feuchtkalten Klamotten zu waschen. Ich trotte auf einem asphaltierten Rad- und Fußweg neben der Straße entlang. Der viele Verkehr, der neben mir vorbeirauscht, fühlt sich merkwürdig an. Natürlich bin ich aus Berlin weit mehr gewöhnt, doch zehn Tage Einsamkeit in Blekinges verschneiter Winterlandschaft haben mich manches vergessen lassen.

Nachdem ich mich mit neuem Proviant eingedeckt habe, stiefele ich mit einem Rucksack voller leckerer Dinge zum Campingplatz am Stadtrand. Der Himmel hängt schmutzig und leicht tröpfelnd wie ein alter Putzlappen über der matschigen Zeltwiese. Ab und zu fegt ein kräftiger Windstoß durch eine lose Reihe aus Birken und Kiefern und malt gekräuselte Muster auf die graue Oberfläche des hinter den Bäumen gelegenen Halen-Sees.

Auspacken und Zeltaufbauen geht nicht gut mit Handschuhen. Deshalb habe ich nach kurzer Zeit völlig blaugefrorene Finger, mit denen ich die Kekse, die ich mir, um warm zu bleiben, in immer kürzer werdenden Abständen zwischen die Zähne stopfe, kaum noch richtig festhalten kann. Sie landen größtenteils in meinem Bart und auf der Regenjacke. Ein paar Wohnwagenurlauber schauen mir aus den beschlagenen Plastikfenstern ihrer Vorzelte heraus halb neugierig, halb verständnislos zu. Wahrscheinlich sehe ich aus wie eine Mischung aus Krümelmonster und einem begossenen Pudel.

Waschraum, Küche und Aufenthaltsraum habe ich ganz für mich allein. Auch die Waschmaschine benutzt im Augenblick niemand und so dauert es nicht lange, bis alle meine Wünsche für den heutigen Tag in Erfüllung gegangen sind: Ich sitze frisch geduscht, krümelfrei und in sauberen Klamotten auf einem gar nicht so unbequemen Sessel. Die Füße habe ich unter der Heizung und im Bauch einen Salat, eine große Portion frische Pasta und einen Schokopudding. Während ich mich in „Nils Holgersson" vertiefe, nasche ich ein paar Gummibärchen und beobachte, wie es draußen langsam dunkel wird.

Das miese Wetter hält die Nacht über an. Im Halbschlaf höre ich unentwegt Regen gegen die Zeltplane prasseln. Als schließlich fahles Morgenlicht hereinfällt, dauert es eine Weile, bis ich mich überwinden kann, auf die pitschnasse Wiese hinauszukriechen. Doch zurück im tröpfelnden Wald stelle ich mal wieder fest, dass draußen in der Natur auch die ungemütlichen

Tage mit ihren märchenhaften Nebelschwaden zwischen den Baumstämmen und über den Seen ihren ganz eigenen Charme besitzen.

Nach einigen Stunden verlasse ich Blekinge und betrete Skåne, die nächste Provinz auf meinem Weg durch Schweden. Die Luft ist immer noch feucht, doch es regnet nicht mehr. Der Wetterbericht behauptet sogar, dass gegen Abend die Sonne herauskommen soll. Ich suche mir einen Schlafplatz auf einer bewaldeten Landzunge, die weit in einen See hineinragt und warte. Die Atmosphäre hat etwas Unwirkliches. Kein Windhauch regt sich, die Zweige der Fichten hinter meinem Zelt hängen unbeweglich und schwer herab. Die Wasseroberfläche vor mir ist so reglos und spiegelglatt, dass es fast gespenstisch wirkt. Das gegenüberliegende Ufer versteckt sich hinter undurchdringlichen Dunstschleiern, die eher näher zu kommen scheinen, als dass sie Anstalten machen würden sich aufzulösen.

Allmählich bricht die Dämmerung herein. Ich koche mir mein Abendessen und finde mich damit ab, dass sich heute kein Sonnenstrahl mehr zeigen wird. Irgendwo aus dem undurchdringlichen Weiß heraus ertönen sehr gedämpft ein paar Entenrufe. Doch nur für kurze Zeit. Dann wird es rasch stockfinster und nachdem ich das Zelt zugezogen habe, herrscht vollkommene Stille, so raumgreifend und intensiv, dass sie mir beinah laut vorkommt.

Ich erwache in derselben Welt, in der ich gestern schlafen gegangen bin: Wälder, Seen und ab und zu ein Regenschauer. Schritt für Schritt vergeht der Tag, ohne dass auch nur ein einziger Sonnenstrahl die schmutzig graue Wolkendecke durchdringt. Doch immerhin wandelt sich die Landschaft: Gegen Mittag trete ich aus dem düsteren, etwas hermetisch wirkenden Fichtenwald heraus, die Umgebung wird offener und plötzlich reicht mein Blick weit in die Ferne. Vor mir erstrecken sich Ackerflächen, dazwischen Bauernhöfe, kleine Dörfer und hier und da eine lose Baumgruppe. Kraniche stolzieren über die Felder und erfüllen die Luft mit ihren durchdringenden Rufen. Es klingt, als wollten sie mit kleinen Trompetenfanfaren den Frühling hervorlocken, was trotz des miesen Wetters zu funktionieren scheint, denn auf den kleinen Wiesenstreifen längs des Weges blühen die ersten Krokusse. Kaum zu fassen, dass ich vor einer Woche noch durch Schnee gestapft bin.

Kurz vor dem Ort Arkelstorp zieht Wind auf und der nächste kräftiger Schauer peitscht mir dicke Tropfen ins Gesicht. Um möglichst schnell den kleinen Supermarkt zu erreichen, der sich laut Karte irgendwo dahinten zwischen den Häusern verstecken soll, beginne ich zu rennen. Tatsächlich schaffe ich es ins Trockene, bevor ich vollkommen durchnässt bin.

Viel Proviant brauche ich nicht, denn morgen erreiche ich das deutlich größere Kristianstad. Trotzdem verbringe ich eine ganze Menge Zeit im Laden. Zum einen um den Regen abzuwarten, zum anderen um mir eine große Tüte mit losen Süßigkeiten zusammenzustellen. An der Wand neben der Kasse gibt es eine beeindruckende Auswahl an Gummibärchen, Lakritzsorten und Bonbons aller Art, die man sich mit einer kleinen Schaufel in eine Papiertüte füllen kann. In Deutschland wäre das eher was für Kinder. In Schweden findet man die Regale mit den aufklappbaren Dosen voller buntem Zuckerzeug in jedem Supermarkt und es ist absolut üblich, dass man sich auch als Erwachsener gelegentlich ein paar saure Pommes, Frösche, Schlümpfe, Kirschen oder Cola-Flaschen gönnt.

Mit einem Gummischnuller im Mund durch eine Pfütze zu patschen, fühlt sich viel besser an als ohne, und so komme ich erstaunlich gut gelaunt nicht nur durch den Rest des heutigen, sondern auch noch durch die erste Hälfte des nächsten, mindestens ebenso nassen Tages, bis es in Kristianstad endlich aufklart.

Ich laufe durch verwinkelte Gassen, über weitläufige Markt-
plätze und vorbei an prächtigen Kirchen. Die Szenerie ist ähnlich fürstlich und historisch aufgeladen wie in Karlskrona und
genau wie dort steckt auch hier der gründende König im Namen. Es ist Christian IV. von Dänemark, zu dessen Herrschafts-
gebiet im 17. Jahrhundert weite Teile Südschwedens gehörten.
Anders als in Karlskrona jedoch habe ich es heute mit meinem
Stadtspaziergang ein bisschen eilig, denn in ein paar Stunden
geht die Sonne unter und es gibt eine Sehenswürdigkeit am
südöstlichen Stadtrand, die ich unbedingt noch abklappern
will, bevor es dunkel wird.

Kaum habe ich das Zentrum verlassen, kann von glanzvoll-
majestätischer Stimmung keine Rede mehr sein. Hier kreuzen
sich Schnellstraßen, LKWs donnern an mir vorbei, es riecht
nach Tankstelle und im Wind klappern die Fahnen diverser
Autohäuser. An einem großen Parkplatz halte ich mich links,
und laufe über die weißen Markierungen der zumeist leeren
Parkbuchten hinweg auf eine Baustelle zu, wo hinter einer ris-
sigen Absperrplane ein Presslufthammer dröhnt.

Neben einem Stück aufgerissener Erde und einem in den
Rand eines schlammigen Sandhügels eingesunkenen Baggers
führt ein schmaler Pfad in ein Birkenwäldchen hinein. Durch
die Bäume hindurch rauscht die Autobahn. Gerade fange ich
an, mich zu fragen, ob ich hier richtig bin oder mich irgendwie
verlaufen habe, da stoße ich auf ein unscheinbares, leicht ver-
blasstes Schild: 200 Meter bis zu Schwedens tiefstem Punkt. Genau da will ich hin.

Keine drei Minuten später tauchen Picknicktische zwischen
den Birken auf. Ein paar Krähen picken Essensreste aus einem
Mülleimer, dazu der unermüdliche Lärm des vorbeirasenden
Verkehrs. Ich hatte mir den Wanderweg zu einer geographisch
so bedeutsamen Stelle spektakulärer vorgestellt, doch anzunehmen, dass es spürbar bergab gehen würde, war natürlich
naiv. Schließlich ist der tiefste Punkt Schwedens kein Loch im

Boden, sondern einfach nur die mit 2,32 Metern unter Meeresniveau niedrigste Stelle in einer ohnehin niedrig gelegenen Umgebung. Ohne die Informationstafeln würde absolut nichts darauf hindeuten, dass es mit diesem Ort etwas Besonderes auf sich hat. Das wird in ein paar Monaten auf dem Kebnekaise, dem mit 2096 Metern höchsten Punkt des Landes, sicher ganz anders sein.

Davon, dass es ab jetzt unterm Strich nur noch bergauf gehen müsste, merke ich am nächsten Morgen noch nicht das Geringste. Ich durchstreife das sogenannte Vattenriket, das Reich des Wassers. Ein Biosphärenreservat aus Feuchtgebieten und Sumpfland, dazwischen Äcker, Weiden und kleine Waldstücke. Wasserarme schlängeln sich hindurch, münden in Teiche und Seen oder verlieren sich auf den überfluteten Salzwiesen, die bis zur Ostsee reichen. Das Land ist flach und man kann unendlich weit gucken, vor allem an einem Vormittag wie heute, wo nur ein paar windzerzauste Wolkenfetzen über den Himmel jagen und die Welt ansonsten blau und sonnig ist. Ein Schwarm Wildgänse erhebt sich unter lautem Geschnatter hoch in die Luft, hier und da trompeten Kraniche, dann wieder habe ich nichts als das Rauschen des Windes im Ohr.

Eigentlich ist das Vattenriket beliebt bei Spaziergängern und Tagesausflüglern, doch zu dieser Jahreszeit und noch dazu mitten unter der Woche ist so gut wie niemand unterwegs. Auch das direkt am Meer gelegene, beschauliche Städtchen Åhus, im Sommer voller Badegäste, liegt noch im Winterschlaf. Eine alte Klappbrücke führt mich über den Fluss Helge. Der Himmel hat sich zugezogen, Häuser und Bootsanleger verschwimmen hinter einer Nebelwand. Eine Weile bleibe ich stehen, beuge mich über das Geländer und beobachte die auf und ab segelnden Möwen, wie sie unten auf dem Wasser landen und nach Nahrung tauchen.

Am anderen Ufer schlage ich einen von Kiefern gesäumten Weg ein, der direkt aufs Meer zuläuft. Der Boden ist teils mit

Zapfen und Nadeln, teils mit feinem weißem Sand bedeckt. Für eine Weile sieht es so aus, als könne sich die Gegend nicht recht entscheiden, ob sie lieber Wald oder Strand sein will. Immer lauter mischt sich Wellenrauschen zwischen die pfeifenden Windböen. Offenbar hat die sonst so ruhige Ostsee heute ordentlich Brandung. Ein Pfad durch wildzerzausten Strandhafer schlängelt sich eine Düne hinauf. Oben angelangt liegen vor mir nur noch Himmel und Wasser. Nun hat der Strand den Wald eindeutig abgelöst.

Bis zum Nachmittag des nächsten Tages stapfe ich durch feuchten Küstensand in Richtung Süden. Zu meiner Linken brechen sich die Wellen und weiße Gischt tanzt über die aufgewühlten Fluten. Zu meiner Rechten verschluckt ein grauer Dunst das Land. Nur ein paar Baumwipfel ragen silhouettenhaft daraus hervor. Abends schlüpfe ich ins Zelt und mit dem ersten Schimmer des neuen Tages laufe ich weiter. Vierundzwanzig Stunden lang gibt es nur mich und den schmalen Pfad zwischen den Dünen. Das Rauschen des Meeres übertönt jedes Geräusch und ich fühle mich so weit weg von der Welt, dass ich, als ich schließlich wieder ins Landesinnere abbiege, ziemlich verwundert bin, schon nach kurzer Zeit auf Häuser und Straßen zu stoßen. Natürlich wusste ich, dass hier Menschen leben, die vielen Dörfer längs der Küste sind schließlich auf der Karte verzeichnet, doch da mir niemand begegnet ist und alles so verlassen wirkte, hat es sich einfach nicht so angefühlt.

Für die nächsten paar Tage bleibe ich ein Stück vom Meer entfernt. Der äußerste Süden Schwedens ist bekannt für seine prächtigen Buchenwälder. Die glatten grauen Stämme wirken wie Säulen eines gigantischen Bauwerks, sogar jetzt schon im Vorfrühling, obwohl sie über sich noch gar kein üppiges Blätterdach tragen. Rotkehlchen tänzeln durchs Unterholz und trillern lustig vor sich hin. Eichhörnchen laufen die Stämme empor. Eine Kröte hüpft vorbei, mir fast auf den Fuß. Die aufgeweichten Wege sind voller Regenwürmer und

Nacktschnecken. Das feuchte Moos duftet urtümlich und geheimnisvoll.

Eine Weile überlege ich, ob ich es schade finden soll, dass ich nicht ein paar Wochen später durch diese Region laufe. Doch je länger ich die kahlen Baumkronen betrachte, desto mehr stelle ich fest, dass sie auch oder vielleicht sogar gerade zu dieser Jahreszeit wunderschön sind. Das kunstvolle und bei jedem Baum einzigartige Geäst mit all seinen Gabelungen bis in die dünnsten Zweige hinein kann man jedenfalls nur jetzt bestaunen. Sobald die Bäume belaubt sind, ist es verdeckt. Besonders schön sieht es aus, wenn zwischen den Wolken ein Fleckchen blauer Himmel als Hintergrund zum Vorschein kommt. Wann immer dies geschieht, setze ich mich auf den Boden, lehne mich gegen den Rucksack und vertiefe mich in das scherenschnittartige Bild, so lange bis mir der nächste Regentropfen auf die Nase fällt.

Nach einigen Tagen beginnt die Sonne intensiver und ausdauernder zu scheinen. Der Wald endet und ich laufe mal wieder zwischen Feldern und Weiden. Mein Blick reicht weit über Gehöfte und Dörfer hinweg. Manchmal führen prächtige Alleen aus knorrigen alten Eichen zu hochherrschaftlichen Gutshöfen und sogar an zwei Schlössern komme ich vorbei: Snogeholm und Svaneholm haben herrliche Parks mit Blumenbeeten voller Osterglocken. Auf den glitzernden Teichen dazwischen tummeln sich scharenweise Enten, deren aufgeregtes Geschnatter sich wie eine Frühlingsbeschwörung anhört.

Dann erreiche ich Västra Vemmenhög, die Heimat von Nils Holgersson. Doch wird in dem Straßendorf mit der hübschen Feldsteinkirche um eine der bekanntesten Romangestalten der Weltliteratur erstaunlich wenig Aufhebens gemacht. Auf der Wiese vor dem Schulmuseum stehen ein paar lebensgroße Gänse aus Stein, zwischen ihnen die Skulptur von einem auf Gänsegröße verkleinerten Jungen, daneben eine Büste der Schriftstellerin. Das Museum selbst beherbergt eine

Ausstellung über das berühmte Kinderbuch, hat aber nur an ausgewählten Tagen im Sommer geöffnet.

Was Nils Holgersson, als er seine Reise hier beginnt, aus der Vogelperspektive zu sehen bekommt, lässt sich auch vom Boden aus gut nachvollziehen. Die Landschaft des südlichen Skåne wirke, so formuliert es Selma Lagerlöf, wie ein riesiges kariertes Tuch. Gemeint sind die vielen rechteckigen Äcker und Wiesen, die sich in dichter Folge aneinanderreihen. Für Schweden sind sie tatsächlich etwas Besonderes, denn der größte Teil des Landes besteht aus Wäldern und Seen und dürfte von oben eher aussehen wie ein grünes Tuch mit einigen unregelmäßig geformten, blau schimmernden Flächen darin.

Skåne ist die Kornkammer Schwedens. Das Klima ist mild, der Boden fruchtbar und in keiner anderen Region sind die Bedingungen für Landwirtschaft so günstig wie hier. Zwischen den Feldern, wo es kaum große Bäume gibt, kann sich die Sonne nirgends verstecken und scheint mir direkt ins Gesicht. Warm und gemütlich ist mir trotzdem nicht zu Mute, denn ebenso wie die Sonnenstrahlen wird ohne Wald auch der Wind durch nichts gebremst. Eisig fegt er über mich hinweg und bläst mir den losen Sand der Ackerkrume direkt in die Augen. Schutz vor den kräftigen Böen bieten nur die Dörfer. Zum Glück haben die meisten von ihnen Kirchen und zum Glück sind diese fast immer offen, so dass ich mich alle zwei bis drei Stunden irgendwo ausruhen kann.

Von den Wetterverhältnissen gänzlich unbeeindruckt kreuzen in bemerkenswertem Tempo zwei Hasen meinen Weg. Ihre weißen Schwänzchen verschwinden in der Ferne hinter einem flachen Gebüsch, während direkt über mir ein Spatzenschwarm routiniert gegen den Wind ansegelt. Dass das mit einem so geringfügigen Körpergewicht überhaupt möglich ist, grenzt eigentlich an ein Wunder. Mich jedenfalls, der ich ungefähr zweitausendmal schwerer bin, kostet das Vorankommen einige Mühe.

Für die Nacht steuere ich einen alten Kalkberg an, auf dem
weit und breit das einzige Wäldchen wächst. Der oben zwischen den Bäumen gelegene Windschutz entpuppt sich als un-
erwartet origineller und idyllischer Schlafplatz. Es handelt sich
um einen eiförmigen Holzverschlag, der in eine bodennahe
Astgabel hineingebaut ist. An den Zweigen ringsum sprießen
erste Knospen, die Vögel zwitschern im sonnendurchströmten
Geäst und aus dem Boden schießen wilde Osterglocken empor.

Die Nacht ist wie gewohnt kühl, doch gleich am nächsten
Morgen geht der Frühling weiter. Von meinem Kalkberg aus ist
es kaum eine halbe Stunde Weg bis zur Ostsee, und zwar bis zu
einer ganz besonderen Stelle, die Smygehuk genannt wird und
den südlichsten Punkt Schwedens markiert. In den Boden sind
kompassartig ein paar Steine mit Pfeilen eingelassen. Sie zeigen
die Luftlinien-Entfernung in verschiedene europäische Groß-
städte. Nach Berlin sind es erstaunlicherweise nur 314 Kilometer. Diese Distanz wird sich im Laufe der nächsten Monate immer mehr vergrößern, bis mich schließlich am nördlichsten
Punkt meiner Tour eine Strecke von über 1750 Kilometern Luftlinie von zu Hause trennen wird.

Ich wende mich nach Westen und laufe am Strand entlang
in Richtung Trelleborg. Nach wenigen Schritten taucht ein alter
Leuchtturm auf. Die Tür ist offen und ein Schild lädt zur Be-
sichtigung ein. Die siebzehn Meter lange Wendeltreppe schep-
pert bei jedem Schritt. Zwischen den engen Metallwänden ist
es kühl und finster, oben im verglasten Ausguck dafür umso
wärmer. Die Morgensonne hat die Scheiben schon mächtig auf-
geheizt. Die Sicht ist klar und der Blick reicht weit aufs blaue
Meer hinaus. Hier und da sind Frachter und Containerschiffe
zu sehen und irgendwo hinter dem Horizont liegt Rügen. Erkennbar ist die deutsche Küste von hier aus jedoch nicht, dafür
sind 75 Kilometer dann doch zu lang.

Bis nachmittags bleibe ich nahe am Wasser. Nur wenige Meter neben mir brechen sich die Wellen auf dem feuchten Sand.

Die Gischt glitzert und das Licht ist so sommerlich hell, dass ich sogar die Schuhe ausziehe und für einige schmerzhaft erfrischende Augenblicke meine nackten Füße in die auslaufende Brandung halte. Hinterher setze ich mich zum Trocknen in die Dünen und schaue den Schwänen zu, wie sie majestätisch wippend auf der funkelnden Ostsee treiben.

Leider ist in Trelleborg Schluss mit vorsommerlichem Anbadewetter. Über dem Hafen ziehen sich die Wolken zu einer schweren, trüben Masse zusammen, in die die Schiffsschornsteine ihren grauen Rauch hinauspusten. Ein paar LKWs schleppen sich unter dumpf hallendem Metallgetöse eine Laderampe empor, um einer nach dem anderen im Bauch einer großen Fähre zu verschwinden. Eine Reihe PKWs wartet noch auf Abfertigung.

Sechs Stunden dauert die Überfahrt nach Rostock. Ich bin schon öfter auf diesem Weg nach Schweden gereist, allerdings als Fußpassagier, also ohne Auto. Da die Abfahrtszeiten von Zug und Fähre nicht immer perfekt zusammenpassen, kenne ich Trelleborg inzwischen recht gut, wenn auch nur als Ort, an dem ich die Fußgängerzone auf und ab laufe, weil ich auf meine Anschlussverbindung warte. Diesmal jedoch werde ich die Stadt nicht per Zug oder Schiff wieder verlassen, sondern auf meinen eigenen zwei Beinen, was sich merkwürdig anfühlt.

Ich betrete eines der großen Einkaufszentren, erstens um dem Nieselregen zu entkommen, der inzwischen eingesetzt hat, zweitens weil ich weiß, dass es hier einen Outdoorladen gibt, wo ich hoffentlich eine neue Gaskartusche kaufen kann, denn die brauche ich ziemlich dringend. Ansonsten ist Schluss mit heißem Kaffee und warmem Essen, und das wäre unangenehm. Zum Glück werde ich fündig und praktischerweise kann ich, ohne zwischendurch wieder in den kalten Regen hinauszumüssen, im Supermarkt eine Etage tiefer auch gleich noch meinen Proviant einkauf erledigen.

Während ich meinen Krempel auf das Kassenband lege, steigere ich mich in den Gedanken hinein, dass inzwischen vielleicht die Sonne zurückgekommen sein könnte. Da es keine Fenster nach draußen gibt, kann ich mir vorstellen, was immer ich möchte. Doch leider sieht die Realität ein bisschen anders aus. Kaum habe ich mich durch die gläserne Drehtür ins Freie geschoben, bläst mir ein eisiger Windstoß eine Hand voll Nassschnee ins Gesicht.

Ich ziehe mir die Kapuze über beide Ohren und stapfe los. Leute hasten zu ihren Autos oder verschwinden in den Hauseingängen. Im Nu sind die Straßen wie leergefegt. Durch die vollgetropften Gläser meine Brille hindurch erkenne ich etwas verschwommen die Konturen einer Bronzestatue: ein paar Menschen, von denen man nur die Beine sieht, der Rest ist verborgen unter einem Knäuel von Regenschirmen, das ein kuppelartiges Dach über dem Grüppchen bildet. „Böst" heißt die Statue, ein Begriff aus dem südschwedischen Dialekt, der vom deutschen Wort „böse" stammt und auch in etwa das gleiche bedeutet. Benutzt man ihn, um Wetter zu beschreiben, lässt er sich wohl am treffendsten mit der Vorsilbe „Schiet-" übersetzen.

Das Kunstwerk passt besser zur aktuellen Situation, als mir lieb ist. Es fühlt sich jedenfalls ganz schön böst an, wie mir allmählich Nase und Wangen einfrieren, die eisige Nässe durch meine Kleidung dringt und der Rucksack immer vollgesogener und schwerer wird. Was für ein Kontrast zu meiner Mittagspause vorhin in den Dünen bei den Schwänen. Kann es etwas Schöneres geben, als jetzt hier lang zu wandern, dachte ich da und glaubte, ich wäre der glücklichste Mensch der Welt. Und nun, nur wenige Stunden später, ist das Gegenteil der Fall. Immer wieder frage ich mich, warum ich das hier mache, und halte mich und jeden anderen, der sich nicht in einen geschlossenen Raum zurückziehen kann, für absolut bedauernswert.

Nach und nach lasse ich zuerst die höheren Gebäude der Innenstadt und dann die Vororte mit den flachen Einfamilienhäusern hinter mir. Immer wieder ertappe ich mich bei dem Gedanken, dass es ziemlich verlockend wäre, zum Anleger zurückzukehren und die Abendfähre nach Deutschland zu nehmen. Dann wäre ich morgen früh in Rostock und morgen Mittag gemütlich zu Hause im Warmen. Eine andere Stimme in mir hält dagegen und erinnert mich daran, wie oft ich solche Situationen beim Wandern schon erlebt habe und dass ich eigentlich ganz genau weiß, wie wetterabhängig Motivation und Stimmungslage sein können, wenn man permanent draußen ist. Sehr gut möglich, dass die Welt schon morgen wieder vollkommen anders aussieht. Vielleicht so ähnlich wie vorhin am Strand. Durchhalten könnte sich also lohnen und so setze ich tapfer weiter einen Fuß vor den anderen.

Kurz hinter der Stadt finde ich in einer Grünanlage mit Wiesen, kleinen Teichen und einigen Flecken aus Bäumen und Gestrüpp einen vindskydd. Erschöpft setze ich den Rucksack ab, schiebe ihn unter das Dach des Holzverschlages und krieche hinterher. Der Blick geht hinaus auf eine weite Lichtung, über die ein schmaler Trampelpfad verläuft. Hier und da stehen verstreut ein paar Picknicktische. Es hat aufgehört zu regnen. Enten schnattern in die Dämmerung hinein. Flecke von angetautem Schneematsch leuchten neben knallgelben Osterglocken. In der Ferne schlurft ein Spaziergänger vorbei. Zwei Kaninchen hoppeln durchs Gras und verschwinden raschelnd im Unterholz. Die Szenerie schwankt irgendwo zwischen Winter und Frühling.

Zähneklappernd packe ich meinen durchfeuchteten Krempel aus, befreie mich von den nassen Klamotten und schlüpfe in mein zum Glück noch trockenes Nachtzeug. Den Schlafsack ziehe ich bis unter die Achseln hoch und das Kapuzenteil über den Kopf, so dass nur noch mein Gesicht und meine Arme herausgucken. In dieser Raupenposition wird mir schnell warm und ich habe trotzdem noch genug Bewegungsspielraum, um den Gaskocher anzuschmeißen.

Wenig später schaufele ich gemütlich einen dampfenden Topf mit Käse-Makkaroni in mich hinein. Erschöpft, aber nicht unzufrieden, blicke ich in die Dunkelheit hinaus. Kaum habe ich aufgegessen, fallen mir die Augen zu. Gut, dass ich jetzt nicht in Trelleborg sitze und auf die Fähre warte, geht es mir noch kurz durch den Kopf, dann bin ich tief und fest eingeschlafen.

Ich erwache lange vor dem Morgengrauen, weil mir entsetzlich kalt ist. Fröstelnd werfe ich mich von einer Seite auf die andere. Zwischendurch dämmere ich kurz weg, aber so richtig in den Schlaf finde ich nicht mehr. Als es heller wird, erkenne ich, dass die Wiese vor meiner Hütte tief verschneit ist. Keine Osterglocken, keine Kaninchen, kein Fleckchen grünes Gras. Die unentschiedene Szenerie von gestern Abend ist vollständig in den Winter zurückgekippt und auch meine positiven Gedanken haben sich ins Gegenteil verkehrt: Schon wieder fange ich an, mir sehnsüchtig auszumalen, wie es sich anfühlen würde, wenn ich jetzt auf dem Weg nach Hause wäre, endlich wieder ein Dach über dem Kopf hätte und nicht permanent diese Kälte aushalten müsste.

Doch einfach in Raupenstellung zu verweilen, ist keine Lösung. Also rappele ich mich auf, schlüpfe mit dem Kopf aus der Schlafsackkapuze und hole widerwillig auch meine Beine aus den weichen und zumindest im Vergleich zur Außentemperatur warmen Daunen hervor. Ich hatte geglaubt, die ganz kalten Tage seien endgültig überstanden, und nun dieser Rückfall. Fluchend und schreiend ziehe ich meine über Nacht gefriergetrockneten Wanderklamotten über. Kaum zu fassen, dass ich mir so etwas freiwillig antue. Was habe ich mir nur dabei gedacht?

Zurück zum Hafen zu laufen, wäre das einzig Vernünftige, weiterwandern hingegen ziemlich verrückt. Vernünftig oder verrückt – was will ich sein? Oder anders ausgedrückt, was hätte ich davon, meinen Weg fortzusetzen? Kaum, dass ich diese Frage innerlich ausgesprochen habe, brechen die ersten Sonnenstrahlen durch die Zweige und ein feuriges Orange legt sich über die weiße Landschaft. Das wunderschöne Bild, das sich mit einem Mal vor meinen Augen ausbreitet, fühlt sich an wie eine Antwort: Noch viel mehr von solchen wunderschönen Bildern, die als kostbare Erinnerungen für immer in mir bleiben, das hätte ich davon. Ich sollte also unbedingt weiterwandern. Manchmal ist es sehr viel vernünftiger, das auf den ersten Blick Verrückte zu tun.

Ich schultere den Rucksack und los geht's – nicht zur Fähre, sondern Schritt für Schritt weiter quer durch Schweden. Der pulvrige Schnee knackt unter meinen Tritten und ich hinterlasse eine ganz frische Spur auf den einsamen, weißen Wegen. Die zugefrorenen Pfützen knirschen und durch die unverbrauchte, kühle Morgenluft schallen allerlei Vogelrufe durcheinander – das Gurren der Tauben, das Keckern der Elstern, die Schreie der Möwen und das Klopfen der Spechte, es ist wie ein Willkommensgruß. Schnee hin oder her, hier draußen geht alles weiter, in immer gleichem Rhythmus und auf altbewährte Weise dem Frühling entgegen. Hinter allem steckt eine merkwürdig selbstverständliche Zwangsläufigkeit, die mir einen großen Vorrat an innerer Ruhe, Zuversicht und Gelassenheit einflößt. Noch so etwas, wofür sich das Weitergehen absolut lohnt.

Mit jedem Zentimeter, den die Sonne am blauen Himmel höher hinaufklettert, steigert sich meine Laune. Um die Mittagszeit ist sie zu einem beinah euphorischen Zustand herangewachsen, der für den Rest des Tages anhält. Ich freue mich über so gut wie alles, was ich sehe und erlebe: Über eine Weide mit Schweinen zum Beispiel, die mit ihren lustig wippenden Ohren ganz nahe herangelaufen kommen, ihre vom Wühlen matschbespritzten Nasen neugierig durch die Maschen des Zauns schieben, aufgeregt durcheinander Grunzen und sich sogar streicheln lassen. Ich freue mich über die ersten Weidenkätzchen, die hier und da am Wegesrand aus den Büschen schießen, über das tröpfelnde Geräusch des tauenden Schnees, der von einer dicken bemoosten Baumwurzel in eine Pfütze hinabrinnt und über einen alten Meilenstein neben der Straße, der den Beginn des Landkreises Malmö markiert und mir zeigt, dass ich vorankomme.

Die grenzenlose Weite der flachen Gegend erinnert daran, dass das Meer hier nirgends weit weg ist. Schon heute Abend werde ich wieder am Strand sein. Gegen Nachmittag erkenne ich am Horizont die Öresundbrücke, zuerst nur ganz schwach und verschwommen, dann immer deutlicher und größer, bis sie schließlich zu einem die Landschaft prägenden Element geworden ist. Beim Ort Klagshamn nur wenige Kilometer südlich von Malmö ragt eine Landzunge ein Stückchen in die Ostsee hinein. Von ihrer Spitze aus hat man einen herrlichen Blick über die Meerenge. Bei so guter Sicht wie heute kann man bis hinüber nach Kopenhagen gucken und sieht die knapp acht Kilometer lange Brücke zwischen Dänemark und Schweden in ihrer ganzen Ausdehnung vor sich liegen.

Ich schlage mein Zelt direkt am Strand auf. Während ich meinen Topf Nudeln löffle, geht drüben über der dänischen Hauptstadt farbenprächtig die Sonne unter, begleitet vom Aufgang eines künstlichen Lichtermeers an beiden Ufern, auf der Brücke selbst und über Schwedens größtem Offshore-Windpark Lillegrund. Ich lasse das Zelt noch lange offen und schaue zu, wie der Öresund mit den Sternen um die Wette leuchtet.

Am nächsten Morgen hat sich die Szenerie komplett gewandelt: Dicke Tropfen prasseln auf mein Zelt und die dänische Küste verbirgt sich hinter einer Wolkenwand. Die See, gestern noch tiefblau und spiegelglatt, hat eine schmutzig graue Farbe angenommen und wirft sich zu gischtgekrönten Wellenbergen auf. Bei diesem Wetter nach Malmö hineinzuwandern, ist alles andere als angenehm, doch aus irgendeinem Grund gelingt es mir, eine erstaunlich gelassene Haltung zu wahren. Vielleicht liegt es an dem großen Stück Schokokuchen, das ich mir beim Einkauf meines Proviantnachschubs im erstbesten Vorort-Supermarkt zusätzlich gönne, vielleicht aber auch an der Weide mit Hochlandrindern neben der Straße. Die Tiere stehen mitten im ungemütlichsten Regenschauer vollkommen stoisch da und lassen das Wasser einfach an sich abperlen. Wie recht sie haben! Ich beschließe, mir ein Bespiel an ihrer Unaufgeregtheit zu nehmen und möglichst ungerührt weiterzugehen. Es wäre dumm, meine Laune von Umständen abhängig zu machen, die ich ohnehin nicht beeinflussen kann.

Gleichmütig matschigen Schrittes erreiche ich etwa eineinhalb Stunden später das Ortseingangsschild von Malmö und kurz darauf den Campingplatz, auf dem ich heute Nacht bleiben will. Zwar ist es noch früh am Tag, doch Waschmaschine samt Trockner mit meinem dreckigen Krempel einmal durchlaufen zu lassen, braucht ein wenig Zeit. Ich nutze sie gewinnbringend für ein Wellnessprogramm aus warmer Dusche und hinterher einer Pizza im Campingplatz-Restaurant. Anschließend stopfe ich satt und zufrieden einen Berg gut riechender, warmer Kleidung zurück in den Packsack.

Da es inzwischen aufgehört hat zu regnen, unternehme ich noch einen kurzen Abendspaziergang zum Malmöer Aussichtspunkt auf die Öresundbrücke. Noch interessanter als das gigantische Bauwerk im Wasser liegen zu sehen, ist es jedoch, auf einem Spazierweg darunter durchzulaufen. Hier nämlich herrscht eine sehr spezielle Geräuschkulisse. Da ist das Rauschen des Verkehrs oben auf der Autobahn, das Scheppern der Züge, die eine Etage tiefer über die Schienen donnern, und ganz unten der blecherne Widerhall von Möwengeschrei und Wellenschlag zwischen den Steinen der Uferbefestigung. Es ist ein beeindruckendes Zusammentreffen von Natur und Technik, das diesen Ort zum einen mit einer faszinierenden

Spannung und zum anderen mit einer bemerkenswerten Harmonie erfüllt. Zwar ist die Brücke ein riesengroßer, menschengemachter Fremdkörper, fügt sich aber dennoch ganz selbstverständlich in die Landschaft ein.

Als über mir ein Personenzug vorbeirattert, muss ich daran denken, wie ich vor zweiundzwanzig Tagen selbst auf diesem Weg Schweden erreicht habe. Nun, 470 Kilometer später, liegt der erste große Abschnitt meiner Wanderung hinter mir. Morgen laufe ich weiter in den Frühling hinein, durch Malmö hindurch, immer am Meer entlang in Richtung Göteborg.

An den meisten Tagen unterwegs habe ich es nicht besonders eilig. Würde ich schnell sein wollen, hätte ich mich für ein anderes Verkehrsmittel als meine eigenen Füße entschieden. Heute allerdings sollte ich die Uhr ausnahmsweise ein bisschen im Blick behalten, denn ich muss es vom Campingplatz am südlichen Ende Malmös einmal durch die ganze Stadt schaffen, bis es jenseits der nördlichen Vororte wieder ruhig genug geworden ist, um einen Schlafplatz zu finden.

Einfach drauflos wandern, gucken wie weit ich komme und zelten, wo es mir gerade passt, das geht nur in der freien Natur. Wenn ich dichter besiedelte Gebiete durchquere, ist es wichtig, dass ich mir vorher überlege, wie lange ich dafür brauche und wo ich zwischendurch übernachten kann. Zum Glück gibt es in Schweden nur drei urbane Ballungsräume, die so groß sind, dass sie mich in Schwierigkeiten bringen können: Malmö, Göteborg und Stockholm. Die erste dieser drei Hürden plane ich heute in einem Stadtspaziergang von etwa zwanzig Kilometern hinter mir zu lassen. Eigentlich gar nicht so viel – zumindest nicht, wenn man den ganzen Tag über Zeit hat, einen Fuß vor den anderen zu setzen.

Zunächst gehe ich auf einem angenehmen Spazierweg immer am Meer entlang. Die Öresundbrücke hinter mir wird kleiner und vor mir taucht der Turning Torso auf. Ein auffälliger weißer Wolkenkratzer, der seinem Namen alle Ehre macht, denn man gewinnt tatsächlich den Eindruck, das Gebäude drehe sich um seine eigene Achse. Dieser Effekt entsteht dadurch, dass jedes der 54 Stockwerke gegenüber dem darunterliegenden um knappe zwei Grad versetzt ist, was sich zwischen dem untersten und obersten Geschoss schließlich zu einem Unterschied von 90 Grad summiert.

Der Turning Torso liegt mitten in Västra Hamnen, einem hochmodernen Stadtteil mit klimaneutralen Wohnhäusern und autarker Energieversorgung durch Wind und Sonne. Das innovative Viertel bietet einen faszinierenden Kontrast zur kaum einen Kilometer entfernt liegenden Altstadt. Eben noch inmitten futuristischer Atmosphäre schlendere ich plötzlich vorbei am Malmöhus, Skandinaviens ältestem Renaissanceschloss. Dicke Wehrtürme, ein Burggraben, ein weitläufiger Park, prächtige hohe Bäume, Teiche voller Entengeschnatter, majestätisch vor sich hin treibende Schwäne und eine malerische Windmühle in holländischem Stil bestimmen die Szenerie. Anschließend führt mein Weg durch ein Gewirr aus engen Gassen und über weite Plätze hinweg. Hier gibt es wunderschön erhaltene Gebäude aus dem 16. Jahrhundert mit prächtigen Fassaden, unter anderem das Rathaus am Stortorget.

Zum diesem aufgehübscht-schillernden Ambiente bilden die nördlichen Vororte, in die ich anschließend gelange, wiederum einen krassen Gegensatz. Zwischen mehrspurigen Straßen, breiten Schienensträngen, rumpelnden Güterzügen und rauschendem Feierabendverkehr trotte ich stadtauswärts. Es dauert eine Weile, doch Schritt für Schritt und ganz allmählich legt sich das Gewusel, Häuser und Autos verschwinden und der Lärm verebbt.

Als endlich neben mir das Meer wieder auftaucht, geht so eben weit draußen auf den grauen Wellen die Sonne unter und überflutet den Strand mit einem geheimnisvollen Zwielicht. Auf dem erstbesten Fleckchen Sand baue ich mein Zelt auf. Es kommt mir vor, als hätte ich die Großstadt nur geträumt. Daran, dass ich vor wenigen Stunden noch mitten in Malmö war, erinnert nur der Turning Torso beim Blick die Küstenlinie hinab in Richtung Süden. In den letzten Sonnenstrahlen versprühen die Wellenkämme ein metallisch kühles Funkeln.

Anschließend hüllt sich der Horizont in verhaltenes Gelb. Dann wird es stockfinster.

Am nächsten Morgen liegt der Turning Torso verborgen hinter einer dunstig fahlen Wand und eisiger Nieselregen erfüllt die Luft. Nach kurzer Zeit bin ich mal wieder vollgesogen wie ein Schwamm und fühle mich entsprechend schwer und langsam. Passend zu dieser Stimmung begegnen mir auf dem menschenleeren Marktplatz des Küstenstädtchens Lomma zwei steinerne Schildkröten, die noch etwas schlechter vom Fleck zu kommen scheinen als ich. Endlich kann ich auch mal jemanden überholen!

Es bleibt grau am grauen Meer. Die regnerische Welt wirkt öde und ausgestorben. Zwischendurch zweigt der Weg vom Strand ab und führt durch dörfliche Landschaft. An riesengroßen Metallmasten baumeln schwere Oberleitungen über den matschigen Äckern und zeigen mir, dass ich vom Ballungsraum Malmö erst knapp eine Tagesetappe entfernt bin. Ich denke darüber nach, wie viel Strecke noch vor mir liegt. Vom südlichsten Zipfel Schwedens ist es Luftlinie bis ans Mittelmeer näher als in den äußersten Norden des Landes. Schweden ist groß, doch zum Glück ist heute erst der 31. März und ich habe bis Mitte Oktober noch sechseinhalb Monate Zeit. Das sollten genügen, um selbst im Schildkrötentempo so einiges zu schaffen. Und im Übrigen kann ich auch schneller, zumindest manchmal.

Am nächsten Tag zum Beispiel geht meine Stimmung deutlich mehr in Richtung Wiesel. Der Himmel ist wolkenlos blau und mein Blick reicht weit auf die ruhig vor sich hin glitzernde Ostsee hinaus. Frühling liegt in der Luft und in den Salzgeruch mischt sich ganz eindeutig ein Hauch von Blütenduft. Hier und da springen die ersten Knospen auf, grüne Blättchen wagen sich zaghaft hervor und in den Heckenrosenbüschen zwitschern lautstark die Spatzenschwärme.

Ob ich meine Bewegungen als mühsam und träge oder als flink und unbeschwert empfinde, hängt maßgeblich vom Wetter ab. Nässe und trüber Himmel machen mich langsam, Kälte notgedrungen schnell, bei Wind kommt es auf die Richtung an und bei Sonnenschein laufe ich, so lange es nicht zu heiß wird, physisch und mental zur Hochform auf. Unter normalen Umständen ist Wetter etwas, worüber man spricht oder schreibt, wenn einem nichts Besseres einfällt. Doch das ändert sich schlagartig, sobald man kein festes Dach mehr über dem Kopf hat. Im Augenblick ist Wetter für mich kein Verlegenheitsthema, sondern rund um die Uhr von entscheidender Bedeutung. Auf einer langen Skala zwischen Verzweiflung am unteren und Euphorie am oberen Ende kann Wetter so ziemlich jede Stimmung auslösen. Meistens ist mir schon morgens beim Aufwachen klar, wohin die Reise geht, und heute reicht sie definitiv bis hoch in die Plusgrade hinauf.

Das Zentrum von Landskrona wirkt freundlich und hell. An einem der ersten sonnigen Samstage des Jahres ist die Stadt voller Menschen und die vielen geöffneten Straßencafés sorgen für eine fast schon mediterrane Atmosphäre, wenn auch ein bisschen konterkariert durch die typisch schwedische Dekoration für das kommende Wochenende: Zwischen den Bänken in der Fußgängerzone, auf den Blumenrabatten in den Parks, auf den Terrassen der Restaurants und hinter beinah jedem Schaufenster leuchten farbenfroh die Ostersträuße, die man hier mit bunten Federn statt mit bemalten Eiern schmückt.

Wenn man Landskrona googelt, wird als erstes ein Sofa von IKEA angezeigt. Für Bilder von der eigentlich viel sehenswerteren Zitadelle muss man ein Stück runterscrollen. Mal wieder handelt es sich um eines der in Südschweden so zahlreichen Überbleibsel der Ära dänischer Herrschaft. Mit einer der größten Festungen des 16. Jahrhunderts sollte der Öresund bewacht werden. Ein paar Kanonenrohre auf der Uferpromenade erinnern noch daran, davon abgesehen jedoch wirkt die Szenerie heutzutage recht friedlich. Das Gelände ist zu einem Park umgestaltet worden. Zwischen den Kieswegen blühen die Krokusse so üppig, als habe jemand blaue Teppiche ausgelegt, Spaziergänger flanieren rund um die klotzigen, rötlich verputzten Wehrtürme, im Burggraben wird geangelt, ein Gartenlokal hat seine Tische rausgestellt und mitten auf den Wallanlagen befindet sich Schwedens älteste Kleinkartenkolonie, wo an teils deutlich über hundert Jahre alten Holzhäuschen und in liebevoll angelegten Gärtchen eifrig gehämmert und gewerkelt wird.

Durch die Bäume schimmert die Ostsee mit Dänemark am gegenüberliegenden Ufer. Aufgrund der räumlichen Nachbarschaft und wegen der gemeinsamen historischen Wurzeln fühlt man sich in Skåne bis heute teils enger mit Kopenhagen verbunden als mit dem weit entfernten Stockholm. Auch der spezielle Dialekt der Region klingt ein bisschen Dänisch und manchmal sieht man, anstelle der schwedischen Flagge, ein gelbes Kreuz auf rotem Grund vor den Häusern wehen, das wie eine Art Kombination der Fahnen beider Länder wirkt.

Der Frühling geht weiter, auch hinter Landskrona. Gegen Nachmittag wird es so warm, dass ich für eine sehr optimistische halbe Stunde zu T-Shirt und kurzen Hosen wechsle. Zum ersten Mal auf dieser Tour – eine Premiere, die meiner ohnehin schon überschwänglich guten Laune die Krone aufsetzt. Abends kommen mit einem fanstatisch gelegenen vindskydd direkt am Meer und einem mindestens ebenso fantastischen Sonnenuntergang noch zwei weitere i-Tüpfelchen hinzu. Anschließend hüllt sich der Himmel in ein überaus kräftiges Abendrot und alles deutet daraufhin, dass mich morgen ein weiterer Glitzertag erwartet.

Und tatsächlich: Kaum ist die Sonne über die schmale Baumreihe aus windschiefen Kiefern und Weidengestrüpp, die den Strand von der Straße trennt, emporgestiegen, beginnt die blaue See zu funkeln, was das Zeug hält. Drüben am dänischen

Ufer erkennt man deutlich die Silhouette der gigantischen Festung Kronborg. Von den Wehranlagen, die einst auf dieser Seite errichtet wurden, hat nur der Burgturm Kärnan die Zeiten überdauert. Er thront auf einem Hügel mitten im Zentrum von Helsingborg und bietet eine atemberaubend klare Sicht über die Stadt und die engste Stelle des Öresunds bis ins nur vier Kilometer entfernte Helsingør. Näher kommen sich Schweden und Dänemark an keiner Stelle.

Dass heute nicht nur Sonntagswetter, sondern auch tatsächlich Sonntag ist, merke ich spätestens auf Helsingborgs belebter Strandpromenade. Ich setze mich auf eine Bank und beobachte die Ausflügler beim Eisessen, Rollschuhfahren, Lachen und Sonnenbaden. Dabei wird mir bewusst, wie sehr ich nach 26 Tagen unterwegs bereits aus dem Rhythmus dieser Menschen, der sonst auch meinen Alltag bestimmt, herausgefallen bin. Für immer will ich nicht derjenige sein, der einfach nur zuguckt, statt mitzumachen. Doch sich für eine Weile an den Rand des Spielfeldes zu stellen, ist eine spannende Erfahrung. Man kann viel dabei lernen, nicht so sehr über die anderen, sondern vor allem über sich selbst.

Um ein geeignetes Plätzchen zum Zelten zu finden, muss ich Helsingborg ein ganzes Stück hinter mir lassen. Kein Wunder, denn mit etwas über 100.000 Einwohnern gehört die Stadt immerhin zu den schwedischen Top Ten. Als es schließlich ruhig genug geworden ist, mir niemand mehr begegnet und ich nur noch Wellenrauschen, Möwengeschrei und den Wind im Strandhafer hören kann, schlage ich im weichen Sand mein Nachtlager auf. Hinterher krempele ich die Hosenbeine hoch, laufe bis zum Knie ins Meer und betrachte den Sonnenuntergang. Die Szenerie wirkt so unwirklich schön, dass ich für die schmerzende Kälte an meinen Füßen beinah dankbar bin, sonst nämlich müsste ich mich immer wieder kneifen, um sicherzugehen, dass das alles hier kein Traum ist.

Es dauert, bis aus dem hellen Frühlingsabend wirklich Nacht wird. Die Tage werden länger, das merke ich grade sehr deutlich. Nur noch für ungefähr sechs Stunden leuchtet ein prächtiger Sternenhimmel über mir, dann beginnt schon wieder die Morgendämmerung und mit ihr der nächste Glitzertag.

Auf dem direkten Weg wären es von Helsingborg bis nach Ängelholm nur etwa dreißig Kilometer. Doch laufe ich, um der schönen Landschaft willen, mal wieder ein bisschen Fußgänger-Zickzack, wodurch sich die Strecke mehr als verdoppelt. Meine Route führt mich über die Halbinsel Kullaberg, die sich als postkartenreife Kulisse aus bizarr geformten, schwindelerregenden Klippen, einsamen Buchten und urig vom Wind zerzausten Bäumen weit ins Meer vorschiebt. Der Kullaberg ist kein Berg im eigentlichen Sinne, sondern eher ein von Buchen und Heidekraut bewachsenes Plateau. Wie ein Berg wirkt er nur, wenn man direkt an der Kante entlangläuft und tief unter sich das Meer gegen die Felsen schlagen sieht. Hier zu wandern, davon träume ich schon seitdem ich zum ersten Mal „Nils Holgersson" gelesen habe, und das ist wirklich lange her. Ich habe mir die Gegend so oft in meiner Fantasie ausgemalt, dass sie sich nun merkwürdig vertraut anfühlt, fast als wäre ich schon einmal hier gewesen.

Bei Selma Lagerlöf versammeln sich zwischen den Hügeln nahe der äußersten Spitze des Kullabergs alljährlich die verschiedensten wild lebenden Tierarten, um sich gegenseitig ihre Tanz- und Gesangsdarbietungen vorzuführen – eine Art Eurovision Song Contest könnte man sagen. Hirsche, Fischreiher, Ratten, Auerhähne, Birkhühner, Füchse, Rehe, Raben und Meeresvögel stehen einträchtig nebeneinander und sehen zu, wie Krähenschwärme in melancholisch schwarzen Formationen auf und ab wirbeln, Kaninchen ihre lustigen Purzelbäume schlagen und Wolken von Singvögeln durch die Luft schwirren. Unbestrittener Höhepunkt und Abschluss der Show ist der geheimnisvoll majestätische Tanz der Kraniche.

Leider habe ich das Event knapp verpasst. Es findet traditionell am 29. März statt. Heute ist der 3. April. Doch wenigstens kann ich auf diese Weise die Illusion aufrechterhalten, dass es einen Ort geben könnte, an dem sonst voneinander getrennt und teils verfeindet lebende Wesen friedlich zusammenkommen, um miteinander zu feiern. Ich lege mich ins Gras, lasse mir die salzige Luft übers Gesicht wehen, schaue in einen unendlich weiten Himmel empor und muss zugeben, dass von diesem Platz tatsächlich etwas Magisches ausgeht. Keine Frage, wenn irgendwo, dann hier!

Vom höchsten Punkt des Kullabergs sieht man bei gutem Wetter ganz in der Ferne ein paar Häuser, die sich am Ende der Bucht Skälderviken eng zusammendrängen. Das ist Ängelholm. Um zu Fuß dorthin zu gelangen, brauche ich noch bis zum nächsten Vormittag, so dass seit Helsingborg schließlich drei Tage vergangen sind. Trotzdem habe ich nicht im Mindesten das Gefühl, Zeit verschwendet zu haben. Ziel meiner Wanderung ist es nicht, möglichst schnell, sondern möglichst schön voranzukommen. Und damit ich diesem Motto wirklich treu bleibe, mache ich nördlich von Ängelholm gleich noch einen weiteren Schlenker rund um die nächste steinige Halbinsel namens Bjäre.

Neben mir plätschert eine azurblaue Ostsee, seit Malmö zum ersten Mal ohne Land in Sicht. Denn inzwischen ist der Öresund ins Kattegat übergegangen, das sich als deutlich breiterer Meeresarm zwischen der Westküste Schwedens und der Ostküste Jütlands erstreckt. Atmosphärischer Höhepunkt auf Bjäre sind die wilden Klippen von Hovs Hallar. Als ich dort ankomme, geht gerade die Sonne unter. Was für ein Glück, denn vor einem farbenprächtig leuchtenden Himmel zeichnen sich die zerklüfteten Silhouetten der Felsformationen besonders scharf ab, wie Zinnen hoch oben auf einer schroffen Burgmauer. Die Atmosphäre hat etwas Unwirkliches und kommt mir vor wie eine fantastische Traumwelt, wo jeden Moment irgendwelche Hexen auf Besen durch die Luft reiten, Trolle durchs Bild laufen oder Riesen gewaltige Steine auf den Strand werfen könnten, zusätzlich zu den vielen, die sich dort ohnehin bereits stapeln.

Hinter Hovs Hallar wird die Küste flacher und bebauter, so dass ich am nächsten Tag durch belebtere Gegenden laufe. Fischerdörfer, Wohngebiete, Ferienhaussiedlungen und Yachthäfen reihen sich beinah nahtlos aneinander. Ganz nebenbei passiere ich die Grenze nach Halland, der nächsten Provinz auf meinem Weg. Von jetzt an heißt der Skåndeleden Hallandsleden, ansonsten ändert sich zunächst nicht viel.

Da ich dringend mein Handy aufladen muss, sehe ich mich immer wieder nach geöffneten Cafés oder Restaurants um, doch die haben alle noch geschlossen. Kein Wunder, die Sonne scheint zwar, aber um für längere Zeit draußen auf einer Terrasse zu sitzen, ist es einfach noch zu kalt. Vereinzelt sieht man Strandspaziergänger in dicken Windjacken, ansonsten herrscht tiefste Vorsaison.

In einer kleinen Bucht, wo an windschiefen Holzstegen ein paar abgetakelte Segelboote einsam vor sich hin klappern, finde ich ein Toilettenhäuschen. Ich ruckele an der Klinke und tatsächlich, die Tür geht auf: Kloschüssel, Pissoir, Waschbecken, unter der Decke ein schmaler Fensterschlitz, in der einen Ecke ein umgefallener Putzeimer, in der anderen eine leere Bierflasche, doch leider keine Steckdose. Im Weitergehen fällt mein Blick auf die Tür zum Damenklo an der Rückseite des Häuschens. Unwahrscheinlich, dass ich dort fündig werde, aber da weit und breit kein Mensch zu sehen ist, will ich es wenigstens versuchen.

Kaum habe ich die Tür hinter mir zugezogen, beschlägt mir auch schon die Brille. Ein bis zum Anschlag aufgedrehter Elektroheizkörper sorgt für bullig warme Temperaturen. Über den Boden ringelt sich ein Stromkabel und endet in einer Steckdose zwischen den schmutzig gelben Kacheln. Das ist die

Gelegenheit! Kurzerhand stöpsele ich den Heizkörper aus und mein Handy ein, setze ich mich draußen auf die Hafenmauer, schaue den Schwänen zu und warte.

Für etwa zwanzig Minuten passiert absolut nichts, dann bricht die große Rushhour los. Zuerst verschwindet eine junge Joggerin hinter der Toilettentür, ist aber zum Glück schnell wieder draußen. Leider erscheint, bevor ich mein Handy holen kann, ein Spaziergänger mit einem grimmig dreinblickenden Rottweiler auf der Bildfläche, stellt sich auf den Steg gegenüber und blickt ungewöhnlich ausdauernd aufs Meer hinaus, während der Hund mich argwöhnisch ins Visier nimmt. Als die beiden weitergehen, stiefeln vier rüstige, ältere Damen mit Nordic Walking Stöcken plaudernd und lachend herbei. Eine von ihnen zeigt auf das Klohäuschen, die anderen nicken zustimmend. Dann gehen alle vier nacheinander hinein, während die jeweils anderen drei in sichtlich lustige Unterhaltungen vertieft, draußen warten.

Als sich das Grüppchen wieder in Bewegung setzt, bin ich schon ganz schön festgefroren. Mühsam rappele ich mich hoch und schüttele meine Hände und Füße wieder wach. Dann höre ich, wie sich ein Auto nähert. Ich drehe mich um. Ein Polizeiwagen rumpelt mit knirschenden Reifen über den Schotter und hält genau vor meiner Nase. Das muss hier wirklich weit und breit die einzige geöffnete Toilette sein. Im Auto sitzen zwei Beamte. Der erste steigt aus und verschwindet auf der Herrentoilette. Vermutlich will der andere danach auch noch rein. Also gucke ich wohl oder übel für weitere fünf Minuten bibbernd den Schwänen zu, inzwischen seit insgesamt fast einer Dreiviertelstunde. Ich bin drauf und dran, ihnen Namen zu geben.

Nachdem auch der zweite Polizist die Autotür hinter sich zugeschlagen hat und der Wagen davongeholpert ist, kann ich nach langem, eisigem Warten mein Handy wieder an mich nehmen. Endlich! Blitzschnell tausche ich Ladestecker gegen Heizkörperkabel und bin auch schon wieder draußen. Geschafft!

Und dank der unvorhergesehenen Verzögerung habe ich sogar wieder hundert Prozent. Jetzt nichts wie weg! Erstens hat mich die kleine Klo-Klamotte ganz schön viel Zeit gekostet. Zweitens muss ich mich dringend wieder warmlaufen.

Für den Rest des Tages bin ich mit fünf bis sechs Stundenkilometern unterwegs, was zu Fuß mit schwerem Rucksack gar nicht so wenig ist. Meine normale Durchschnittsgeschwindigkeit jedenfalls liegt eher bei vier. Dreißig Kilometer sind für mich eine tagesfüllende Angelegenheit und wenn ich die Wahl habe, dann lasse ich es lieber mit fünfundzwanzig genug sein. Heute werden es dreiunddreißig, bis ich schließlich rund um die Mündung des Lagan zwischen all den kleinen Ortschaften ein Stückchen Wald finde, wo keine Häuser stehen. Das Meer versteckt sich irgendwo hinter den Bäumen und zur Abwechslung spiegelt sich das Abendrot mal nicht auf den Wellen der Ostsee, sondern in den Strudeln eines kräftig und beinah geräuschlos vorbeiströmenden Flusses.

Erschöpft lasse ich mich auf den Uferstreifen fallen. Zum Zelten eignet sich das Gelände nicht. Es ist abschüssig, die Bäume wachsen dicht beieinander und der Boden ist voller Unebenheiten. Weiter nach einen Schlafplatz suchen, will ich jedoch auf keinen Fall. Daher beschließe ich kurzerhand, dass ich kein Zelt brauche. Wozu auch? Nach Regen sieht es nicht aus, Mücken sind noch keine da und frieren werde ich so oder so. Also rolle ich in einer weichen Senke zwischen den Baumwurzeln meine Isomatte und den Schlafsack aus, schaue noch ein bisschen zu, wie zwischen den immer noch frühlingshaft kahlen Ästen über mir die Sterne aufgehen und bin schon bald tief und fest eingeschlafen.

Ein wesentlicher Nachteil an einem fehlenden Dach über dem Kopf, beziehungsweise in meinem Fall eher einer fehlenden Plane, ist der Morgentau, der heute ausnahmsweise Gelegenheit bekommt, sich direkt auf mir und meinem Krempel abzulagern. Beim Aufwachen bin ich also erstmal klitschnass,

werde an einem so warmen Tag wie heute aber zum Glück
rasch wieder trocken.

Ein Mix aus Kiefernwald, Sandstrand und Asphalttreten
führt mich bis nach Halmstad, der Hauptstadt der Provinz
Halland. Kurz bevor mir die Vororte die Sicht auf die Ostsee
nehmen, mache ich eine letzte Pause mit Blick aufs Meer. Nördlich der Stadt nämlich biegt der Hallandsleden ins Landesinnere ab. Das Kattegat werde ich erst im Hafen von Göteborg
wiedersehen. Bis dahin heißt es Abschied nehmen von salziger
Luft, Wellenrauschen und Möwengeschrei.

Auf dem Campingplatz ist ganz schön was los. Die verschwiegene Vorsaison-Atmosphäre, auf die ich bisher fast
überall gestoßen bin, wird zumindest an diesem sonnigen Os-
terwochenende abgelöst durch ausgelassene Feiertagsstim-
mung. So gut wie jede Parzelle ist besetzt und ich bin froh, mein
Zelt noch irgendwo zwischen zwei Wohnwagen quetschen zu
dürfen. Um mich herum herrscht ein ungewohnt lebendiges
Treiben: von einer riesigen Hüpfburg dringen lachende Kin-
derstimmen herüber, aus beinah jeder Richtung steigt mir Grill-
geruch in die Nase, Hunde bellen und vor dem Eiswagen am
Eingang hat sich eine lange Schlange gebildet.

Ob mir der Trubel eher gute oder eher schlechte Laune
macht, kann ich nicht recht entscheiden. Innerlich habe ich
mich von all dem, was mich auf einmal wieder so unmittelbar
umgibt, während der letzten Wochen weit entfernt und fühle
mich deshalb merkwürdig unbeteiligt. Mechanisch-neutral er-
ledige ich, was ich zu erledigen habe, und bin irgendwie gar
nicht richtig hier. Für mich ist das heute nichts weiter als ein
ganz normaler Pausennachmittag, an dem ich mal wieder Wäsche waschen, die Powerbanks aufladen, duschen und mir was
Leckeres kochen will. Dass Ostern ist, hatte ich bis zu meiner
Begegnung mit den zwei winkenden Menschen in Plüschha-
senkostümen, die vor der Rezeption Schokoeier verteilen, so
gut wie vergessen.

Als am nächsten Morgen, dem Ostersonntag, die Party so richtig losgeht und eine ganze Armada aus Plüschhasen ausrückt, um zwischen ausgekühlten Grillschalen, Gartenstühlen und liegengebliebenen Dreirädern Süßigkeiten abzulegen, überkommt mich ein unangenehmes Gefühl von Einsamkeit. Merkwürdigerweise geschieht dies immer nur in Situationen wie diesen, in denen ich von vielen Menschen umgeben bin, niemals jedoch, wenn ich allein im Wald oder am Strand sitze. Also nichts wie weg!

Zwar bin ich weder sofort allein noch im Wald oder am Strand, sondern mitten in Halmstad, trotzdem bessert sich meine Laune mit jedem Schritt. Vielleicht liegt es am sonnig warmen Wetter, an den drei Kugeln Eis, die ich mir gönne, oder einfach nur daran, dass am Weg ein paar hübsche Dinge zu sehen sind. Ich laufe am Fluss Nissan entlang, der sich breit, gemächlich und ebenso blau wie der Himmel seinen Weg zwischen einem Mix aus neuen und uralten Gebäuden hindurch bahnt. Im Wasser spiegelt sich das Stadtschloss mit seiner rot leuchtenden Fassade, davor ankert ein alter Dreimaster der schwedischen Marine. Ein Stück weiter begrenzen innovative Glasfassaden die Ufer. Über dem historischen Stadttor kreischen die Möwen und zwischen den Blumenrabatten des Skulpturenparks kann man neben dem von Picasso entworfenen Frauenkopf als Hauptattraktion auch jede Menge andere moderne Kunst bewundern.

Um die Mittagszeit lasse ich die Stadt hinter mir und bemerke sehr bald einen wesentlichen Unterschied zwischen Skåne und Halland. Um es mit Hilfe der Bildsprache Selma Lagerlöfs auszudrücken, ist Halland kein einheitlich kariertes Tuch mehr, sondern eher ein Flickenteppich mit großen grünen Flächen zwischen einzelnen karierten Arealen. Halland besitzt nämlich viel mehr und viel ausgedehnteren Wald, der mich für die nächsten paar Tage beinah völlig verschluckt.

Mal ist es grüner Nadelwald, der auf den Hängen wogt, dann wieder ragen Laubbäume mit ihren noch immer kahlen Kronen in den Himmel empor, während tief unten an den allerkleinsten Ablegern schon die ersten Knospen aufspringen. Hohe Bäume mischen sich mit buschartig gedrungenen, alte mit jungen und windschiefe mit graden. Es gibt Bäume, die dicht zusammenstehen und deren Äste sich umeinanderschlingen, Bäume, die zwischen sich Platz für kleine bemooste Lichtungen lassen, Bäume, die sich an das Ufer eines Sees anklammern und mit ihrem Wurzelwerk die plätschernden Wellen berühren, Bäume, die mitten zwischen kantigen Steinen hervorschießen, kurzum Bäume in allen Größen und Formen, bei jedem Wetter und von allen Seiten, so weit das Auge reicht.

Manchmal rascheln meine Schritte auf kaum erkennbaren Pfaden durch altes Laub, dann schieße ich auf einem holprigen Forstweg ein paar Tannenzapfen vor mir her. Am ersten Tag springen Rehe durchs Unterholz. Am zweiten Tag hüpft mir eine Kröte vor die Füße. Der dritte Tag hält das Abenteuer einer aufwendigen Bullenweidenumrundung für mich bereit. Breite Köpfe mit träge malmenden Kiefern und schweren Hörnern starren mich aus riesigen Augen an, schnauben schmutzige Atemluftwolken durch ihre weiten Nasenlöcher und stoßen ohrenbetäubend laute Muh-Rufe aus. Während ich mich am Zaun entlang durchs morastige Gestrüpp schlage, weichen sie mir nicht von der Seite und verfolgen jede meiner Bewegungen. Lieber versinke ich bis zu den Knöcheln im Schlamm, als dass ich auch nur für wenige Meter auf den schützenden, dünnen Elektrodraht verzichten würde, der mich von der Herde trennt.

Menschen begegnen mir erst wieder am vierten Tag, und zwar gleich morgens in dem malerischen Örtchen Vessigebro mit hübscher Holzkirche, vielen roten Häuschen und mal wieder einem Supermarkt, wo ich mich mit neuen Müsliriegeln, Nudelpaketen, Tütensuppen, Knäckebrot, Erdnüssen, Keksen und Schokolade ausstatten kann. Das muss bis kurz vor

Göteborg reichen. Obwohl ich sehr ökonomisch einkaufe und alles an Verpackung entferne, was auch nur irgendwie entbehrlich ist, wiegt mein Rucksack hinterher gut vier Kilo mehr, ist deutlich unförmiger und schlackert für den Rest des Tages unbequem auf meinem Rücken hin und her. Durch eine Umpackaktion im Nieselregen versuche ich das Problem zu lösen, beende die Sache jedoch, als ich feststellen muss, dass sich der Inhalt einer aufgeplatzten Tüte Gummibärchen klebrig zwischen meinen klammen T-Shirts verteilt hat. Da habe ich jetzt echt keine Lust drauf. Ich fluche kurz, schnüre meinen Kofferraum wieder zu und schnaufe weiter.

Das nasskalte Wetter lädt nicht gerade zum Verweilen ein. Doch gegen Nachmittag habe ich so großen Hunger, dass es einfach nicht mehr anders geht. Wohl oder übel halte ich an, setze mich auf einen feuchten Baumstumpf und wühle einen klebrigen Müsliriegel aus der Gummibärchenpampe hervor. Zufällig erwische ich die Sorte Kokosnuss mit blauem Himmel und Palmen auf der Verpackung. Ich breche in ein resigniertes Gelächter aus, das ein wenig unheimlich zwischen Felsen und Waldesdickicht widerhallt. Ein karibischer Nachmittag! Ausgerechnet heute! Aber wer weiß, vielleicht kann ich die Sonne ja bezirzen.

Ein paar Kilometer weiter finde ich einen Windschutz und beschließe zu bleiben. Ich hänge meinen nassen Krempel auf und richte mich häuslich ein. Von dem bestimmt wunderschönen See direkt vor meiner Haustür kann ich im Augenblick leider nur so viel sehen, dass es zum Wasserholen reicht. Ich schmeiße den Kocher an, weil ich dringend Kaffee brauche, wärme mir nebenbei meine rotgefrorenen Hände und krieche hinterher mit der heißen Tasse in den Schlafsack. Kuchen habe ich keinen, gönne mir aber stattdessen eine zweite Portion Karibik, wenn auch ohne jede Hoffnung, den Sonnengott heute noch aus der Reserve zu locken.

Doch so ein Wanderalltag steckt voller Überraschungen. Während Kokosaroma und Instantkaffee in meinem Mund eine geschmacklich fragwürdige Verbindung eingehen, tauchen in der milchigen Suppe vor meinen Augen wie durch Zauberhand ein paar Konturen auf. Plötzlich kann ich den Steg bis zum Ende erkennen, dann einen kleinen Wald aus Schilf, wo sich im flachen Wasser eine Entenschar zum Schlafen niedergelassen hat, die Köpfchen unter den Flügeln. Immer weiter reicht der Blick aufs Wasser hinaus, zuerst nur bis zu einem Haufen Felsen, gegen den nahe am Ufer ein paar Wellen platschen, dann bis zu einem kleinen Inselchen mit einem einsamen Baum und binnen weniger Minuten schließlich bis ans andere Ufer.

Anfangs wirkt der Ausschnitt der Welt, den ich aus meiner Bretterbude heraus wahrnehmen kann, noch wie ein Schwarz-Weiß-Foto. Doch dauert es nicht lange und am Himmel zeigen sich vereinzelte helle Flecke. In Windeseile werden daraus riesengroße Löcher, so als würde eine magische Kraft die Wolken mühelos davonpusten. Es ist das typische tiefe und knallige Blau des Abend- und beginnenden Nachthimmels, das darunter zum Vorschein kommt. Die letzten Strahlen der schon knapp über dem Horizont stehenden Sonne entlocken der Wasseroberfläche ein schillerndes Glänzen, während sich über dem Wald ein kräftiges Abendrot ausbreitet. Aus dem zurückhaltenden Schwarz-Weiß-Bild ist eine verschwenderisch bunte Ansichtskarte geworden, so grell, dass die Enten wieder aufwachen und geschäftig vor sich hin schnattern. Auch ich finde zu neuer Energie, schlüpfe wieder aus dem Schlafsack, setze mich auf den Steg und wasche endlich die Gummibärchenreste aus meinen Klamotten.

Die karibische Stimmung findet ihre Fortsetzung in einer sternklaren Nacht und einem sonnigen Morgen. Als ich die Augen aufschlage, leuchtet mir der See azurblau entgegen und sieht dabei so tropisch warm aus, dass ich zum aller ersten Mal auf dieser Tour in die Badehose schlüpfe und, statt nur vorsichtig mit den Füßen im Wasser herum zu waten, richtig schwimmen gehe. Kurz und schmerzhaft zwar, aber dennoch spüre ich, als ich hinterher bibbernd in mein immer noch nach Gummibärchen duftendes, ein wenig feuchtes T-Shirt schlüpfe den nahenden Sommer in allen Gliedern.

Heute erwartet mich ein großes, aus mehreren Naturreservaten bestehendes, felsiges Buchenwaldgebiet. Die Åkulla bokskogar stehen zu einem großen Teil unter besonderem Schutz, so dass in ihnen keine Forstwirtschaft betrieben werden darf. Was einen naturbelassenen Wald von einem Nutzwald unterscheidet, merkt man beim Hindurchwandern ziemlich schnell. Auf den ersten Blick wirkt alles sehr unordentlich. Hier müsste mal jemand gründlich aufräumen, dann wäre es viel schöner, denkt man zunächst. Doch bei genauem Hinsehen wird rasch klar, dass das nicht stimmt. Dieser Wald ist nicht nur wunderschön, er ist perfekt, und zwar nicht obwohl, sondern weil hier niemand aufräumt.

Die Bäume dürfen knirschen, knacken und umstürzen, sich ineinander verschlingen oder aneinander anlehnen. Zweige, Äste und ganze Stämme dürfen zu Boden fallen, auf einem Felsbrocken landen, sich übereinanderstapeln oder einfach im alten Laub liegenbleiben wie es gerade kommt. Jeder Stein ist dick bemoost, an den morschen Rindenstücken kleben Pilze und unzählige Mikroorganismen wandeln Totholz wieder zu Erde um. Die Luft riecht auf seltsame Weise frisch und modrig zugleich, so als würde das Wunder des Lebens aus dem Chaos entstehen. Oder vielleicht ist das gar kein Chaos, vielleicht ist die Ordnung darin nur zu komplex für die menschliche Wahrnehmung. Ein heiliges Chaos sozusagen.

Zwischendurch überquere ich eine schmale Straße, die sich als dünnes Asphaltband durch die Landschaft windet, ein Auto tuckert vorbei und verschwindet hinter der nächsten Hügelkuppe – definitiv das zivilisatorische Highlight meines Tages. Ich komme an einen Weidezaun. Die Milchkühe, die hier grasen, nehmen im Gegensatz zu den Bullen von neulich keinerlei Notiz von mir, so dass ich, statt einen riesigen Bogen zu laufen, einfach zwischen ihnen hindurch spaziere. Abends passiere ich noch ein Gattertor, hinter dem Schafe blöken. Das Geräusch hat etwas Beruhigendes und macht irgendwie gute Laune, weshalb ich beschließe, kaum dass die Wiese hinter mir liegt, noch in Hörweite mein Nachtlager aufzuschlagen.

Von den ursprünglich fünfhundert Kilometern zwischen Malmö und Göteborg sind nur noch etwa hundert übrig. Eigentlich ein Grund zum Feiern, und dennoch laufe ich am nächsten Morgen erstmal auf eine Art Tiefpunkt zu, bevor ich schließlich doch noch in Hochstimmung gerate. Gleich zu Beginn der Etappe schlängelt sich der Weg um eine Kiesgrube herum und ich wandere eine langweilige halbe Stunde an Steinhaufen, schmutzigen Wasserlöchern, schwerem Abbaugerät und Bauzäunen entlang. Anschließend stoße ich auf eine für hiesige Verhältnisse stark befahrene Straße, der ich eine ganze Weile folgen muss.

Als ich endlich die Stelle erreiche, wo der Hallandsleden laut Karte von der Straße abzweigt, beginnt nicht etwa ein hübscher Wald- oder Feldweg, sondern nur ein Trampelpfad hinüber zu einem Maschendrahtzaun, in dem sich eine kleine Lücke befindet. Zwar ist sie mit der üblichen Wegmarkierzug, einem dicken orangen Farbklecks, versehen, kommt mir aber dennoch ein wenig inoffiziell und improvisiert vor, zumal sich jenseits des Zauns ganz offensichtlich ein riesengroßer Schrottplatz erstreckt.

Schon nach wenigen Metern sehe ich den Weg vor lauter Schrott nicht mehr. Ausgeschlachtete Autowracks zur linken, Berge aus Bügelbrettern, kaputten Kinderwagen, Bettgestellen, Kochtöpfen und allerlei Metallteilen zur rechten, hinter mir Container, aus denen Kabel herausquellen, und vor mir ein turmhohes Arrangement aus alten Heizkörpern. Nur leider nirgends ein weiterer oranger Punkt oder Pfeil. In der Hoffnung, irgendeinen Arbeiter zu treffen, den ich nach dem Weg fragen könnte, laufe ich weiter und gelange immer tiefer zwischen Ölfässer, Plastikkanister und kaputte Fahrräder.

Eigentlich wollte ich mir vorsichtshalber wenigstens den Rückweg zur Straße merken, muss mir aber nach kurzer Zeit eingestehen, dass ich die Orientierung verloren habe und nicht mehr genau weiß, ob ich bei den verbogenen Regenrinnen nach rechts oder nach links muss und ob der Stapel mit den zerbröselten Spanplatten derselbe ist, an dem ich vor ein paar Minuten schon mal vorbeigekommen bin, wobei ich schwören könnte, dass die ausgelaufenen Farbeimer und die verfaulte Dachpappe vorhin noch nicht hier standen.

Zum Glück gelange ich nach einer Weile an einen alten Schienenstrang. Der muss ja irgendwo hier rausführen, denke ich mir, und beginne von Schwelle zu Schwelle darauf entlangzuhüpfen. Tatsächlich erreiche ich schon bald eine Unterbrechung der Umzäunung, schlage mich gleich dahinter rechts in die Büsche, kraxle einen steilen Abhang empor und stehe oben angekommen wieder auf dem Hallandsleden, der sich malerisch durch ein Birkenwäldchen schlängelt. Auf dem Weiß der Stämme prangen die orangen Punkte so dick und leuchtend, als sei nichts gewesen und als wollten sie sich darüber lustig machen, dass ich sie zeitweilig aus den Augen verloren hatte.

Die Runde um die Kiesgrube, die Strecke an der Straße entlang und dann noch die Schrottplatz-Odyssee ... So fühlt es sich an, beim Wandern mit dem falschen Fuß aufgestanden zu sein. Obwohl inzwischen fast Mittag ist, habe ich noch nicht mal die Hälfte der heutigen Strecke geschafft. Dennoch bin ich genauso müde und lustlos, als hätte ich bereits dreißig Kilometer in den Beinen. Am liebsten würde ich sofort das Zelt aufbauen und heute keinen Schritt mehr gehen. Doch das kommt nicht in Frage. Ich muss es bis morgen Abend zum nächsten Supermarkt schaffen und der ist noch etwa fünfzig Kilometer entfernt.

Schlecht gelaunt stapfe ich weiter durch dichtes Unterholz, über dicke Felsbrocken und schmale Waldbäche hinweg. Mal stehe ich in einer Senke zwischen den Stämmen, dann wieder kraxele ich irgendeinen Abhang hinauf und sehe die Wipfel auf den umliegenden Hügeln wogen. Eigentlich herrlich, doch Tiefpunkt ist Tiefpunkt, und es will mir einfach nicht gelingen, in den Schönheiten des Weges etwas anderes zu erkennen als lästige Unbequemlichkeiten. Ich rege mich sinnlos auf über jeden An- und Abstieg, der mich ins Schwitzen bringt, jede Pfütze, die mir nasse Füße beschert und jeden umgestürzten, im Weg liegenden Baum. Mal lasse ich mich missmutig auf die Knie falle, krabbele unten durch und fluche leise vor mich hin, wenn der Rucksack dabei irgendwo hängen bleibt, mal schwinge ich mich oben über den Stamm und ärgere mich, dass ich vom Rutschen auf dem feuchten Moos einen nassen Hosenboden bekomme.

Erst als ich mich zum Nachmittagskaffee auf einer großen Felsplatte niederlasse, die wie eine Halbinsel in einen einsamen Waldsee hineinragt, erscheint mir die Welt wieder in freundlicheren Farben, und zwar ganz plötzlich. Ich blicke über die spiegelglatte Wasseroberfläche, in der sich Bäume und Himmel glasklar und beinah unbeweglich abzeichnen. Nur einige Wasserläufer hüpfen durchs Bild und ganz langsam ziehen ein paar Schäfchenwolken vorbei. Ich spüre, wie die überwältigende Ruhe dieses Ortes auf mich überspringt. Es ist, als lege sich in meinem Hirn ein Schalter um, der meinen ganzen Körper mit einem einzigen Ruck in einen rundum zufriedenen Entspannungsmodus versetzt.

Lange bleibe ich am Ufer sitzen und lächle tief in mich hinein, als ob ich dadurch etwas von der raumgreifenden Stille der Szenerie einfangen und mitnehmen könnte, für schlechte, unruhige Zeiten sozusagen. Ob so etwas tatsächlich funktioniert, weiß ich nicht, aber zumindest für den Augenblick tanke ich ordentlich auf und als ich weiterlaufe, bin ich wieder in bester

Stimmung. Ich lausche den Vögeln und freue mich über die vielen Eichhörnchen, die die Stämme entlang huschen. Der Rucksack fühlt sich federleicht an und Wasser im Schuh oder Hindernisse auf dem Weg machen mir nicht das Geringste aus.

Bis in den Abend hinein säumen hohe Fichten meinen Weg, Zitronenfalter flattern auf und ab, Hummeln summen um die ersten Blüten und mit etwas Fantasie riecht es schon ein bisschen nach Sommer. Mitten im feuchten, halbdunklen Nadelwalddickicht höre ich ein rasch lauter werdendes Rauschen. Lange dauert es nicht, bis ich mich zu Füßen einer steilen Felswand wiederfinde, von der sich in kleinen Kaskaden ein Wasserfall hinabstürzt. Einzelne Strahlen der tiefstehenden Sonne, die wie Scheinwerfer zwischen den mächtigen, bemoosten Baumstämmen hindurchscheinen, verleihen dem Anblick die idealtypischen Konturen eines aus der Wirklichkeit herausgeschnittenes Gemäldemotivs.

Nach wenigen Metern flussabwärts staut sich der Waldbach zu einem kleinen Weiher, an dessen Ufer ich auf einem Wiesenstreifen einen geeigneten Schlafplatz finde. Ich lege den Rucksack ins Gras, packe meinen Krempel aus, richte mich häuslich ein und stelle fest, dass auch mein Zelt heute ein bisschen so wirkt, als wäre es in ein Gemälde hineingebaut.

Zum Einschlafen lausche ich dem Rauschen des Wasserfalls und geweckt werde ich vom perlenden Gesang eines Rotkehlchens, in den gelegentlich eine Amsel hineinflötet. Scheinbar über Nacht ist die warme Jahreszeit gekommen. Zu dem Bach, an dem ich übernachtet habe, gesellen sich andere Wasserläufe. Überall an den Ufern sind in dicken gelben Büscheln die Sumpfdotterblumen aufgeblüht. Ich komme an mehreren alten Mühlen vorbei, an deren gewaltigen hölzernen Rädern die Wellen lustig plätschernd entlangströmen. Wie ein Kind freue ich mich über alles, was ich entdecke, und trödele hier und da herum mit dem Erfolg, dass mich, nachdem ich nachmittags das letzte bisschen Proviant verzehrt habe, noch immer ungefähr zehn Kilometer vom nächsten Supermarkt trennen. Mein Bauch bereut die Bummelei ein bisschen, mein Kopf jedoch sagt mir, dass, wenn es so viel Schönes zu sehen gibt, Schnellsein nun mal keine Option ist.

In Schweden haben Lebensmittelläden üblicherweise sieben Tage die Woche geöffnet. Zum Glück, denn heute ist Sonntag. In einem vergleichbar verschlafenen Ort in Deutschland würde ich mit Sicherheit vor verschlossenen Türen stehen. In Fjärås dagegen habe ich Gelegenheit, auch am Feiertag meinen Proviant aufzustocken. Auf dem letzten Stück Weg muss ich mich zwar doch noch ein wenig sputen und ein paar Sumpfdotterblumen links liegen lassen, denn der Laden macht um 19 Uhr zu, doch da ich mich auf dieser Wanderung insgesamt nur selten hetzen muss, macht mir das nichts aus, erst recht nicht mit der Aussicht auf ein paar Extrakalorien.

Mit einem großen Stück Schokokuchen im Bauch und neuen Vorräten auf dem Rücken laufe ich unter einem immer blauer werdenden Himmel in einen absolut windstillen Abend hinein, das Ganze mit herrlichem Ausblick, denn rund um Fjärås führt der Hallandsleden auf der Göteborgsmorän entlang, von der hinab man weit ins Land gucken kann. Dort, wo sich im Laufe der Jahrtausende eine dicke Erdschicht auf dem eiszeitlichen Höhenrücken abgelagert hat, wandere ich über eine lose mit Wacholdergebüsch und Kiefern bewachsene Heidelandschaft. Dann wieder schauen einzelne Felsen durch die Grasdecke und manchmal habe ich nichts als das blanke, durch die einstigen Gletscherbewegungen abgeschliffene Gestein unter den Sohlen. An diesen Stellen kommt es mir beinah vor, als liefe ich eine zwar etwas holprige, ansonsten aber tadellos asphaltierte Straße entlang. Ein natürlich gebahnter Weg mit langer Tradition. Seit der Steinzeit nutzten Menschen diese Route, um zu den Siedlungen und Handelsplätzen an der Mündung des Göta älvs ins Kattegat zu gelangen, wo zu Beginn des 17. Jahrhunderts schließlich das heutige Göteborg gegründet wurde.

Selbstverständlich erreicht man Schwedens zweitgrößte Stadt mittlerweile auch auf Schnellstraßen und Autobahnen, dennoch hat der Weg über die Moräne viele Vorteile: gute Luft zum Beispiel, schöne Aussicht und wenig Verkehr. Zwar dauert die Strecke auch ohne Stau länger als einen Tag, so dass man zwischen den Felsen übernachten muss, was auf den ersten Blick nachteilig erscheinen mag, auf den zweiten Blick jedoch weitere Vorteile mit sich bringt: leuchtender Sonnenuntergang, sternklarer Nachthimmel, Vogelkonzert am Morgen und vieles mehr.

Auf dem Weg von Fjärås nach Göteborg verlasse ich die Provinz Halland und betrete Västra Götaland. Damit bekommt mein Wanderweg mal wieder einen neuen Namen. Er heißt jetzt Bohusleden, ausnahmsweise nicht benannt nach der gesamten Provinz, sondern nur nach der Landschaft längs der Küste. Västra Götaland im Ganzen ragt weit ins Landesinnere hinein, genauer gesagt bis an den Vätternsee, mein nächstes großes Ziel, das ich ungefähr zehn Tage hinter Göteborg erreichen will.

Doch nun erstmal Göteborg selbst. Zwei Tage und ungefähr vierzig Moränen-Kilometer nördlich von Fjärås müsste die Großstadt laut Karte direkt neben mir liegen und sollte mit ihren knapp 600.000 Einwohnern eigentlich nicht zu übersehen sein. Trotzdem fehlt noch immer jede Spur. Ich laufe durch einen frühlingswarmen Kiefernwald, über felsige Wege, felsige Treppchen, felsige Sonnenterrasen und felsige Uferstreifen. Ein gelegentliches untergründiges Verkehrsrauschen ist lange Zeit das Einzige, was auf nahende urbane Zivilisation schließen lässt, bis endlich in einem Tal hinter ein paar Bäumen und einem Haufen Gestein ziemlich unvermittelt eine ganze Menge Häuser auftauchen.

Nun geht es sehr rasch und sozusagen holterdiepolter nach Göteborg hinunter. Doch verlaufen die Fußwege durch die Vorstädte meistens ein Stück von den großen Straßen entfernt.

Autobahnen, Schienenstränge und hohe Häuser sehe ich nur aus der Ferne. Teils führt der Bohusleden sogar auf Göteborger Stadtgebiet noch durch Wald und an Seen entlang. Ich hatte mir diesen Abschnitt des Wanderweges deutlich weniger idyllisch vorgestellt. Nicht jede Großstadt lässt sich so entspannt zu Fuß erreichen.

Auf dem Campingplatz checke ich für zwei Nächte ein. Es ist das erste Mal seit Beginn meiner Tour, dass ich nicht gleich am nächsten Morgen wieder zusammenpacke und weiterziehe. Stattdessen nehme ich mir einen wanderfreien Tag für einen Sightseeing-Spaziergang, ganz gemütlich ohne Gepäck.

Der Campingplatz liegt am südöstlichen Rand der City und eine gute halbe Stunde bin ich unterwegs, um das eigentliche Zentrum zu erreichen. Das große Riesenrad des Liseberg-Vergnügungsparks ist schon von Weitem gut zu sehen. Da ich eher zur Fraktion der Angsthasen gehöre, denen schon beim Angucken von Fahrgeschäften schwindelig wird, kann ich am Eingang zum Park getrost vorbeigehen. Ein Blick von außen durch den Zaun reicht mir vollkommen aus.

Gegenüber erheben sich die Gothia Towers, ebenfalls weithin sichtbar. Die drei über stegartige Glasgänge miteinander verbundenen Hochhäuser im futuristischen Stil beherbergen das größte Hotel Skandinaviens nebst einer ganzen Menge vornehmer Bars und Restaurants. Dort zu logieren, würde definitiv mein Budget sprengen und ich würde es auch gar nicht wollen, selbst dann nicht, wenn mir jemand eine Übernachtung schenken würde. Der Campingplatz passt viel besser zu meinem aktuellen Landstreicherdasein und ist mir tausendmal lieber. Nur auf die Aussicht von da oben bin ich ein klein wenig neidisch. Das muss ich zugeben. Aber egal, ich werde schon was anderes zum Runtergucken finden.

Zwischen den hohen Backsteinfassaden alter Speichergebäude hindurch bummele ich weiter. Das Flair der Straßenzüge erinnert ein bisschen an Hamburg. Zunächst steuere ich den berühmten Poseidonbrunnen an, das perfekte Wahrzeichen für eine maritime Hafenstadt. Der Meeresgott thront als acht Meter hohe Bronzestatue umrahmt von Kunsthalle, Konzerthaus und Theater mitten auf dem Götaplatsen. Hier beginnt mit der Kungsportsavenyen die Haupteinkaufsstraße, wo ich, bevor ich mein Sightseeing-Abenteuer fortsetze, ein paar Dinge erledigen muss. Neben der üblichen Proviantaufstockung nutze ich die Gunst der Zivilisation, um mich nach einer neuen Regenhose umzusehen. Zwar kommt es mir ziemlich absurd vor, ausgerechnet am bisher wärmsten und sommerlichsten Tag meiner Tour in einer Umkleidekabine zu stehen und Regenhosen anzuprobieren, aber was soll's: man muss die Einkaufsmöglichkeiten feiern, wie sie fallen. Die nächste Mistwetterepisode kommt bestimmt, die alte Regenhose ist aufgrund annähernden Dauergebrauchs während der ersten Wochen meiner Reise absolut durch und auf eine derart große Auswahl an neuen werde ich vermutlich erst in eineinhalb Monaten in Stockholm wieder stoßen. Um nicht bis dahin warten zu müssen, schlage ich lieber jetzt zu.

Anschließend schlendere ich weiter die Kungsportsavenyen hinab, die als prächtige Flaniermeile durch den königlichen Park in Richtung Göta älv verläuft. So heißt, um dem Vergleich mit Hamburg treu zu bleiben, die Elbe Göteborgs, wo mitten in der Stadt die großen Schiffe anlanden. Hier hoffe ich auf eine zweite Chance, Göteborg von oben betrachten zu können, denn die Dachterrasse des Läppstift, übersetzt Lippenstift, ist öffentlich zugänglich. Seinen Spitznamen erhielt das die Skyline Göteborgs maßgeblich prägende Hochhaus am Hafen aufgrund der etwas gewagten roten Fassadenfarbe der oberen Stockwerke. Was die Aussicht über die Stadt angeht, habe ich leider auch hier kein Glück. Die Plattform ist wegen Renovierung geschlossen. Ich muss also weitersuchen.

Doch zunächst nehme ich mir ein bisschen Zeit, um die Viking zu bestaunen. Sie ist das größte Segelschiff, das je in

Skandinavien gebaut wurde und entsprechend anspruchsvoll ist es, ein Plätzchen zu finden, von dem aus ich sie mit nur einem einzigen Foto komplett einfangen kann. Hinterher habe ich, vermutlich aufgrund einer Überdosis Seeluft, mächtig Hunger auf Backfisch mit Pommes. Ich finde ein gemütliches Restaurant und gönne mir zur Feier des Tages eine Mahlzeit sitzend am Tisch mit Messer und Gabel, was sich sehr ungewohnt anfühlt.

Frisch gestärkt laufe ich durch das pittoreske Haga-Viertel mit seinen gut erhaltenen Holzhäusern auf die Skansen Kronan zu, ein Überbleibsel der historischen Verteidigungsanlage und mein dritter Versuch, Göteborg von oben zu sehen, denn von der wallartigen Erhebung aus soll man weit über Stadt, Fluss, Meer und Hinterland blicken können. Und tatsächlich: der anstrengende Aufstieg hinauf zu den alten Kanonen und Mauervorsprüngen lohnt sich. Zumindest an einem so klaren Tag wie heute steht man hier wie auf einer Landkarte. Mir liegt nicht bloß mein gesamter Stadtspaziergang zu Füßen, auch die Wälder östlich von Göteborg, in die ich morgen abtauchen werde, lassen sich gehüllt in die warmen Strahlen der Abendsonne am Horizont bereits erahnen.

Göteborg verschwindet ebenso rasch und plötzlich, wie es vorgestern aufgetaucht ist. Nach wenigen Kilometern stehe ich mitten zwischen den Bäumen, die gestern von der Skansen Kronan aus noch ganz weit weg erschienen. Mein Weg führt durch ein idyllisches Auf und Ab aus Kiefern, Birken und klaren Seen. Ab und zu springen ein paar Rehe vorbei. Dann kommen hohe Fichten und dick bemooste Steine. Dazwischen mischen sich sumpfige Lichtungen, über die sich glitzernde Bäche hinwegschlängeln.

Gegen Mittag biege ich auf den Vildmarksleden ab. Der Bohusleden würde mich weiter um Göteborg herum in Richtung Norden führen. Ich aber will nach Osten zum Vätternsee. Zum ersten Mal auf meiner Tour ist Kurze-Hosen-Wetter, die Schokolade schmilzt in der Hand, Waldboden, Unterholz und Nadelbäume leuchten in frischem Grün, und solange man die noch frühlingshaft kahlen Kronen der großen Laubbäume einfach ignoriert, ist die Sommerillusion perfekt. Ich laufe bis spät in den Abend hinein, die sinkende Sonne im Rücken, meinem immer länger werdenden Schatten hinterher. Schließlich finde ich einen herrlichen Schlafplatz am See. Was für ein Kontrast zu meinem gestrigen Sightseeing-Programm in Göteborg, denke ich noch im Einschlafen, während neben mir die Wellen leise plätschernd ans Ufer schlagen und über mir die Sterne zu funkeln beginnen.

Am nächsten Tag knacke ich die Tausend-Kilometer-Marke – mein ganz persönlicher Meilenstein. Da er nirgends am Weg markiert ist, schreibe ich selbst mit Ästen und Kiefernzapfen eine Eins mit drei Nullen auf den Weg, setze mich daneben, strecke die Beine aus und schaue auf meine Schuhe. Seit meinem Start in Karlskrona sind 45 Tage vergangen. Die Sonne brennt heiß auf meine nackten Schienbeine. Offenbar habe ich mich endgültig aus dem winterlichen Blekinge herausgearbeitet, das Frieren hat ein Ende und statt Mütze und Handschuhe brauche ich Sonnencreme und eine kalte Cola. Beides und auch alles andere, was ich für die nächste Tage in supermarktloser Einsamkeit benötige, finde ich in dem Städtchen Hindås.

Zuerst sieht es aus, als bestünde der Ort nur aus ein paar Holzhütten, aber dann taucht doch noch ein kleiner Supermarkt auf, direkt neben der Bahnstation. Aus Spaß werfe ich einen Blick auf den Fahrplan. Eine knappe Stunde braucht der Zug von Göteborg hierher. Ich überlege, ob ich das frustrierend finden soll, entscheide mich jedoch dagegen. Meine Art der Fortbewegung mag nicht besonders zeitökonomisch sein, glücksökonomisch ist sie dafür umso mehr. Unterwegs beim Wandern erlebe ich meine Umgebung wie gehüllt in ein verzaubertes Licht. Die Welt erscheint wunderbar und wert von mit entdeckt zu werden. Ich fühle mich wie ein neugieriges Kind, das alles zum ersten Mal erlebt und Eis und Cola schmecken mir so gut wie schon lange nicht mehr.

Ab Hindås heißt mein Wanderweg Sjuhäratsleden, doch die Landschaft bleibt dieselbe. Erstaunlich, wie schnell sich ein paar kleine Spaziergänge von See zu See zu einer kompletten Tagesetappe summieren. Eh ich's mich versehe, bricht zwischen den Bäumen und funkelnden Wasseroberflächen die Dämmerung herein und schon wieder baue ich das Zelt auf. Ich finde Wandern alles andere als langweilig. Im Gegenteil, manchmal fliegen die Stunden so rasch vorbei, dass ich absichtlich anhalte, um zu spüren, wie die Zeit für einen Augenblick still zu stehen scheint. In diesen Momenten vergesse ich alles um mich herum und es kommt mir vor, als würde ich Bilder, Gerüche und Geräusche mit allen Sinnen aufsaugen, damit sie in meiner Vorstellung für immer lebendig bleiben.

Schon früh am Morgen sorgen die ersten Sonnenstrahlen für eine angenehme Wärme im Zelt. Gegen Mittag jedoch ziehen Wolken auf und es beginnt zu tröpfeln. Ich bin überrascht, wie leicht es mir fällt, trotzdem gut gelaunt zu bleiben. Das Wasser in den Seen kann schließlich nicht immer nur glitzern, sondern muss auch mal nachgefüllt werden. Außerdem habe ich gerade heute das Glück, zum Schlafen eine kleine Blockhütte zu finden, die sehr idyllisch mitten auf einer einsamen Waldlichtung steht. Archäologischen Funde zufolge war dieses Areal bis vor 500 Jahren von Menschen bewohnt. Sie weideten hier ihr Vieh und bewirtschafteten kleine Äcker. Nachdem Wissenschaftler rekonstruiert hatten, wie die Hütten aussahen, in denen man damals lebte, entschied man sich, eine solche nachzubauen als Unterkunft für Wanderer – der einzigen Spezies Mensch, die diesen inzwischen verlassenen Ort heute noch regelmäßig aufsucht. Sogar die früheren Apfel- und Birnbäume wurden neu angepflanzt. Noch sind sie recht klein, doch irgendwann wird, wer zur Erntezeit vorbeikommt, vielleicht sogar etwas zu Essen vorfinden.

Am nächsten Morgen verschwindet meine Sonnencreme tief im Rucksack und es ist Zeit, die Regenhose aus Göteborg einzuweihen. Nach einigen Stunden Waldspaziergang wartet die nächste Zeitreise auf mich. Diesmal geht es sogar noch viel weiter zurück als an meinem Schlafplatz, denn am Stadtrand von Borås begrüßt mich ein Mammut. Natürlich nur eine Nachbildung aus Beton am Eingang zum Tierpark, aber dank der feuchten, nebeldunstigen Luft, die die Konturen verschwimmen lässt, beinah täuschend echt.

Wenige Schritte später jedoch holt die Gegenwart mich brutal wieder ein, und zwar in Gestalt einer verkehrsreichen Durststrecke durch eine wenig ambitionierte Ansammlung aus Tankstellen, Drive-In-Restaurants, Möbelhäusern, Baumärkten und Outlet Stores. Ich bin drauf und dran Borås für einen der hässlichsten Orte Schwedens zu halten, als die Stadt ganz plötzlich ihr zweites Gesicht enthüllt. Rund um Kunsthochschule, Kongresszentrum und Textilmuseum entwickelt sich großstädtisches Flair. Endlich bin ich bereit zu glauben, was ich vorher gelesen habe, nämlich dass Borås eine hübsche, lebendige Studentenstadt ist und als führendes Zentrum in Sachen Design und Mode gilt.

Ich gelange in eine belebte Fußgängerzone mit schicken Läden und Cafés, moderne Architektur mischt sich mit historischen Gebäuden, dazwischen weitläufige Plätze. Zahlreiche Fassaden sind kreativ bemalt, auffällige Skulpturen dienen in den Parks als Blickfang und mitten hindurch mäandert der Fluss Viskan mit hübschen Spazierwegen am Ufer. An manchen Stellen wirkt die Umgebung so blankgeputzt, dass ich es kaum wage, meinen matschbespritzen Rucksack auf dem sauberen Straßenpflaster abzustellen. Also nichts wie zurück in den Wald.

Gegen Abend mausert sich das Wetter und ich löffle meinen Topf Nudeln auf einer malerischen Lichtung im Schein der ersten und gleichzeitig auch letzten Sonnenstrahlen des heutigen Tages. Die Nacht ist klar, die Luft eisig und die Wiese rings ums Zelt am nächsten Morgen starr vor Raureif. Eilig wühle ich die Handschuhe wieder hervor. Was für ein Temperatursturz! Unvorstellbar, dass ich noch vor Kurzem Sonnencreme brauchte.

Um nicht festzufrieren, rase ich die ersten paar Stunden nonstop durch. Auf diese Weise komme ich erstaunlich gut voran und bin, als ich um die Mittagszeit zum ersten Mal anhalte, bereits zwanzig Kilometer gelaufen. In einem kleinen Rastunterstand lasse ich mich nieder und esse ein paar Kekse. Auf dem Picknicktisch stehen vier vergessene Kerzenhalter in Weihnachtswichtelform herum, in denen noch alte Wachsreste mit Dochtstummel feststecken. Ich zünde sie an, um mir die Hände zu wärmen, gerate darüber in Adventsstimmung und summe schließlich „Morgen Kinder wird's was geben" vor mich hin. Als es im Weitergehen zwischen den hohen Nadelbäumen zu schneien beginnt, wechsle ich zu „O Tannenbaum". Zwar bleibt der Schnee nicht lange liegen, doch leise rieseln tut er trotzdem, und da Singen sehr gut warmhält, müssen im Tagesverlauf noch einige andere Weihnachtslieder dran glauben – je lauter, desto besser. Nur gut, dass außer mir niemand unterwegs ist.

Genau wie vor zwei Tagen hat mein Schlafplatz auch heute wieder heimatmusealen Charakter. Ich schlage mein Zelt im Garten der Raska-Minas-Stuga auf, einer Kate mitten im Wald benannt nach Vilhelmina Rask, kurz Mina, die von Kindheit an bis ins hohe Alter, das heißt von 1865 bis 1943, durchgehend in dieser völlig entlegenen Hütte gelebt hat. Nach ihrem Tod hat der Landkreis Ulricehamn, zu dem der Wald gehört, beschlossen, Haus und Einrichtung zu erhalten, damit künftige Generationen sich vorstellen können, wie das Leben in dieser Gegend früher einmal ausgesehen hat.

Vorsichtig drücke ich die Klinke der schwergängigen Holztür, die so niedrig ist, dass ich den Kopf einziehen muss, um mich nicht zu stoßen. Drinnen ist alles sehr liebevoll gestaltet: in der Mitte ein Tisch mit vier Stühlen, an den Wänden Stickereien, auf dem Ofen ein kupferner Kessel, daneben eine große Truhe und ein Korb mit Feuerholz, Blumen vor den Fenstern, ein kleines Schränkchen mit Geschirr, ein Bord mit Waschschüssel und zum Schlafen eine Bank mit einem bunten Teppich als Bettvorleger. Eigentlich alles, was man braucht.

An der Wand hängen eine Spendenbüchse und eine Infotafel des Heimatvereins Ulricehamn. Wanderer auf dem Sjuhäratsleden sind herzlich eingeladen im Garten vor der Hütte zu zelten. Das lasse ich mir nicht zweimal sagen. Zwar ist es noch früh am Nachmittag, doch habe ich auf den Flügeln von Kälte und Gesang bereits ein ordentliches Stück geschafft, so dass es okay ist, für heute Feierabend zu machen. Die Wiese rund ums Haus wird regelmäßig gemäht und erweist sich als perfekter, weicher und ebener Untergrund für mein Nachtlager. Danke, lieber Heimatverein!

Nach dem Abendessen sitze ich noch lange im offenen Zelteingang und lese „Nils Holgersson". Aus dem Wald dringen Eulenrufe zu mir herüber. Ringsherum ragen hohe Fichten als schwarze Silhouetten in einen dunkelblauen Nachthimmel empor. Als ich mich ein Stück nach draußen recke, um die Frühlingssternbilder zu erspähen, passiert etwas sehr Merkwürdiges: Mir fällt mir eine Eidechse auf den Kopf. Kein Witz! Sie prallt an meiner Stirn ab und landet vor mir auf dem Schlafsack, völlig unbeweglich und steif. Irritiert schaue ich nach oben. Hat Minas Geist vielleicht etwas gegen meine Anwesenheit und lässt Eidechsen regnen, um mich loszuwerden? Doch zum Glück bleibt es bei dem einen Exemplar. Dennoch will mir die Sache keine Ruhe lassen. Also wühle ich nach meinem Handy und beginne, um besser schlafen zu können, nach einer rationalen Erklärung zu suchen.

Tatsächlich finde ich etwas, das mir halbwegs plausibel erscheint: Wechselwarme Tiere wie Reptilien überdauern den Winter in Kältestarre, fahren ihren Stoffwechsel komplett runter und kurbeln ihn im Frühling wieder an. Wenn nach einer warmen Periode überraschend noch einmal Frost kommt, und genau das ist ja gerade der Fall, dann kann es passieren, dass bereits aufgetaute Tiere erneut einfrieren. Falls sie dabei auf Bäumen sitzen, fallen sie zu Boden. Ich habe keine Ahnung von Eidechsen-Physiologie, aber das Internet behauptet, man soll die Tiere irgendwo ablegen und nicht weiter stören. Also trage ich meinen kleinen Freund zu einem Laubhaufen am Waldrand und schiebe ihn zwischen die alten Blätter.

Morgens sieht das arme Ding leider immer noch ziemlich tiefgefroren aus. Ich hoffe, dass es noch ein paar Tage Erstarrung überlebt. Heute zumindest ist wohl eher nicht an Auftauen zu denken. Denn es ist wirklich empfindlich kalt. Selbst ich als gleichwarmes Wesen muss, um reptilienähnlichen

Erstarrungszuständen vorzubeugen, meine Pausen kurzhalten. Genau wie gestern reiße ich die Kilometer ziemlich schnell herunter. Trotzdem brauche ich bis nach Ulricehamn zum Supermarkt ungefähr vier Stunden.

Zwanzig Kilometer Waldweg – mal sumpfig, mal holprig und nur selten leicht zu begehen. Während ich keuchend über Baumwurzeln und rutschig nasse Felsen stolpere, fange ich an, mich zu fragen, wie Mina sich in ihrer Hütte überhaupt versorgen konnte. Zumal sie die letzten dreißig Jahre ihres Lebens ganz allein dort verbracht hat. Auf jeden Fall muss sie bis ins hohe Alter echt fit gewesen sein. Schon mir kommt der Weg beschwerlich vor, dabei bin ich ein paar Jahrzehnte jünger, trage teure Wanderschuhe und eine wind- und wasserdichte Gore-Tex-Jacke, ich stütze mich auf ultraleichte Hightech-Stöcke aus Carbon und auf meinem Rücken sitzt ein perfekt angepasster Trecking-Rucksack. Das alles hatte Mina nicht. Aber vermutlich war sie auch viel weniger als ich auf einen Supermarkt angewiesen und ist stattdessen irgendwie anders zurechtgekommen. Nur wie? Online-Shopping war schließlich noch nicht erfunden, und selbst heutzutage hätte ihr diese Option nichts genützt, denn auf solchen Wegen hätte ihr niemand irgendetwas bis vor die Haustür geliefert, auch nicht gegen Aufpreis. Je länger ich über Mina nachdenke, desto mehr kommt sie mir wie Superwoman vor. Zwar können wir heute Dinge, die Menschen vor hundert Jahren nicht konnten, doch umgekehrt gilt dasselbe.

Fortschritt ist ohne Zweifel relativ. Davon wenigstens bin ich überzeugt, während ich am Stadtrand von Ulricehamn in Hör- und Sichtweite einer viel zu lauten Autobahn inmitten eines absolut unübersichtlichen Gewerbegebiets mit einem viel zu großen Einkaufswagen über einen viel zu weitläufigen Parkplatz und zwischen viel zu dicken Autos hindurch auf einen völlig überdimensionierten Supermarkt zu rollere.

Drinnen erwartet mich ein gigantisches Sortiment von einfach allem, was irgendwie essbar ist: quietschbunte Regalmeter mit Schokoriegeln, Gummibärchen, Marmeladengläsern, Müsli, Keksen, abgepacktem Kuchen, dazu Softdrinks bis unter die Decke gestapelt, bergeweise Chipstüten, Smoothies in allen erdenklichen Farben, Joghurt und Pudding in sämtlichen Geschmacksrichtungen, und die Tiefkühltruhen voller Pommes, Pizza und Co sind lang genug, als dass darin sämtliche Reptilien Schwedens ausreichend Platz fänden, um klimawandelbedingte, vorschnelle Wärmeeinbrüche schadlos verschlafen zu können. Meine Schilderung mag übertrieben klingen, und vermutlich hätte ich die Szenerie, wäre ich direkt aus meinem normalen Berliner Alltag hierher gelangt, auch niemals so empfunden, doch irgendwie haben die vielen einsamen Tage im Wald meinen Blick verändert.

Kaum, dass ich meinen neuen Proviant verstaut habe, verschwinde ich wieder zwischen den Bäumen. Von Ulricehamn ist schon bald nichts mehr zu sehen und ich laufe den ganzen Nachmittag hindurch vollkommen allein bis zu meinem Schlafplatz. Auch heute ist es ein Ort mit heimatmusealem Flair, und zwar eine Lichtung rund um einen alten Erdkeller, der früher zur Lagerung von Vorräten diente. Es handelt sich um nichts weiter als ein kleines tief in einen Hügel hineingebautes Häuschen. Da das Dach komplett mit Gras bedeckt ist, fügt es sich wie selbstverständlich in die Landschaft ein und ist, außer an der Türseite, eigentlich kaum zu sehen. Dass diese Hütte perfekt als Kühlschrank funktioniert, glaube ich sofort, denn drinnen ist es empfindlich kalt und außerdem ziemlich düster. Im Hochsommer mag es angenehm sein, hier einen Augenblick zu verschnaufen. Im Moment jedoch ziehe ich das warme Abendlicht draußen entschieden vor. So rar wie sich die Sonne im Augenblick macht, darf ich, um dem Eidechsen-Schicksal zu entgehen, keinen Strahl ungenutzt verpassen.

Auch während der nächsten Tage bleibt am Himmel viel Platz für Regen-, Hagel oder Schneeschauer und in den Seen spiegelt sich ein oscarverdächtiges Wolkenkino. Durch den apriltypischen Wechsel der Jahreszeiten im Minutentakt erscheinen selbst eintönige, schnurgerade Straßenabschnitte auf eine gewisse Weise abwechslungsreich. Manchmal werde ich einfach nass, manchmal finde ich rechtzeitig eine Möglichkeit, mich unterzustellen – in einer alten Wassermühle zum Beispiel, die genau zeitgleich mit einer pechschwarzen Wolke und mindestens ebenso überraschend neben mir auftaucht. Die große knarrende Flügeltür des scheunenartigen Gebäudes steht einen Spalt offen, und kaum habe ich mich hindurchgezwängt, donnert das Unwetter los.

Ich sehe mich um. Mein Unterschlupf ist ein langgestreckter, etwas zugiger Raum am Ufer eines Flusses mit einer großen Öffnung zum Wasser hin, wo unter einem weit hinabgezogenen Vordach ein riesengroßes hölzernes Mühlrad unbeweglich zwischen den schaukelnden Wellen liegt. Zwischen Mühlrad und Tür befindet sich in Gestalt eines unüberschaubaren Gewirrs aus allerlei, Achsen, Hebeln und kleinen Rädchen die Mechanik, die das Ganze einst am Laufe hielt. Ich lausche dem Widerhall der Hagelkörner im Gebälk, die schwer und dick aufs Dach und in den Fluss prasseln.

Anfangs finde ich es abenteuerlich und spannend hier drinnen zu sein und sehe mir alles ganz genau an. Wann hat man schon mal so unverhofft Gelegenheit, eine alte Wassermühle zu besichtigen. Doch je länger das Unwetter andauert, desto mehr flaut meine Begeisterung ab. Zwar laufe ich weiter hin und her und studiere jeden Bügel, jede Querverstrebung, jeden kleinen Knauf oder Zapfen und jedes Astloch, aber nicht mehr aus Interesse, sondern nur noch um nicht festzufrieren. Als nach über einer Stunde endlich wieder Sonnenstrahlen hereinfallen und die Vögel draußen erneut zu singen beginnen, ist mein Bedarf an alten Wassermühlen für die nächsten paar Jahre mehr als gedeckt.

Mitten im schönsten Aprilwetter verlasse ich Västra Götaland und erreiche die nächste Provinz. Jönköpings Län gehört zur Landschaft Småland. Klingt sehr nach kleinen Jungen mit Suppenschüsseln auf dem Kopf oder Mädchen, die von einer Fahnenstange hinab die Aussicht genießen. Doch Småland ist groß und Astrid Lindgrens Geburtsort liegt ein ganzes Stück weiter östlich. Trotzdem rechne ich fest damit, dass mir auch in dieser Region Unmengen Bullerbü-Häuschen begegnen, dass die Wälder voller Rumpelwichte sind und dass es irgendwo eine Kleinstadt mit einem bunten Bonbonladen gibt, wo ein kleines Mädchen mit roten Zöpfen und einem Affen auf der Schulter eines der Goldstücke aus ihrem unerschöpflichen Koffer in Zuckerstangen investiert.

In Mullsjö endet der Sjuhäratsleden und bis nach Jönköping am Vätternsee muss ich mir meinen eigenen Weg suchen, wobei ich einen ziemlich abwechslungsreichen Mix aus verschiedenen Oberflächen unter den Füßen habe: von Trampelpfad über Feldweg bis asphaltierte Straße ist alles dabei. Ich freue mich über den vielfältigen Wald aus Fichten, Kiefern, Birken, Eichen, Buchen und Ebereschen. Im bunten Durcheinander der Frühlingsblumen flattern Zitronenfalter und Schmetterlinge um die Wette. Manchmal komme ich durch Dörfer mit hübschen alten Holzkirchen oder ein paar Ponys traben hinter einem Weidezaun ein Stück neben mir her.

Wenn man nichts weiter zu tun hat, als einfach drauflos zu wandern und neugierig die Augen offenzuhalten, dann gibt es plötzlich sehr viel zu sehen, und wenn man morgens noch nicht weiß, wo man abends schlafen wird, dann steckt der Tag ganz automatisch voller Überraschungen. Die letzte ist stets das Plätzchen fürs Zelt: ein Felsplateau über einer wildrauschenden Stromschnelle zum Beispiel, mitten zwischen hoch aufragenden Nadelbäumen, deren dicke Wurzeln sich knotig über den dunkelgrün bemoosten Boden winden. Es ist laut und still zugleich inmitten von tosender Waldesruh. Alles wirkt groß und gewaltig, und spätestens als über mir der Mond und die Sterne aufgehen, fühle ich mich wie eines der kleinen Menschlein auf einem Gemälde von Caspar David Friedrich.

Das Kontrastprogramm zu so viel malerischer Romantik wartet am nächsten Tag in Jönköping an der Südspitze des Vätternsees auf mich. Eine Straße führt zwischen Wohnhäusern hindurch bergab zum Ufer. Ich blicke über ein Meer von Dächern, einen Schienenstrang und dahinter über eine schier unendliche Wasseroberfläche hinweg. Rings um mich herum toben Lärm und Gewusel. Mit 100.000 Einwohnern ist Jönköping zwar nicht gerade riesig, doch im Vergleich zu meiner aktuellen Normalität käme mir vermutlich selbst eine halb so große Stadt noch gigantisch vor.

Güterwagen rattern vorbei, und je näher ich dem Bahnhof komme, desto lauter wird das schrille Quietschen der ein- und ausfahrenden Personenzüge. In der Wartehalle angelangt setze ich mich auf eine Bank und sehe den Leuten zu, die begleitet von Lautsprecherdurchsagen an mir vorbeihasten. Mein Plätzchen im Wald, an dem ich heute früh aufgebrochen bin, fühlt sich weit weg an und das ist es auch, denn bei meiner Fortbewegungsweise und Geschwindigkeit sind zwanzig Kilometer eine lange Reise. Um jetzt hier zu sein, bin ich früh aufgestanden und habe mich ordentlich ins Zeug gelegt.

Natürlich hatte ich es nicht ohne Grund so eilig: Ich erwarte Wandergesellschaft. Mein Freund Lukas und sein Sohn Consti kommen extra aus Berlin hierher, um mich für eine Woche zu begleiten und darüber freue ich mich riesig. Stille und Einsamkeit habe ich während der letzten 52 Tage, die ich inzwischen unterwegs bin, in allen Facetten hören, sehen, fühlen und genießen dürfen: in Laut und in Leise, in Verregnet und in Sonnig, am Strand, im Wald, in der Stadt oder zwischen Wiesen und

Feldern. Zur Abwechslung einmal teilen und mitteilen zu können, was ich empfinde und wahrnehme, wird mir guttun.

Unser gemeinsames Wandern beginnt mit einem wunderschönen Stück am Vättern entlang. Auf dem Spazierweg am Wasser bekommt man von der Stadt kaum etwas mit. Ständiger Blickfang, an dem man sich einfach nicht sattsehen kann, ist und bleibt der riesige See. Es gibt sogar ein paar Sandstrände mit etwas Wellengang, am Himmel kreisen Möwen und manchmal fühlt es sich für einen kurzen Augenblick an, als würde die Luft salzig schmecken. Kein Wunder, denn der Vättern hat meerähnliche Dimensionen und ist mit einer Oberfläche von 1886 Quadratkilometern fast viermal so groß wie der Bodensee.

Zur Einstimmung wandern wir heute noch keine besonders lange Strecke, sondern nur einen Ort weiter bis nach Huskvarna. Dort haben wir uns ein Zimmer in der Jugendherberge gebucht und auf mich wartet die seit meinem Aufbruch aus Berlin erste Nacht drinnen in einem richtigen Haus auf einer weichen Matratze. Nachdem wir jeder eine leckere Pizza verdrückt haben, liege ich satt und zufrieden unter meiner warmen Decke und überlege, ob ich unter so ungewohnt luxuriösen Bedingungen überhaupt schlafen kann. Doch meine Sorge ist unbegründet. Schon nach wenigen Zeilen „Nils Holgersson" fallen mir die Augen zu und ich weiß, ich kann, sehr gut sogar.

Das reichhaltige Frühstücksbuffet ist die perfekte Vorbereitung auf die heutige Etappe. Gleich hinter Huskvarna nämlich geht es so steil bergauf, dass man wirklich jede Kalorie gebrauchen kann. Oben angelangt genießen wir eine herrliche Aussicht über die gesamte Südspitze des Vättern hinweg bis zurück nach Jönköping, wo wir gestern aufgebrochen sind.

Unser Wanderweg für die nächsten Tage heißt John Bauerleden und wird uns in einem weiten Bogen vom See weg und schließlich wieder dorthin zurück in das am Ostufer gelegene Städtchen Gränna führen. Wir schlagen einen schmalen Pfad zwischen den Bäumen ein. Häuser, Straßen und der Vättern geraten aus dem Blick und das letzte bisschen Verkehrsrauschen verebbt. Bald schon liegen die Stadt und ihre Umgebung endgültig hinter uns und vor uns nichts als Wald.

John Bauer war ein schwedischer Maler, der vor etwa 120 Jahren in dieser Region lebte und dessen Zeichnungen von Trollen, Wichteln und Elfen in typisch småländischer Landschaft sich großer Beliebtheit erfreuten. Bekannt wurde er vor allem als Illustrator von Märchenbüchern. Dass es ihm in einer so schönen Gegend an inspirierenden Motiven gewiss nicht mangelte, kann man sich noch immer lebhaft vorstellen. Um sich alle möglichen Fabelwesen zu imaginieren, die zwischen den dick bemoosten, verwunschen geformten Felsen und rings um die knorrigen, alten Bäume um die Wette tanzen, braucht es nicht allzu viel Fantasie, die Bilder entstehen wie von selbst, und ich bin mir sicher, dass nach Einbruch der Dunkelheit auf der malerischen Lichtung, an deren Rand wir unsere Zelte aufgeschlagen haben, ein paar Hexen zusammenkommen werden. Es ist nämlich Walpurgisnacht.

Als ich sehr spät nochmal rausgucke, überzieht ein schon ziemlich runder, zunehmender Mond die Wiese mit einem geheimnisvoll silbrigen Schimmer. Der Teppich aus weißen Buschwindröschen, der seit einigen Tagen am Boden erblüht ist, strahlt beinah ebenso hell wie die Sterne über mir. Zwischen den hohen, schwarzen Silhouetten der Bäume hallt der Ruf eines Waldkauzes, ab und zu flattert eine Fledermaus vorbei und sicher ausschließen will ich nicht, dass da nicht auch ein paar Gestalten auf Besen am Himmel unterwegs sind.

Am nächsten Morgen ist klar: Die Hexen haben den Winter erfolgreich vertrieben. Irgendwo müssen sie also gefeiert haben, wenn nicht hier, dann woanders. Obwohl die Bäume immer noch keine Blätter tragen, ist die Welt voller Frühling und wir können unsere warmen Klamotten im Rucksack lassen. Durchs kahle Geäst dringt ein blaues Himmelsleuchten bis auf die Erde hinab und bringt die Grüntöne der ersten Knospen und kleinen Blättchen im Unterholz ungewöhnlich prägnant zur Geltung. Der Wald ist vollkommen still und wirkt ganz und gar verzaubert. Manchmal sieht es aus, als läge da ein schlafender Troll im Dickicht, vielleicht noch müde vom Tanz in den Mai. Nur sein grüner Haarschopf schaut hervor und breitet sich in langen Strähnen über Felsen, Äste und umgestürzte Bäume. Hier und da könnte ohne weiteres eine Horde Rumpelwichte unter den Wurzeln und Steinen hervorgekrochen kommen, und ein paar dicke Fichten, deren ausladende Zweige bis zum Boden reichen, sehen aus wie Riesen in langen grünen Mänteln.

Mit jedem Tag erscheint die Welt ein klein wenig frühlingshafter, heller und farbenfroher. Aus der immer grüner werdenden Pflanzenpracht schimmern die immer blauer werdenden Seen hervor. Das Plätschern der Quellen und Bäche klingt wie eine fröhlich jauchzende Melodie. Schmetterlinge, Käfer und Blumen überbieten sich in bunten Farbkontrasten. Es lohnt sich ab und zu stehen zu bleiben und sich genau anzuschauen, was da zwischen den Grashalmen kreucht und fleucht, wie viele unterschiedliche Arten von Moosen und Flechten auf einem einzigen Stein wachsen können und wie erst an den unteren Zweigen und dann auch in den Kronen die ersten Birkenblätter zu leuchten beginnen. Zwar lächle ich äußerlich nur still in mich hinein, innerlich jedoch stoße ich einen lauten Frühlingsschrei aus, genau wir Ronja Räubertochter.

Als wir nach fünf Tagen wieder unten am Vättern stehen, schlagen auch die Buchen und Eichen kräftig aus. Da wir immer noch in Småland unterwegs sind, ist es nur folgerichtig, dass wir in dem idyllischen Städtchen Gränna auf Pippis Bonbonladen stoßen, und zwar gleich in mehrfacher Ausführung. Wir schlendern die pittoreske Hauptstraße des Örtchens auf und ab wie durch ein Schlaraffenland. In beinah jedem der malerischen Holzhäuschen wird Süßkram verkauft – Eis, Kuchen, Limonade und am aller meisten Zuckerstangen. Gränna ist nämlich Schwedens Zuckerstangen-Metropole mit einer fast zweihundert Jahre zurückreichenden Tradition. Mittlerweile produzieren die Bonbonkochereien Zuckerstangen in so ziemlich jeder erdenklichen Geschmacksrichtung. Wir schlagen uns ordentlich den Bauch voll und begeben uns anschließend mit mehreren Tüten Vorrat im Gepäck zum Campingplatz.

Schade, dass unser gemeinsames Stück Weg in Gränna schon wieder zu Ende ist. Doch den Vormittag des nächsten Tages verbringen wir noch zusammen. Allerdings nicht wie gestern mit Naschen, sondern mit einer Kettcar-Fahrt auf der Uferpromenade und einer Runde Minigolf. Nachmittags steigen Lukas und Consti in den Bus zurück nach Jönköping, wo sie den Zug nach Berlin nehmen werden. Ich schlage den Weg in die entgegengesetzte Richtung ein, raus aus Gränna und weiter nach Norden quer durch Schweden.

Zu meiner Linken glitzert in der Ferne der Vättern, davor liegen Felder, Weiden und manchmal ein Gehöft. Rechts der Landstraße steigt die Gegend schroff an, so als habe jemand eine riesige Treppenstufe in den Boden gehauen. Knapp hundert Meter höher beginnt wieder Wald. Eine Burgruine ragt zwischen den Bäumen hervor. Schäfchenwolken zieren den schon beinah sommerlich blauen Himmel, unbeweglich und wie aufgemalt. Die warme Nachmittagsluft flimmert über dem Asphalt. Ganz selten tuckert mal ein Auto vorbei. Die Welt wirkt wie auf einer Postkarte fixiert und für einige Stunden fühlt es sich an, als wäre die Zeit stehen geblieben.

Erst gegen Abend bemerke ich, wie sich ganz allmählich das Licht verändert. Die Sonne steht jetzt tief im Westen und ihre Strahlen fallen nicht mehr senkrecht auf den Boden, sondern schimmern waagerecht zwischen den Bäumen hindurch, deren Stämme immer längere Schatten werfen. Da es trotzdem angenehm warm bleibt, laufe ich weit in die goldene Dämmerung hinein. Schließlich gelingt mir sogar noch ein kleiner

Etappensieg. Ich verlasse Småland und erreiche Östergötland, die nächste Provinz auf meinem Weg.

Nachdem ich mein Nachtlager aufgeschlagen habe, gönne ich mir eine Zuckerstange aus Gränna. Ich schaue in den dunkler werdenden Wald hinaus, lausche den letzten Tönen des langsam verklingenden Vogelgesangs und denke an die wunderschönen Tage mit Lukas und Consti zurück. Wieder allein zu wandern ist ungewohnt, doch wird es nicht für lange sein, denn schon morgen treffe ich Angela, eine Freundin aus Hamburg, die mir für eine weitere Woche Gesellschaft leistet. Erst danach werde ich in meinen eigenen verträumten Rhythmus zurückfinden müssen.

Wenn ich allein bin, lasse ich mich stärker auf meine Umgebung ein. Die Begegnung mit Landschaft und Natur ist intensiver, weil ich genauer beobachte und weniger abgelenkt bin. Statt Gespräche mit einem Gegenüber zu führen, trete ich in einen inneren Dialog mit mir selbst und dem, was ich sehe. Ich lasse Gedanken, Träume, Erinnerungen und Gefühle kommen und gehen, so wie sie gerade wollen und wie die Eindrücke rings um mich herum sie aus mir herauskitzeln. Ich nehme alles interessiert zur Kenntnis und lasse es sein, wie es ist. Ich muss nichts bewerten und nichts erklären. Ich bin einfach nur ich und endlich komme ich auch mal dazu.

So viel Freiheit ist ein großes Privileg, kostet jedoch ein wenig Mut. Sowohl bezüglich meiner Innenwelt und dem, womit sie mich konfrontieren möchte, als auch bezüglich der äußeren, meist sehr bodenständigen Anforderungen und Fragen meines Wanderalltags bin ich vollkommen auf mich gestellt. Wo finde ich einen guten Schlafplatz? Kann man das Wasser hier trinken? Wie lange muss ich noch mit meinem Proviant auskommen? Was raschelt da mitten in der Nacht so laut im Gestrüpp? Soll ich hier schon rechts abbiegen oder erst da vorn? Und, und, und … Ganz gleich, welches Problem sich auftut und was ich dabei empfinde, ich muss mit allem allein zurechtkommen.

Ich bin gern mit Menschen zusammen, brauche zwischendurch aber immer wieder auch Zeit für mich. Umgekehrt kann ich Einsamkeit nur dann genießen, wenn ich sie frei gewählt habe, wenn ich weiß, dass sie nicht ewig andauert und dass das, was ich in der Stille über mich lerne, irgendwann wieder in zwischenmenschliche Kontakte einfließen wird. Im Augenblick habe ich Lust auf Gesellschaft und es fühlt sich gut an, dass noch eine weitere Woche gemeinsamen Wanderns auf mich wartet.

An einem Windschutz in der Nähe eines Wanderparkplatzes treffe ich Angela. Der Weg für die nächsten Tage heißt Östgötaleden und fängt gleich richtig gut an. Unser Pfad schlängelt sich einen felsigen Hang entlang, der steil zum Vättern hinabfällt. Der See, die Baumkronen, das Moos auf den Felsen und der weite Himmel leuchten in beinah unnatürlich knalligen Farben und kombinieren sich zu immer neuen atemberaubenden Ausblicken. Als wir einen schmalen Bachlauf überqueren, der sich als wild tosender Strahl in den Vättern hinunterstürzt, bin ich tatsächlich für einen Augenblick verwundert, dass das Wasser einfach nur durchsichtig und nicht genauso schlupfblau ist wie der See dort unten.

Die weit und breit beste Aussicht über den Vättern bietet der Omberg, die mit 264 Metern höchste Erhebung am gesamten Ufer. Von hier oben sieht man sogar noch einen zweiten, eigentlich ebenfalls recht großen See, den Tåkern. In Deutschland gelegen wäre er mit seinen 44 Quadratkilometern Wasseroberfläche der siebtgrößte See des Landes, in Schweden ist er nur einer von sehr vielen blauen Klecksen auf der Landkarte und wirkt neben dem etwa 40mal so großen und 135 Kilometer langen Vättern wie ein kleiner Teich.

Wenn die Sonne scheint, dann erstrahlt eine Gegend mit vielen spiegelnden Wasseroberflächen besonders schön – beinah so, als wären Teile des Himmels auf die Erde gefallen. Inzwischen ist der Frühling so weit fortgeschritten, dass es schon morgens gegen fünf Uhr taghell ist. Und auch abends spenden die orangen Strahlen des Sonnenuntergangs genug Licht, um bis spät in die Nacht ohne Taschenlampe lesen zu können. Es sind nur noch eineinhalb Monate bis Mittsommer, das ist deutlich zu spüren.

Nördlich des Ombergs wird das Ufer flacher. Die Gegend ist weniger waldig und stärker landwirtschaftlich genutzt. Mal geht es in Hörweite der plätschernden Wellen direkt am Vättern entlang, dann wieder verläuft der Weg mit Acker- statt Seeblick und muhenden Kühen statt kreischenden Möwen schnurgrade und eintönig zwischen den Feldern und Weiden hindurch, ohne einen einzigen schattenspendenden Baum oder Strauch. Zum Glück sind wir so sehr ins Gespräch vertieft, dass keine Langeweile aufkommen kann, und gegen die Hitze gönnen wir uns in Vadstena ein großes Eis.

Vadstena ist eine sehenswerte mittelalterliche Stadt mit malerischen Gassen, dem ältesten Rathaus Schwedens, einem großen Wasserschloss und einem berühmten, durch die heilige Birgitta gegründeten Kloster. Birgitta lebte im 14. Jahrhundert als gläubige und fromme Frau, empfing zahlreiche göttliche Offenbarungen und rief einen bis heute aktiven Orden ins Leben. Sie ist die einzige kanonisierte Heilige Nordeuropas, und Vadstena, wo sie begraben liegt, gilt im überwiegend evangelisch ausgerichteten Skandinavien als wichtiges katholisches Zentrum.

Nächster Ort am Vättern, kaum eine Tagesetappe weiter, ist Motala, wo wir auf den Göta Kanal stoßen. Ein hübscher Spazierweg führt daran entlang, ohne dass man allzu viel mit hektischem Alltagsleben, überfüllten Straßen und Verkehrslärm in Berührung kommt. Stattdessen trifft man auf malerischen Industriecharme, ein paar Yachthäfen, kleine Werften, Schleusen und Cafés in alten Speichern.

Der Göta Kanal bildet zusammen mit dem Göta älv, den ich in Göteborg ins Meer habe fließen sehen, weiteren Kanälen, dem Vättern, dem Vännern und mehreren anderen großen Seen eine knapp 400 Kilometer lange Wasserstraße, die von der Ost- bis zur Westküste Südschwedens reicht. Da man die Strecke inzwischen deutlich schneller auf Autobahn oder Schiene zurücklegen kann, wird der Kanal heutzutage nur noch für die Sport- und Freizeitschifffahrt genutzt.

In Motala kehren wir dem Vättern den Rücken und folgen dem Göta Kanal ostwärts in Richtung Stockholm. Auf einer Tour quer durch Schweden darf die Hauptstadt selbstverständlich nicht fehlen. Gut zwei Wochen noch, dann stehe ich, sofern meine Füße mich weiterhin zuverlässig durch Wald und Feld tragen, mitten im Trubel der größten und bedeutendsten Stadt des Landes.

Neun Prozent der Fläche Schwedens sind von Wasser bedeckt. Damit ist das Land innerhalb der Europäischen Union Spitzenreiter. Zum Vergleich: In Deutschland sind es nur zwei Prozent. Die Wahrscheinlichkeit beim Wandern auf Seen, Flüsse, Teiche, Bäche oder Kanäle zu stoßen ist in Schweden deutlich höher als in vielen anderen Teilen der Welt.

Kaum haben wir den Vättern hinter uns gelassen, wartet am Ortsausgang von Motala mit dem Boren bereits der nächste große See. Unser Weg schlängelt sich am Ufer und manchmal etwas umständlich gewunden am Rand der einen oder anderen Halbinsel entlang. Die Gegend ist waldig und einsam. Ein paar von Gestrüpp überwucherte Ruinen zeugen noch davon, dass hier früher Menschen lebten, doch die Natur hat das Land längst zurückerobert. Der Bärlauch steht in voller Blüte und es riecht wie in einer Suppenschüssel.

Jenseits des Boren begleitet uns wieder der Göta Kanal. Mitte Mai ist entlang der Wasserstraße noch kaum etwas los. Die Saison hat gerade erst begonnen und den meisten Bootsbesitzern scheint es noch zu kalt zu sein. Dabei ist es eigentlich schon richtig schön warm und auf der Steineinfassung des Kanals sonnen sich die ersten Blindschleichen. Ich muss an die kleine Eidechse denken, die mir vor gerade mal zweieinhalb Wochen noch völlig steifgefroren auf den Kopf gefallen ist. Hoffentlich ist auch sie inzwischen wieder aufgetaut und hat irgendwo ein gemütliches Plätzchen gefunden.

Der Frühlingshimmel schimmert beinah unbeweglich im Wasser. Das leuchtende Türkis ergibt zusammen mit dem frischen Grün der mächtigen Lindenbäume, die mit ihren ausladenden Ästen hier und da den Weg überdachen, ein herrliches

Farbenspiel. Stundenlang hören wir nichts als das Geräusch unserer Schritte im staubigen Schotter und ab und zu das Blöken von Schafen, die in großen Herden mit vielen kleinen Lämmern das Ufer bevölkern. Absolut idyllisch und kaum zu glauben, dass Linköping, die mit etwas über 100.000 Einwohnern immerhin siebtgrößte Stadt in Schweden, nur noch eine Tagesetappe entfernt liegt.

Vorbote ist am nächsten Morgen das Dörfchen Berg, wo der Göta Kanal in den See Roxen mündet. Der Ort ist bekannt für seine gewaltige Schleusentreppe. Mit insgesamt sieben Kammern überwindet sie knappe neunzehn Meter Höhenunterschied. Besucher aus aller Welt kommen hierher, um das bedeutende technische Bauwerk zu besichtigen oder einfach nur zuzuschauen, wie das Wasser im Sonnenglanz Stufe für Stufe in Richtung See hinabfällt, was wunderschön aussieht.

Hinter Berg schlagen wir einen Fahrradweg neben der Landstraße ein. Die Gegend ist so flach und der Himmel so klar, dass man Linköpings gewaltigen Dom bereits deutlich am Horizont erkennen kann, obgleich wir bis ins Stadtzentrum noch etwa zehn Kilometer zurückzulegen haben. Allein wäre das vermutlich eine etwas ermüdende Etappe. In Gesellschaft und vertieft ins Gespräch jedoch lässt sich der vorbeirauschende Verkehr sehr gut ausblenden. Die Zeit vergeht rasch, und wir sind beide ein wenig überrascht, uns plötzlich im Menschengewirr der Fußgängerzone wiederzufinden.

Eine Weile schlendern wir zusammen durch Linköping, dann heißt es Abschied nehmen. Angela muss zum Bahnhof und ich muss raus aus dem Trubel zurück aufs Land, um mir einen Schlafplatz zu suchen. Doch da es mittlerweile bis spät in den Abend taghell ist, habe ich vorher noch genug Zeit für den Dom. Mit seinem 107 Meter hohen Turm ist er die zweitgrößte Kirche Schwedens, übertroffen nur durch den Dom von Uppsala, den ich in ein paar Wochen zu Gesicht bekommen werde.

Auch von innen wirkt das Gebäude gigantisch. Beim Umherwandern zwischen den mächtigen Säulen und riesengroßen Wand- und Fensterbildern fühle ich mich winzig klein, dabei jedoch nicht eingeschüchtert, sondern angenehm geborgen. Besonders schön finde ich die in Gucklöcher im Boden eingelassenen Perlen des Lebens, die für verschiedene essenzielle Themen stehen: Liebe, Stille, Gelassenheit, Ich, Geheimnis, Wüste, Nacht, Auferstehung, Gott. Vor der Meditationsformel zur Ich-Perle bleibe ich lange stehen und denke nach. Sie lautet „Jag är en droppe i Guds hav som speglar himlen", was so viel bedeutet wie „Ich bin ein Tropfen im Meer Gottes, in dem sich der Himmel spiegelt".

Manchmal fühlt sich meine Wanderung an wie ein sehr langes Gebet. Ich lasse Gedanken und Empfindungen, Wünsche, Vorstellungen und Hoffnungen kommen und gehen, spüre meinen Erinnerungen nach, schwanke zwischen Freude und Sorge, Wut und Zuversicht, Glück und Ratlosigkeit – alles im Bestreben, mich selbst ein kleines bisschen besser kennen und verstehen zu lernen.

Während ich aus der Stadt hinaus und in die Abendsonne hineinschlendere, finde ich Schritt für Schritt in den Takt des Alleinseins zurück und merke gleichzeitig, wie dankbar ich bin für die wunderbaren Tage in Gesellschaft. Ich frage mich, wie ich wohl auf die Menschen wirken mag, die mir begegnen. Wenn ich mich im Vorbegehen in einer Fensterscheibe sehe, dann steht da ein kleiner, dünner Typ mit viel zu großem Rucksack, schlecht rasiert, braun gebrannt, matschbespritzte Schuhe, verbolzte Schienbeine, wirres Haar und ein verträumtes Lächeln im Gesicht, aus dem man herauslesen könnte, dass er allein ist, ohne sich einsam zu fühlen.

Vor der Stadt finde ich inmitten von Wiesen, Feldern und Spazierwegen einen schmalen, dicht bewachsenen Streifen. In der Ferne sehe ich Häuser und zwischen die Vogelstimmen mischt sich leise das Rauschen der umgebenden Straßen. Dort, wo zwischen Gestrüpp, freiliegenden Wurzeln und allerlei kleinen Unebenheiten nicht viel Platz bleibt, ist Zelten manchmal gar nicht so leicht, doch mit der Zeit gewinnt man Übung darin, die geeigneten Stellen zu entdecken. Man kennt die Ausmaße der eigenen Behausung genau und entwickelt einen Blick dafür, wo man gerade so eben noch zwischen die Baumstümpfe, Büsche und Felsbrocken passt und wo nicht mehr.

Ich rolle Isomatte und Schlafsack aus und wühle meinen restlichen Krempel aus dem Rucksack – seit über zwei Monaten das Einzige, was ich bei mir habe, was aber erstaunlicherweise absolut zum Leben reicht: Proviant, Topf, Gaskocher, Löffel, Messer, Trinkflasche, Zahnbürste, Taschenlampe und meinen Kleiderschrank in Gestalt eines wasserdichten Beutels voller Klamotten. Ich lege Nils Holgersson neben mein Kopfkissen, ziehe die Wanderschuhe aus, mache es mir bequem und schaue in meinen Vorgarten hinaus, genau wie jeden Abend. Mit jedem Tag fühlt sich mein unnormales Leben ein bisschen weniger ungewohnt an und immer öfter frage ich mich, wie normal unsere gewohnte Art zu leben eigentlich ist.

Am nächsten Morgen durchquere ich auf einem Fußgänger- und Fahrradstreifen neben einer Schnellstraße die letzten Ausläufer von Linköping. Zu beiden Seiten erstreckt sich ein nicht enden wollendes Gewirr aus Shopping-Malls, blinkenden Werbetafeln, Lagerhallen, Auto- und Möbelhäusern, Tankstellen, Baumärkten und Drive-in-Restaurants, dazwischen die Masten einer mächtigen Hochspannungsleitung. Die Sonne blitzt schweißtreibend auf die containerförmigen Gebäude mit den riesigen Parkplätzen herab. Für Mitte Mai ist es viel zu heiß und es riecht nach Abgasen und warmem Gummi.

Weil ich unbedingt noch ein etwas zu essen brauche, laviere ich mich vorsichtig zwischen den an- und abfahrenden Blechlawinen hindurch auf ein Einkaufszentrum zu. Ein schmieriger Typ in einem offenen Sportwagen lässt den Motor laut aufheulen und grinst dümmlich triumphierend ins Leere. Vor einem

Wohnmobil so groß wie ein halbes Reihenhaus sonnt sich ein Ehepaar in einer geblümten Gartenmöbelgarnitur. Eine dicke Frau hängt keuchend und rotgesichtig über dem Kofferraum ihres noch viel dickeren Autos, um Unmengen an Lebensmitteln zu verstauen. Überall hupt und stinkt es und ich will einfach nur weg hier.

Ich sehe zu, dass ich die gläserne Schiebetür erreiche, die ins Innere des Einkaufszentrums führt. Allerlei Werbung aus den Schaufenstern links und rechts flimmert in meinen Augenwinkeln. Auf einer Bank unter einer Plastikpalme hängen lustlos ein paar Jugendliche und schlürfen Energydrinks. Zwei Gestalten in albernen Ganzkörper-Teddybär-Kostümen winken debil in der Gegend herum und verteilen Flyer und Luftballons. Von der Decke rieselt nichtssagend-seichte Musik. So schnell ich kann, nehme ich die Rolltreppe zum Supermarkt im Untergeschoss, kaufe ein und beeile mich, hier wegzukommen.

Entspannen kann ich mich erst wieder, als ich auf einen Schotterweg abbiege, wo der Gesang der Feldlerchen die Motorengeräusche übertönt. Grashalme schlagen um meine Beine, vor meinen Augen flattern Schmetterlinge und über mir bilden frühlingsgrüne Birkenblätter ein kühlendes Dach. Ich merke, wie ich innerlich ruhiger werde und wie sich jede Faser meines Körpers zu freuen beginnt. In der Natur ist nichts lächerlich oder würdelos. Alles hat seinen zeitlosen und zwangsläufigen Platz im Kreislauf des Lebens.

Man kann beinah zusehen, wie die Welt hier draußen im Eiltempo ein großes Stück in Richtung Sommer zurücklegt. Innerhalb weniger Tage entrollt sich der Farn von winzigen Pflänzchen mit filigranen Blattschneckchen zu langen prächtigen Wedeln. Ameisen kriechen in immer größeren Horden über den Waldboden und tragen mit erstaunlicher Geschäftigkeit alles davon, was ihnen im Weg liegt. An windstillen Abenden in Wassernähe sind die Mücken bereits so aktiv, dass ich mich ins Zelt zurückziehen muss. Doch der Ausblick auf einen im Licht der untergehenden Sonne blitzenden See, in dem sich Wald und Wolken spiegeln, ist auch durchs Moskitonetz noch wunderschön.

Zwischendurch wird der Wald immer wieder von weiten Ackerflächen abgelöst. Die Östgöta-Ebene, die sich zwischen dem Vättern, Linköping und Norrköping erstreckt, ist flach und der Boden fruchtbar. Gelbe, grüne und beige Felder verschachteln sich zu einem patchworkartigen Muster. Die Sonne scheint kräftig vom wolkenlosen Himmel herab und ich bin dankbar für jedes schattige Plätzchen irgendwo unter ein paar Bäumen am Wegesrand.

In den meisten Regionen Schwedens trifft man auf ausreichend saubere Bäche zum Trinken. In landwirtschaftlich intensiv genutzten Gegenden wie hier jedoch sollte man lieber auf Leitungswasser zurückgreifen. Zum Glück gibt es in so gut wie jedem Dorf eine Kirche mit einem Friedhof drumherum, wo eigentlich immer irgendwo ein Wasserhahn zu finden ist. Nachdem ich mich paar Tage lang schwitzend von Friedhof zu Friedhof geschleppt habe, kommt kurz vor Norrköping endlich wieder Abwechslung in die Sache. Hier zerschneidet die E4 die Landschaft und plötzlich heißt es Autohof statt Kirchhof, ausgerechnet an einem Sonntag. Immerhin bekomme ich auf diese Weise zur Feier des Tages nicht nur Wasser, sondern auch Cola und Eis.

Hinterher schalte ich in einen gelassenen Zufriedenheitsmodus, in dem mir die Fußwege längs der Autobahn- und Schnellstraßenkreuzungen rund um Norrköping, ganz anders als neulich beim Verlassen von Linköping, absolut nichts ausmachen. In einem Vorort sind die Ampeln ausgefallen und ich muss lange warten, bis ich mich irgendwie über die Straße lavieren kann. Doch so langsam wie ich bin, macht einmal mehr oder weniger warten ohnehin keinen Unterschied. Das ist der Vorteil.

Durch Norrköping fließt der Motala ström und mündet am östlichen Stadtrand ins Meer. Dass ich es damit geschafft habe, Südschweden von der West- zur Ostküste zu durchqueren, wird mir jedoch nur halb bewusst, denn Norrköping fühlt sich absolut nicht wie eine Hafenstadt an. Es liegt am Bråviken, einem flussartig weit ins Land hinein mäandernden Meeresarm, der eher wie *ein* See als wie *die* See wirkt. Dominierender Blickfang im Zentrum ist stattdessen der breite und erstaunlich wild strömende Fluss, der mitten zwischen den Straßen und Häusern mehrere tosende Stromschnellen und kleine Wasserfälle bildet.

Am Ufer liegen viele alte Fabriken. Sie stammen aus dem ausgehenden 19. und beginnenden 20. Jahrhundert, Norrköpings Blütezeit als Zentrum der schwedischen Textilindustrie. In den 50er Jahren wanderten die meisten Betriebe in Länder mit billigeren Produktionsbedingungen ab und die Gebäude verfielen, bis etwa zwanzig Jahre später mit der Restaurierung begonnen und die alten Anlagen nach und nach einer neuen Nutzung zugeführt wurden. Heute beherbergen sie unter anderem ein Museum, ein international bekanntes Orchester und eine Außenstelle der Universität.

Bei der Planung meiner Tour hatte ich mir von Norrköping gar nicht so besonders viel versprochen. Doch das ist das Schöne am Fußgängertempo: Man kann nichts auslassen, sondern muss sich ganz automatsch alles angucken, was längs des Weges zu finden ist. Und dabei erlebt man manchmal echte Überraschungen. Norrköping mit seiner sehr speziellen Atmosphäre ist eine davon.

Kaum, dass die letzten Ausläufer der Stadt hinter mir verschwunden sind, beginnt mit dem riesengroßen Waldgebiet Kolmården gleich das nächste Highlight. Der Kolmården ist ein dicht bewaldeter Höhenzug längs der Grenze zwischen Östergötland und Sörmland. Wegen des felsig-zerklüfteten Untergrundes ist das Gebiet schwer zugänglich und für Ackerbau ungeeignet, was den Wald über die Jahrhunderte hinweg vor größeren Rodungen bewahrt hat. Selma Lagerlöf schreibt: „Andere Wälder mussten sich vor den Menschen fürchten, vor dem Kolmården fürchteten sich die Menschen." Früher sei es nämlich kaum möglich gewesen, das Dickicht lebend zu durchqueren. Während rundherum längst Menschen lebten, gab es im Kolmården lange Zeit keine Dörfer oder Straßen, dafür jedoch umso mehr Räuberbanden und wilde Tiere.

Auf der Autobahn nach Stockholm hat man den Kolmården heutzutage in wenigen Minuten hinter sich gelassen. Auf den Wanderwegen hingegen kann man sich noch immer gut vorstellen, wie schwer und gefährlich es einst gewesen sein muss, in so unübersichtlichem Gelände zu reisen, und wie man ständig befürchtete, hinter dem nächsten dicken Baumstamm oder Steinklotz könnte eine Räuberbande lauern.

Zwar gehört all das mittlerweile in die Welt der Märchen und Sagen, doch eine Sorte Räuber hat die Zeiten überdauert. Ich meine die kleinen, nervigen Blutsauger, die vor allem in der Abenddämmerung in riesengroßen Schwärmen durch das grüne Dickicht surren. Aber wenn ich den Kolmården intensiv und nicht nur flüchtig im Vorbeifahren erleben will, dann gehört das wohl dazu.

Ich suche mir einen wunderschönen Schlafplatzes am See, mitten im 1000-Sterne-Hotel, wo ich jeden Tag aufs Neue gratis einchecken darf – heute mit kleinem Privatstrand direkt vor der Haustür. Natürlich kann ich nicht widerstehen und muss sofort schwimmen gehen – trotz Mückeninvasion oder vielleicht auch gerade deswegen, denn unter Wasser ist man in Sicherheit.

Morgens verzichte ich auf ein weiteres Bad. Der Service einer kräftigen Regendusche reicht, um nass zu werden, völlig aus. Ich sehe zu, dass ich wegkomme, allerdings nur ein paar Kilometer bis zum nächsten vindskydd. Hier baue ich das Zelt überdacht zum Trocknen noch einmal auf, mache es mir daneben gemütlich, lausche dem Prasseln der Tropfen und warte ab.

Zwischendurch esse ich Kekse, schlürfe den einen oder anderen Kaffee und lese weiter im „Nils Holgersson". Ganz allmählich kommt die Sonne zurück, und schließlich wage ich mich wieder hinaus.

„Die Bäume wuchsen überall, wo sie auch nur eine Handvoll Erde zum Festklammern finden konnten" schreibt Selma Lagerlöf über den Kolmården. „Überall türmen sich stolze Felsmassen, die dazu bestimmt zu sein scheinen, wolkenhohe Berggipfel zu tragen. Alles ist gewaltig und wild und groß angelegt, und doch fehlt dem Ganzen die rechte Höhe oder Gestalt." Das ist treffend erzählt, geht es mir immer wieder durch den Kopf, während ich schwitzend die Hänge auf und ab kraxele, ohne jemals irgendwo oben anzukommen und irgendetwas anderes als Bäume zu sehen.

Erst abends lichtet sich der Wald und zwischen den Stämmen glitzert knallblau der Ostseearm Bråviken hindurch. Die Luft schmeckt nach Meer und Tannennadeln zugleich. Nahe am Wasser finde ich einen Schlafplatz ganz im Kolmårdenstyle zwischen lauter dick mit Pflanzen überwucherten Felsen, die vielleicht einmal dachten, dass sie große Berge werden würden, stattdessen aber etwas ganz anderes geworden sind. Man muss nur lange genug hingucken, dann erkennt man auch was: ein Schaf mit dichter grüner Wolle ist darunter, dann ein dicker Wal, der fröhlich in den Wald hineinlächelt, ein schelmisch grinsendes Schimpansengesicht, eine bucklige alte Katze mit wachsamen Schlitzaugen und ein Troll, der entspannt im hohen Gras liegend die Zeit vertrödelt. Im Kolmården herrscht eine ganz besondere, irgendwie verzauberte Stimmung.

Ich gehe mit den Eulenrufen zu Bett und erwache mit dem Sound von Kuckuck, Specht und Eichelhäher. Der Wald ist meine neue Normalität. Dass ich in einer Woche Stockholm erreiche, kann ich mir im Moment kaum vorstellen. Trotzdem verlasse ich heute die Provinz Östergötland und erreiche Sörmland, die letzte Region vorm Großraum Stockholm. Mein Pfad, der jetzt Sörmlandsleden heißt, schlängelt sich auf und ab zwischen verwunschen geformten Felsen und Bäumen mit knorrigen Ästen, die geheimnisvolle Schattenmuster auf einen Waldboden werfen, auf dem sich unzählige verschiedene Farbtöne ausbreiten: Grün natürlich, aber auch Weiß, Beige, Gelb, Braun, Rot und Blau. Farne, Moose, Flechten, die Pilzschwämme auf dem Totholz, kleine Schösslinge, die Blätter der Beerensträucher, das alte Laub vom Vorjahr und die frischen Grashalme und Frühlingsblumen fügen sich zu einem bunten Bild zusammen und plötzlich fällt mir auf, dass dieser Boden wie ein unendliches Gemälde aussieht. Immer wieder bleibe ich stehen, vertiefe mich in die Muster, picke mir einzelne Ausschnitte heraus, gucke von rechts, links, oben und unten, mache Fotos und betrachte meine Umgebung mit ganz neuen Augen.

Kurz vor Nyköping endet der Wald und es beginnt Weideland. Hinter einem Hügel mit Wacholderbüschen, neben denen gemütlich ein paar Kühe grasen, tauchen schließlich die ersten Häuser auf. Nyköping ist mit nur 30.000 Einwohnern nicht besonders groß, aber dennoch die Hauptstadt von Sörmland und zudem eine der ältesten Städte Schwedens. Die Burg gehört zu den bedeutendsten mittelalterlichen Festungsanlagen Nordeuropas, in der frühen Neuzeit war Nyköping Residenzstadt und während der Industrialisierung entstanden florierende Textilmanufakturen. Übrig geblieben ist der Charme einer interessanten Kleinstadt mit altem Burgwall, einigen Prachtbauten, repräsentativen Parks, einer lebendigen Fußgängerzone und ähnlich wie in Norrköping ein paar restaurierten Fabrikgebäuden samt tosender Stromschnelle. Über die Wucht des Flusses wurden einst die mit Wasserkraft betriebenen Anlagen am Laufen gehalten. Heutzutage kann man gemütlich am Ufer spazieren gehen.

Auch wenn der verwunschene Kolmårdenwald, was die Bäume betrifft, kurz vor Nyköping endet, so reichen doch immerhin ein paar Felsen bis in die Stadt hinein. Und obwohl aus ihnen keine richtigen Berge geworden sind, so sind sie dennoch viel zu gewaltig, als dass Menschen sie einfach hätten beseitigen können, und damit groß genug, um die Zeiten zu überdauern. Ich kraxle eine felsige Anhöhe mitten zwischen Kirchen und Häusern hinauf, genieße den weiten Blick über die Dächer der Stadt, winke zum Abschied noch einmal den grünen Höhen des Kolmården zu und wende mich dann in Richtung Nordosten, weiter nach Sörmland hinein.

Kaum sind die letzten Ausläufer Nyköpings hinter mir verschwunden, stehe ich schon wieder mitten im Wald, und lange dauert es nicht, bis ich ein idyllisches Seeufer zum Übernachten gefunden habe. Als ich kurz nach Mitternacht ein letztes Mal über das Wasser schaue, bevor ich das Zelt zuziehe, ist das letzte bisschen Tageslicht noch immer nicht erloschen. Dennoch weckt mich kaum vier Stunden später ein prächtiger Sonnenaufgang. Der Feuerball drüben über den Baumwipfeln, der die plätschernden Wellen in leuchtendem Orange erstrahlen lässt, sieht so wunderschön aus, dass ich mich überwinde, einmal kurz aus dem Schlafsack raus und in die Schuhe hineinzuschlüpfen, um ein paar Fotos zu machen. Die Zeit der hellen Nächte mit ihrem speziellen Licht und ihrem ganz eigenen Charakter hat begonnen. In einem Monat ist Mittsommer.

Nils Holgerson erlebt Sörmland als „eine Mischung aus allem Möglichen." Während er auf dem Gänserücken sitzend die Landschaft überfliegt und hinunterblickt, kommt es ihm vor, als habe jemand „einen großen See und einen großen Fluss und einen großen Wald und ein großes Gebirge genommen, alles zerschnitten, durcheinandergeworfen und ohne jede Ordnung auf der Erde ausgebreitet." Obwohl ich am Boden bleibe, kann ich sehr gut nachvollziehen, was gemeint ist. Die Gegend wirkt ausgesprochen abwechslungsreich. Kaum ist man im Wald über die ersten Felsen gestolpert und hat angefangen, sich zu fragen, welchem Wesen sie am meisten ähneln, da lichten sich die Bäume auch schon wieder und geben den Blick auf einen

Acker frei. Aber nur kurz, denn am Ende wartet gleich der nächste Wald. Krumme und gerade Stämme, Laub- und Nadelbäume stehen dicht beisammen und wild gemischt. Manchmal gibt es einen Hügel, aber immer nur einen auf einmal und dann wieder ein Stück Flachland. Eben noch blicke ich auf die Weiden der nächsten Ebene hinab, wenige Schritte später muhen mir die Kühe direkt ins Ohr.

Sogar der Sörmlandsleden selbst wechselt immer wieder die Gestalt: Mal schnurgerader Forstweg, mal verschlungener Pfad, mal einsam, mal an roten Holzhäusern vorbei. Es gibt Wege zwischen Wiesen und Feldern, Wege neben Bahnschienen, Wege durch schmale Fußgängertunnel unter der Autobahn hindurch und sogar Wege über das Wasser. An einer Stelle nämlich überbrückt ein langer Holzsteg nicht bloß einen Fluss, sondern führt mehrere hundert Meter durch Seerosen hindurch über ein stehendes Gewässer – groß genug, um es See zu nennen, klein genug, als dass es sich schon bald wieder mit Wald und Feld abwechselt und die Seerosen und Wasserläufer zu Blumen und Marienkäfern werden.

Soweit der harmonische Bilderbuchaspekt, doch als wirklich ernst gemeinte Mischung von allem Möglichen hat Sörmland auch extreme Zutaten zu bieten: das Ende der Welt zum Beispiel. Der Weg dorthin ist teils felsig und steinig, teils von Löwenzahn gesäumt, teils waldig mit urwüchsigen Kiefern bewachsen und manchmal voller Heidekraut. Zuletzt geht es durch eine prächtige Allee. Die Spannung steigt mit jedem Schritt. Der Schotterweg knirscht unter meinen Füßen und am Rand zieht Baum für Baum an mir vorbei. Dann ist es so weit: Ich stoße auf eine Straße, daneben ein Schild „Välkommen till Trosa – världens ände" Ja wirklich, mehr ist es nicht. Kurz und schmerzlos. Einfach nur dieses Schild, an dem sogar ein ganz profaner Mülleimer befestigt ist. Ordnung muss sein bis zum Schluss.

Ängstlich gespannt laufe ich weiter und finde mich schließlich auf gelecktem Kopfsteinpflaster zwischen blankgewienerten Holzhäuschen wieder. Nicht nur Bullerbü-Rot, auch weiße, blaue, gelbe und grüne Fassaden säumen im Sinne einer guten Mischung aus allem Möglichen in gefälligem Wechsel die pittoresken Gassen. An den Laternen hängen Blumenkübel. Eine Holzbrücke führt über einen Kanal, in dem im glitzernden Sonnenschein ein paar Ruderboote und Enten auf und ab schaukeln. Als glitzerndes Band durchzieht er das Städtchen, in dessen Zentrum mir ein Kirchlein mit Zwiebelturm und Wetterhahn entgegenlächelt. Davor stehen Parkbänke zwischen bunten Rabatten, in der Mitte ein plätschernder Springbrunnen. Das Ende der Welt ist eine schwedische Puppenstube!

Trosa liegt am Meer und wenn man weit genug aus dem Puppenstubenkanal hinausrudert, fällt man irgendwann von der Erdscheibe hinab ins Leere. Das zumindest dachte man zu jener Zeit, als nur eine einzige Straße nach Trosa führte, die als Sackgasse am Anleger endete, wo es kein Zurück mehr gab. Doch da ich zu Land und nicht zu Wasser unterwegs bin, bin ich fein raus und bahne mir gemütlich meinen Weg hinaus aus der Gefahrenzone, weg von der Einfalt des Meeres und zurück in die Welt der sörmländischen Vielfalt.

Auf dem Boden unter meinen Füßen finde ich Blätter, kleine Steinchen, herabgefallene Zweige, einen weggeworfenen Zigarettenstummel, ein Bonbonpapier, knotige Wurzeln, plattgetretene Pferdeäpfel, Blümchen, Ameisen und ein ausgetrocknetes Schneckenhaus, das ich eine ganze Weile andächtig betrachte. Wie es sich wohl anfühlen würde, wenn dieses Ding groß genug oder ich klein genug wäre, um hineinlaufen könnte. Wahrscheinlich wie eine sich ewig um ihre eigene Achse windende, spiralförmige Treppe, die niemals an ein echtes Ende führt.

Ich kraxele einen Abhang hinauf, um einen letzten Blick auf das in der Ferne verschwindende Trosa zu erhaschen. Oben angelangt setze ich mich auf einen großen runden Felsbrocken und werfe einen Kiefernzapfen in die schmale Spalte, die sich zwischen mir und dem nächsten Felsen auftut. Er verschwindet lautlos und auf Nimmerwiedersehen in der Dunkelheit. Ich überlege, wie ich mir das Ende der Welt vorgestellt hatte, bevor ich Trosa kannte. Eigentlich eher so oder wie das Schneckenhaus. Doch die Wirklichkeit ist eben viel komplexer als irgendein billiges Klischee.

Am nächsten Morgen erreiche ich eine Brücke hinüber auf die Insel Mörkö, die nicht mehr zu Sörmland, sondern bereits zum Großraum Stockholm gehört. Doch noch ist von der schwedischen Hauptstadt nichts zu ahnen. Weicher Wiesenboden mit gelben Löwenzahnpünktchen und als blaues Band schillert im Hintergrund die Ostsee. Mörkö ist tatsächlich eine Insel im Meer, das hier allerdings eher wie ein See aussieht. Ich laufe über die eine oder andere Weide hinweg, vorbei an ungerührt grasenden Hochlandrindern und einer Schafherde, die unter nervösem, mehrstimmigem Blöken hinter die nächste Hügelkuppe flieht. Dann kommt ein Pony, dem seine Mähne in dichten langen Strähnen weit über die Augen hängt und das zusammen mit seinem ungefähr fünfmal so großen Mitbewohner, einem riesigen Ackergaul, unter dessen massigem Körper es ein behagliches Schattenplätzchen gefunden hat, einen wirklich erheiternden Anblick abgibt.

Gegen Mittag dominieren wieder Felsen und Bäume und ich gerate in meinen Wald-Sightseeing-Modus. Frühlingsfrische rote Fichtenzapfen sind, bedenkt man, dass die Fichte nur ungefähr alle vier Jahre blüht, tatsächlich eine kleine Seltenheit. Lärchen fotografiere ich heute zum ersten Mal, denn da sie ihre Nadeln im Winter abwerfen, sahen sie bisher ziemlich traurig aus. Nun sind sie endlich grün. Ebenso wie die Buchen, die ein dichtes, schattenspendendes Blätterdach über mir ausbreiten. Ganz anders als Ende März in Skåne, wo die prächtigen Bäume mit ihrem kahlen Geäst noch wie Scherenschnitte in den Himmel ragten. Der dominierende Baum aber ist und bleibt die

Kiefer mit ihrer erstaunlichen Fähigkeit, selbst auf dem kargsten Felsen noch irgendwie Wurzeln zu schlagen.

Am Nordende der Insel angekommen wird das Land flacher und das Meer ist zurück. Eine Brücke aufs Festland gibt es nicht. Stattdessen endet die Straße an einer Rampe, von der aus alle naselang eine kleine orange Fähre hin und her tuckert. Außerdem gibt es einen Campingplatz – eigentlich nur ein schmaler Streifen neben dem Anleger, doch finde ich alles, was ich brauche, und ich habe Meerblick.

Der Null-Uhr-Himmel über der Ostsee ist dunkelblau statt schwarz und viel zu hell, um auch nur einen einzigen Stern zu sehen. Die ohnehin schon langen Tage hören nicht auf, immer länger und länger zu werden, so als wollten sie auch noch das letzte bisschen Nacht in die Flucht schlagen. Vier Wochen noch bis zum allerhellsten Tag des Jahres. Der Mittsommer-Countdown läuft. Ich spüre das ständige Licht mit jeder Faser meines Körpers, fühle mich mit sehr wenig Schlaf absolut munter und nehme am nächsten Morgen gleich das erste Boot.

Auch auf dem Festland bleibt die Ostsee allgegenwärtig, indem sie sich als blauschillerndes Band immer wieder irgendwie ins Bild schiebt – hinter jeder Wegbiegung, am Rand der Äcker und beim Klettern auf den kleinen, leiterartigen Treppchen über die Weidezäune. Auf den Felsplateaus im Kiefernwald sieht man sie von Ferne aus der Vogelperspektive, dann wieder steht man direkt am Strand, lauscht dem seichten Wellengang und spürt einen Hauch Salz in der Luft.

Rund um Stockholm drängt das Meer weit ins Land hinein, wodurch sich unzählige Fjorde, Halbinseln, Inseln und Schären gebildet haben. Hinzu kommen diverse große und kleine Seen. Ab und zu ist in der Ferne die eine oder andere Straße zu hören, doch von der nahenden Hauptstadt merke ich lange nichts. Stattdessen stapfe ich durch tiefen Wald, begegne trollartigen Felsen oder felsartigen Trollen und bewundere das Leuchten der weißen Birkenstämme im Sonnenlicht. Genau wie ich scheint dieser Tage auch die Natur zu dauernder Wachheit aufgerüttelt. Zwischen den Blumen am Wegesrand, in den saftig grünen Baumkronen, im wogenden Gras oder im weißen Blätterdach der neu erblühten Obstbäume surrt, zwitschert, singt und summt es im wahrsten Sinne des Wortes rund um die Uhr.

Anders als Göteborg ist Stockholm nicht einfach plötzlich da, sondern beginnt langsam. Erstes Zivilisationslevel ist ein Einfamilienhausviertel am südwestlichen Stadtrand mit hübschen Vorgärten und wenig Verkehr. Vielleicht bellt hier und da mal ein Hund oder man hört die lachenden Stimmen spielender Kinder, ansonsten ist es fast genauso ruhig wie im Wald. Das eigentliche Stockholm scheint noch weit entfernt, und das ist es auch, zumindest zu Fuß.

Eine Weile laufe ich auf parkartigen Wegen an einem Wasserarm entlang. Ganz in der Ferne sind Hochhäuser zu sehen und manchmal vernehme ich untergründig das Rauschen großer Straßen. Direkt um mich herum jedoch gibt es nur das Rascheln im Schilf, die schaukelnden Wellen und ein paar Radfahrer und Spaziergänger. Ich setze mich auf eine Bank und verzehre mein letztes bisschen Proviant, denn weit kann es nicht mehr sein bis zum nächsten Supermarkt. Zu meinen Füßen huschen ein paar flauschige Gänseküken durchs hohe Gras ihrer Mutter hinterher, deren langer, aus dem Grün hervorragender Hals sich misstrauisch in meine Richtung wendet. Einen Augenblick lässt sie mich ihrem niedlichen Nachwuchs beim Picken zusehen, dann deutet sie mit dem Kopf eine zielstrebige Vorwärtsbewegung an, woraufhin die ganze Bande im dichten Ufergebüsch verschwindet.

Ich gehe weiter auf die Hochhäuser zu, noch etwa eine Stunde lang, dann donnert plötzlich eine S-Bahn über mir vorbei. Halb erschreckt, halb verwundert blicke ich auf zu der Brücke dort oben, die zu einem Stadtteil am anderen Ufer hinüberführt. Das rumpelnd-quietschende Geräusch, das mir aus Berlin eigentlich vertraut sein sollte, hatte ich ganz und gar vergessen. Der Sound der Großstadt ist zurück, der Parkstreifen am Wasser wird schmaler und verschwindet schließlich ganz. Direkt neben mir tost der Feierabendverkehr und der Geruch von Abgasen löst Wald und Wiese endgültig ab. Die grünen Flecke beschränken sich auf den einen oder anderen müden Straßenbaum oder hier und da ein paar Halme, die durch Ritzen im Asphalt nach oben schießen konnten, dazwischen weggeworfener Müll und Taubendreck.

Auf der Suche nach einem Supermarkt laufe ich durch wenig anheimelnde Plattenbauviertel. Die hohen, gleichförmigen Mietskasernen, die sich scheinbar endlos aneinanderreihen, wurden zu Beginn der 70er Jahre im Rahmen des sogenannten Millionenprogramms aus dem Boden gestampft. Dabei handelte es sich um ein groß angelegtes, landesweites Bauprojekt zur Bekämpfung von Wohnungsmangel, mit dem es der schwedischen Regierung gelang, innerhalb von zehn Jahren eine Million neue Wohnungen bereitzustellen. Anfangs wurde der gemessen am damaligen Standard moderne Wohnraum gut angenommen. Doch mit der Zeit wurden die im Eiltempo hochgezogenen Satellitenstädte immer mehr zu sozialen Brennpunkten. Heute leben hier mehrheitlich Migranten und von Armut betroffene Menschen. Viele dieser Viertel gehören zu den Hotspots der schwedischen Bandenkriminalität und werden von der Polizei als gefährdete Gebiete klassifiziert.

Ich finde Gelegenheit, meinen Proviant aufzustocken und verspeise anschließend auf einer Bank direkt vor dem Laden ein paar Extrakalorien. Links neben mir steht ein überquellender Abfalleimer, der sich vom Blumenkübel zu meiner Rechten, in dem ebenfalls eher Müll als Pflanzen wachsen, nur marginal unterscheidet. Ich blicke über einen, abgesehen von vereinzelten Aussparungen, aus denen kümmerliche Bäumchen hervorwachsen, komplett asphaltierten, von hohen Wohnblocks umgebenen Platz. Zwischen einem Klettergerüst und einem Basketballkorb steht eine Gruppe Jugendlicher. Dahinter parken zwei Streifenwagen und am Eingang zur U-Bahn patrouillieren Polizisten. Einer von ihnen schaut für einen kurzen Augenblick zu mir hinüber. Ich kann spüren, wie ein routinierter Blick mich blitzschnell scannt, sofort als harmlos einstuft und wieder fallenlässt. Helle Haut, blonde Haare und teure Outdoorklamotten lösen keine Alarmglocken aus.

Vor ein paar Stunden saß ich noch auf der Parkbank mit den Gänseküken – und jetzt hier. Zu Fuß erlebt man die Kontraste in Ballungsräumen sehr intensiv. Ich sage bewusst Ballungsraum und nicht Stadt, denn strenggenommen ist das hier noch immer nicht Stockholm, sondern ein Vorort. Erst nach weiteren etwa vierzig Minuten miljonprogramm-Atmosphäre beginnt endlich die Hauptstadt. Ich laufe durch noch mehr, allerdings deutlich harmlosere Wohnsiedlungen, die Häuser sind niedriger, die Grünzüge mit den Spielplätzen und Fußballfeldern deutlich gepflegter. Die Menschen sehen weißer aus und transportieren ihre Feierabendeinkäufe in teuren Lastenfahrrädern statt in dünnen Plastiktüten nach Hause.

An einem Campingplatz, immer noch am Stadtrand, aber immerhin schon in Stockholm lasse ich es für heute genug sein. Wie üblich steche ich mit meiner kleinen roten Behausung zwischen all den Wohnmobilen ein bisschen hervor, fühle mich aber trotzdem nicht als Fremdkörper, sondern sofort sehr heimisch. Ich bin nämlich beinah ausschließlich von deutschen Autokennzeichen und einer sehr vertrauten Klangkulisse aus muttersprachlichen Gesprächsfetzen umgeben.

Kaum bin ich eingeschlafen, geht der helle Nachthimmel auch schon wieder in warmen Sonnenschein über. Gegen halb sieben Uhr morgens herrschen in meinem Zelt bereits saunaverdächtige Temperaturen. Viel geschlafen habe ich nicht, fühle mich aber trotzdem hellwach. Also falte ich meine kleine rote Wohnmobilalternative zusammen und ziehe weiter. Bis ins Zentrum dauert es noch ein bisschen, doch am späten Vormittag habe ich endlich das Gefühl im Kern der mit 950.000

Einwohner größten Stadt des Landes angekommen zu sein. Ich gönne mir ein warmes Mittagessen und kaufe ein neues Taschenbuch. Mit „Nils Holgersson" bin ich schon mehrfach von vorn bis hinten durch und brauche dringend Abwechslung.

Am Nordufer der Södermalm-Insel wartet der Monteliusvägen, ein wunderschöner Fußweg, auf dem man hoch über den Dächern der Stadt mit spektakulärer Aussicht umherspazieren kann. Zwischen Häusern, Straßen und Kirchtürmen glitzert auffällig viel Wasser. Stockholm liegt am Ausfluss des Mälarsees ins Meer, verteilt sich auf insgesamt vierzehn im Mündungsgebiet gelegene Inseln, ist von unzähligen weiteren Inseln und Schären umgeben und wird nicht umsonst Venedig des Nordens genannt.

Das Herz Stockholms ist die belebte Gamla Stan. Dort wo die heutige Metropole im 13. Jahrhundert ihren Ursprung nahm, ragen aus einem Gewirr verwinkelter, kopfsteingepflasterter Gassen mehrere prächtige Kirchen hoch empor. Beim Umherspazieren stoße ich auf viel historisches Ambiente, charmante, von farbenfrohen Fassaden alter Kaufmannshäuser gesäumte Plätze und jede Menge Cafés, Restaurants und Souvenirläden.

Einen markanten Kontrast zur Enge der Altstadt bietet der direkt angrenzende, riesengroße und etwas kantig wirkende, königliche Palast mit weitem Blick aufs Wasser. Vorbei am Reichstagsgebäude gelange ich über mehrere Brücken und Inseln in einem weiten Bogen bis zu einem schmalen Steg, der nach Skeppsholm hinüberführt. Nun liegen mir Gamla Stan, Schloss und Reichstag genau gegenüber – postkartenverdächtig aneinandergereiht, davor das blaue Wasser und, wie um den malerischen Eindruck perfekt zu machen, am Ufer vertäut ein altes Segelschiff. Das Gebäude direkt an der Anlegestelle ist das Hostel, in dem ich die nächsten drei Nächte bleiben werde.

Ich schlafe in einem 16-Bett-Zimmer direkt unterm Dach, doch ist das gar nicht so unkomfortabel wie es vielleicht klingen mag. Der Raum ist riesengroß und jedes Bett steht in seiner eigenen Dachfensternische. Über mir höre ich die Möwen schreien und wenn jemand über den Boden läuft, knarren die alten Dielen, was für eine altertümlich maritime Stimmung sorgt, fast als befände ich mich unten auf dem großen Segelschiff.

Den nächsten Tag beginne ich mit einem für meine aktuellen Verhältnisse ungewöhnlich reichhaltigen Frühstück aus warmen Brötchen, Käse, Obst, Orangensaft und frischem Kaffee. Mal was anderes als immer nur Instantpulver in Wasser aufzulösen und damit ein paar Müsliriegel hinunterzuspülen.

Gut gelaunt laufe ich in einen wunderschönen Morgen hinein. Gestern bin ich von südlich der Altstadt gekommen. Heute erkunde ich die Gegend nördlich davon. Rund um den Sveavägen laufe ich durch ein modernes Viertel mit mehreren Hochhäusern, deren im Sonnenschein silbrig glitzernde Glasfassaden einen spannenden, futuristischen Kontrast zum wolkenlos blauen Himmel und zur nur wenige hundert Meter entfernten Gamla Stan abgeben. Am Sergels Torg biege ich in die Drottninggatan ein, Stockholms Haupteinkaufsmeile. Ein solches Menschengedränge wie hier habe ich seit meinem Aufbruch aus Berlin, also seit knapp drei Monaten, nicht mehr erlebt.

Erst kurz vor ihrem nördlichen Ende wird die Drottninggatan merklich ruhiger. Hier kann man in einen kleinen Park abbiegen, den Tegnerlunden – eigentlich nur ein grüner Hügel mitten zwischen mehrgeschossigen Wohnhäusern. Doch für alle, die Astrid Lindgrens Bücher lieben, ist er etwas ganz Besonderes. Auf einer der unscheinbaren Bänke zwischen den Bäumen sitzt nämlich der einsame Waisenjunge Mio. Es ist ein dunkler Herbstabend und Mio blickt sehnsüchtig in die hell erleuchteten Fenster ringsum, hinter denen überall Kinder mit ihren Eltern zu Abend essen. Dann entdeckt er neben sich auf dem Boden eine weggeworfene Bierflasche, zu seinem großen Erstaunen mit einem eingesperrtem Flaschengeist darin. Mio befreit den Geist aus seiner misslichen Lage und der Zufall will es, dass dieser genau nach ihm gesucht hat, um ihn endlich weit weg ins Land der Ferne nach Hause zu seinem Vater zu bringen.

Nachdem ich eine Weile auf der berühmt gewordenen und inzwischen sogar mit einer Schautafel versehenen Bank gesessen habe, spaziere ich die ein paar Querstraßen entfernte Dalagatan hinab auf die Hausnummer 46 zu, wo Astrid Lindgren von 1942 bis zu ihrem Tod im Jahr 2002 gelebt hat. Es handelt sich um ein unscheinbares Mietshaus mit relativ viel Verkehr vor der Tür. Auf der anderen Straßenseite liegt der Vasapark. Astrids Wohnung befindet sich im ersten Stock direkt über einem Restaurant mit einer roten Markise. Die Räume werden samt Einrichtung durch eine Stiftung erhalten. Besichtigen kann man sie nur zu ausgewählten Terminen – bisher leider nie, wenn ich gerade in Stockholm war.

Von außen aber habe ich das Haus schon oft gesehen. Hier vorbeizugehen ist für mich ein Muss bei jedem Stockholm-Aufenthalt, doch heute passiert etwas Besonderes: Die Eingangstür steht sperrangelweit offen. Im Treppenhaus stapeln sich Kartons, vermutlich ein Umzug. Das ist die Gelegenheit, denke ich mir, und schon bin ich drin. Mir wird ein bisschen zittrig zu Mute und ich kann gar nicht richtig glauben, dass ich gerade durch Astrid Lindgrens Treppenhaus laufe. Sechzig Jahre lang ist sie täglich diese Stufen gegangen und nun habe ich das unfassbare Glück, mit meinen Wanderstiefeln darauf entlang stapfen und sie zu einem Teil meiner Reise quer durch Schweden machen zu dürfen.

Von der Wohnungstür und dem Briefschlitz mit der Aufschrift „A. Lindgren" habe ich schon dutzende Fotos gesehen, doch nun tatsächlich davor zu stehen, überwältigt mich so sehr, dass mir die Tränen kommen. Wem Astrid Lindgren nicht so viel bedeutet, dem mag das albern erscheinen. Für mich jedoch ist dies die Tür, hinter der all jene Geschichten entstanden sind, die ich schon als Kind wieder und wieder hören und lesen wollte und die ihren Zauber für mich bis heute nicht verloren haben. Sie bringen mich zum Lachen und zum Nachdenken und machen mir Mut. Sie helfen mir, meinen Weg durchs Leben zu finden und manchmal sind sie wie ein Ort, an den ich flüchten kann, wenn mir die Wirklichkeit zu viel wird, wenn es mir schlecht geht oder ich einfach nur meine Ruhe haben will. Ich bin Astrid Lindgren für alles, was sie geschrieben hat, unendlich dankbar.

Zurück in der Altstadt habe ich mich so weit beruhigt, dass ich einzusehen bereit bin, dass es eventuell noch weitere bedeutende Persönlichkeiten außer Astrid Lindgren geben könnte, und nutze den Rest des Tages für einen Besuch im Nobelmuseum. Und tatsächlich, auch andere Leute haben kluge Sachen von sich gegeben: Mahatma Gandhi zum Beispiel, wenn er sagt, dass es im Leben Wichtigeres gibt, als immer nur dessen Geschwindigkeit zu erhöhen oder Albert Einstein, der betont, dass Vorstellungskraft bedeutsamer sein kann als Wissen.

Meinen zweiten Tag in Stockholm nutze ich, um zur Insel Djurgården hinüberzuwandern. Die Inseln Stockholms sind über zahlreiche Brücken miteinander verbunden. Zwar führt der direktere und schnellere Weg oft über das Wasser und deshalb tuckern zwischen den Ufern reichlich Fähren hin und her, da ich mir aber nun mal in den Kopf gesetzt habe, jeden Schritt quer durch Schweden tatsächlich zu laufen, gehe ich selbstverständlich zu Fuß.

Auf Djurgården befindet sich das Freilicht-Museum Skansen. Das Gelände liegt auf einer Anhöhe. Wer möchte, kann sich den Aufstieg mit einer Bergbahn erleichtern, doch aus dem eben genannten Grund möchte ich das natürlich nicht. Das Erste, was man, oben angelangt, geboten bekommt, ist eine wunderschöne Aussicht über das moderne Stockholm. Dann allerdings taucht man ab in ländliche Regionen und reist dabei weit in die Vergangenheit zurück.

Skansen ist Schweden en miniature. Hier wurden alte Häuser, Bauernhöfe und Ställe aus so ziemlich jeder Region wieder aufgebaut, so dass man einen sehr lebendigen Eindruck davon bekommt, wie die Menschen früher in den unterschiedlichen Teilen des Landes gewohnt und gearbeitet haben. Auch die zum Leben gehörenden Haustiere sind zahlreich vertreten. Man trifft Schafe, Ziegen, Kühe, Hühner, Pferde und Kaninchen, und darüber hinaus all jene Tiere, die in einer Großstadt frei leben: Eichhörnchen, Möwen oder Tauben zum Beispiel.

Überall stehen Leute mit ihren Handys und fotografieren, Kaninchen werden ausgiebig gestreichelt, Ziegen gefüttert, den Pferden der Hals geklopft und die erstaunlich zahmen Eichhörnchen mit Eiswaffeln angelockt. Nur für die Tauben interessiert sich niemand. Weil ich das ungerecht finde, schaue ich mir eine von ihnen, die ganz einsam auf einem großen runden Stein sitzt, lange an. Sie hat aufmerksame orange Knopfaugen mit einem schwarzen Punkt in der Mitte, blickt direkt in meine Kamera, und am Hals schmückt ein grün-violetter Schimmer ihr Gefieder.

Außerdem leben in Skansen auch solche Tiere, die in Schwedens wilder, weiter Natur zu Hause sind. Elche zum Beispiel, Vielfraße und Braunbären. Letztere liegen eher verschlafen in der Sonne, wohingegen die Vielfraße sehr neugierig zu den Menschentrauben hinter der Umzäunung hinaufschauen, so dass man sich wirklich ein bisschen fragt, wer hier gerade wen beobachtet. Ja tatsächlich, Skansen ist irgendwie auch ein Menschenzoo. Das wird spätestens dann klar, wenn man den Leuten in Trachten zusieht, die Volkstänze aufführen, ausgestorbenen Handwerksarbeiten nachgehen oder als Hirten und Bauern vor den Häusern sitzen, um die historische Kulisse lebendiger wirken zu lassen.

Will man von Stockholm aus einen kleinen Eindruck vom ganzen Land gewinnen, dann ist Skansen genau das Richtige. Aber natürlich gibt es in Schwedens Hauptstadt noch eine

Menge anderer Dinge zu erleben, so viel, dass mein kurzer Aufenthalt nur eine sehr kleine, persönliche Auswahl darstellt. Alternativ hätte ich zum Beispiel eine Bootspartie in die Schären machen oder nach Schloss Gripsholm fahren oder das Abba-Museum besuchen können oder, oder, oder…, doch für all das reicht die Zeit nicht mehr, denn morgen will ich weiter.

Immerhin eine Kleinigkeit, die mir wichtig ist, schaffe ich heute noch. Ich schaue an meiner Lieblings-Astrid-Lindgren-Statue vorbei, die vor dem Kindermuseum „Junibacken" steht. Man sieht eine schon recht alte, etwas gebeugte Schriftstellerin auf einem Stuhl sitzend mit einem Exemplar der „Brüder Löwenherz" in den Händen. Aufgeschlagen ist die letzte Seite des Buches mit dem Schlusssatz „Ja, ich sehe das Licht!"

Das Buch setzt sich mit dem Thema Tod auseinander und Astrid Lindgren wurde, als es erschien, von einigen Kritikern hart angefeindet. Ein solcher Gegenstand sei viel zu ernst und man könne nicht einfach ein Kinderbuch schreiben, in dem zwei kleine Jungen sterben. Astrid Lindgren hat bewiesen, dass man das sehr wohl kann und dass man es auch sollte. Für mich, und ich bin mir sicher auch für viele andere Kinder, war und ist es genau das, was die Geschichten von Astrid Lindgren so außergewöhnlich macht. Sie verschweigt nichts und mutet Kindern alles zu, was auf dieser Welt an Gutem und Schlechtem nun einmal existiert. Nie erhebt sie den belehrenden Zeigefinger und behauptet, dass die Erwachsenen irgendetwas besser wüssten. Sie konfrontiert Kinder damit, dass es Fragen und Probleme gibt, für die niemand eine Lösung oder Antwort kennt. Und gerade deshalb fühlt man sich beim Lesen auf eine so herausfordernde und zugleich angenehme Art und Weise ernstgenommen, als Kind wie auch noch als Erwachsener.

Ebenso wie vor drei Tagen von Süden rein, ziehen sich auch jetzt nach Norden raus aus Stockholm die Vorstädte ordentlich in die Länge. Zwischendurch laufe ich durch Grünanlagen, doch wenig später übertönt schon wieder Verkehrslärm den Vogelgesang. Ein Trampelpfad führt durch ein Wäldchen am Ufer eines Sees, wo Biber zahlreiche, teils bereits umgekippte Stämme sanduhrförmig angefressen haben. Zwei Haubentaucher schwimmen umher und hinterlassen kleine Wellen auf der sonst vollkommen stillen Wasseroberfläche, in der sich leuchtendblau der wolkenlose Sommerhimmel spiegelt. Wenn ich mir die Ohren zuhalte und nur nach vorn schaue, dann ist die Welt traumhaft schön. Nur zur Seite gucken darf ich nicht, denn da rauscht hinter einer betonfarbenen Wand die Autobahn vorbei. Stadt und Natur liegen heute Morgen sehr nah beieinander.

Erst gegen Nachmittag wird es ruhiger und mein Blick reicht wieder weit über Wiesen, Weiden und knallgelb leuchtende Rapsfelder hinweg. Dann stehe ich wieder im grünen Dickicht zwischen hohen Bäumen, höre den Kuckuck rufen und bekomme als Beweis dafür, dass die Stadt wirklich hinter mir liegt, mehrere Mückenstiche. Was südlich von Stockholm mit dem Sörmlandsleden endet, geht nördlich der Stadt mit dem Upplandsleden weiter: sommerlicher Wald, glasklare Seen und malerische Schlafplätze, einer schöner als der andere, heute zum Beispiel mit kleinem Privatstrand, so dass ich nach dem Essen noch rasch eine kleine Runde ins sommerliche Abendrot hinausschwimmen kann. Hinterher schlüpfe ich ins Zelt und bin sofort tief und fest eingeschlafen.

Die Nächte werden immer heller und die Tage immer grüner. Unglaublich, wie viele verschiedene Variationen von Grün es geben kann und wo überall neues Grün emporschießt. Über jedem Quadratmeter Boden, jedem Felsen und jeder Wurzel liegt eine Decke aus Moos, Flechten und Farn. Die Welt hüllt sich in ein schwindelerregendes Farbspektakel. Manchmal umgibt mich der Wald von allen Seiten und ich tauche in ihn ein wie in ein Meer, ich werde regelrecht hineingesogen in eine Art grünen Strudel. Es ist, als gleiche der Upplandsleden einem gigantischen Schloss mit unzähligen Gängen und Toren, die in immer neue Hallen und Säle führen, und wo das Grün der Wände von so intensiver Strahlkraft ist, dass es auf einfach alles abzufärben scheint, sogar auf die weißen Birkenstämme. Und wahrscheinlich sehe auch ich gerade aus wie ein kleiner Troll mit grünem Bart und grünen Haaren.

Schließlich werden die Wege wieder offener, das Blau des Himmels mischt sich ein und die Bäume werfen spannende Schatten auf den Boden. Ich komme an eine Straße und in den nächsten Ort. Kein Vergleich mit Stockholm natürlich, denn Sigtuna hat nur 9000 Einwohner, ist aber dennoch in mehrfacher Hinsicht eine Stadt der Superlative. Die älteste Schwedens, die mit dem kleinsten Rathaus und die, in der ich eine rekordverdächtige Menge an kalten Getränken konsumiere. Wobei letzteres eher dem heißen Sommerwetter geschuldet ist, als dass es ein Verdienst des Städtchens wäre. Was Sigtuna jedoch wirklich gut kann, sind Holzhäuser, und zwar in so ziemlich jeder Farbe und Gestalt. Das kleinste Rathaus Schwedens ist eines davon und sieht sehr puppenstubig aus, genau wie der älteste Platz des Ortes, wo vor etwas über tausend Jahren Sigtunas Existenz ihren Anfang nahm. Man fühlt sich, als spazierte man über eine Postkarte, fast wie in Skansen.

Am nächsten Morgen begegnet mir ein alter Meilenstein am Straßenrand „4 Mil ifrån Stockholm" steht darauf. Die Schweden geben Entfernungen statt in Kilometern gern in Mil an, wobei ein Mil zehn Kilometern entspricht. Wahrscheinlich ist diese Einheit in einem so großen und dünnbesiedelten Land, wo die Entfernungen von Ort zu Ort oft deutlich länger sind als bei uns, im Alltag einfach praktischer. Allerdings wird sie heutzutage nur noch im Sprachgebrauch und nicht mehr auf offiziellen Schildern benutzt.

Ich bin also vierzig Kilometer von Stockholm entfernt, gewandert bin ich jedoch schon etwa sechzig. Zum einen, weil Wanderwege meist nicht so grade und direkt verlaufen wie Straßen, zum anderen, weil ich den Stockholmer Flughafen Arlanda umrunden muss. Dafür, dass es der größte in Schweden ist, ist es am Himmel allerdings erstaunlich ruhig und nur selten donnert mal eine Maschine wirklich tief über mich hinweg.

Hinter Arlanda endet der Großraum Stockholm und ich betrete Uppland. Die moderne Stadt Knivsta bildet einen krassen Gegensatz zum uralten Sigtuna, durch das ich gestern gelaufen bin. Hier gibt es kein einziges buntes Holzhäuschen, sondern ausschließlich neue Gebäude, wobei den vielen Kränen und Baustellen nach zu urteilen wohl noch ein paar hinzukommen sollen. Auf dem etwas steril wirkenden Hauptplatz verstaue ich meine Einkäufe. Für sofort gibt's einen Kartoffelsalat. Da habe ich im Moment andauernd Appetit drauf. Vermutliche eine Notwehrreaktion meines Körpers, um die beim Wandern verlorenen Kalorien durch eine Überdosis Mayonnaise wieder reinzuholen.

Zurück im Wald sieht die Welt wieder sehr wild und abenteuerlich aus. Mal ist der Pfad rumpelig und voller dicker, knotiger Wurzeln, mal laufe ich über von dichtem Grün umgebene Felsplateaus und die Abendsonne funkelt golden zwischen den Stämmen hindurch. In den Lichtkegeln tummeln sich Mückenschwärme und je später es wird, desto mehr tanzen sie auch auf meiner Nase oder besser gesagt mir auf der Nase herum. Also baue ich auf einer Lichtung das Zelt auf, schmeiße meinen

Krempel hinein, springe hinterher und genieße einen ruhigen Abend hinterm Moskitonetz.

Am nächsten Morgen erreiche ich das Tal des Flusses Fyrisån, durch dessen Auen ich sehr idyllisch auf Uppsala zulaufe. Diesmal ist es eine wunderschön naturnahe Annäherung an eine Großstadt, was vielleicht auch an Carl von Linné liegen mag. Der berühmte Botaniker hat nämlich in Uppsala gelehrt und für seine Studenten ein Wegenetz zur Pflanzenbeobachtung etabliert. Teile davon existieren bis heute. Dass es hier eine Menge Spannendes zu entdecken gab, und noch immer gibt, kann man sich bei all den verschiedenen üppigen Grüntönen, den bunten Blumen dazwischen, dem lauten Vogelgesang, den Schmetterlingen, dem unermüdlichen Gesumme und Gezirpe im hohen Gras und dem Gekrabbel und Gekrieche unten zwischen den Wurzeln leicht vorstellen.

Von Uppsala ist lange kaum etwas zu ahnen. Erster Vorbote ist wie nicht selten ein E-Roller – einsam und verlassen mitten auf dem Spazierweg abgestellt, ein untrügliches Zeichen nahender urbaner Atmosphäre. Wenn so ein Ding auftaucht, kann das Ortseingangsschild nicht mehr weit sein. Das jedenfalls ist mir während der letzten Wochen immer wieder aufgefallen und es stimmt auch diesmal.

Uppsala hat 250.000 Einwohner und ist damit nach Stockholm, Göteborg und Malmö Schwedens viertgrößte Stadt. Der Dom ist mit 118 Metern die höchste Kirche nicht nur in Schweden, sondern in ganz Skandinavien. Und um gleich noch einen Superlativ hinzuzufügen: Uppsala ist Skandinaviens älteste Universitätsstadt und genießt bis heute international einen spitzenmäßigen Ruf. Viele bedeutende Wissenschaftler und Persönlichkeiten haben hier geforscht und gelehrt, zum Beispiel Anders Celsius oder Dag Hammarskjöld und natürlich Carl von Linné.

Ich kraxele den Weg zum Schloss hinauf, das in leuchtendem Orange weithin sichtbar auf einem Hügel über dem

Zentrum thront. Anschließend wandere ich durch das Straßengewirr, das ich eben noch von oben gesehen habe, in Richtung Campingplatz. Den Rest des Tages verbringe ich damit, die Annehmlichkeiten der Zivilisation zu genießen, soll heißen Proviant einzukaufen, zu duschen und Wäsche zu waschen. Außerdem muss ich die Powerbanks wieder aufladen und mit einer großen Portion Pommes im Campingplatz-Restaurant ein bisschen auch mich selbst.

Die Etappe raus aus Uppsala entpuppt sich als Durststrecke durch Gewerbegebiete mit ganz im Gegensatz zu gestern nur sehr wenigen Blumen am Wegesrand. Linné wäre vermutlich entsetzt. Bis ich die letzte Autobahn unterquert habe, dauert es einen halben Tag. Dann endlich verebbt der Verkehrslärm, das Gezwitscher der Feldlerchen kommt zurück und die Wege führen über flaches Ackerland. Man könnte das langweilig und eintönig finden, aber ich mag es, wenn ich viel Himmel über mir habe und sich die Wolken bis zum Horizont ineinander schachteln, so dass die Welt unendlich weit erscheint. Manchmal wirkt diese Illusion nahezu perfekt. Jedenfalls bin ich wirklich überrascht, als ich schließlich doch wieder im Wald stehe, also irgendwie auf meinen zwei Beinen hinter den Horizont gelangt sein muss, der mir vor ein paar Stunden noch so unerreichbar erschienen war.

Der Pfad windet sich zwischen knotigen Bäumen hindurch und ist manchmal vor lauter Felsen kaum zu sehen. Einige von ihnen haben einen Nebenjob als Troll, Graugnom, dicker Bär mit grünem Pelz oder was auch immer man in den bemoosten Hügeln mit den Haaren aus Farn, den Augen aus Tannenzapfen und den Mündern aus herabgefallenen Ästen erkennen möchte. Nach etwa zwei Stunden lichten sich die Bäume und ich baue mit Blick auf eine moorig-feuchte Fläche, die nach ungefähr fünfzig Metern in einen See übergeht, mein Zelt auf. Die wolligen Sumpfblumen sehen aus wie kleine, weiße

Wattebäusche und leuchten in der Dämmerung wie auf die Erde gefallene Sterne.

Kurz nach Mitternacht schimmert der See vor meiner „Haustür" silbrig grau unter einem weißen Nachthimmel. Die Welt ist weder richtig hell noch richtig dunkel. Sie ist in einem Schwarz-Weiß-Modus irgendwo dazwischen. Der Kontrast zwischen Tag und Nacht ist kurz vor Mittsommer ein anderer als sonst, aber er ist nicht weniger gewaltig. Als ich morgens aus dem Zelt gucke, kann ich kaum meinen Augen trauen. Meine Umgebung ist wie verwandelt, als hätte jemand einen riesengroßen Eimer knallgrüner Farbe darüber ausgegossen.

Der felsige Wald von gestern geht noch eine ganze Weile weiter. Über den Steinen liegt ein weicher Moosteppich und in den Spalten dazwischen wachsen Kiefern, auch noch an den unmöglichsten und exponiertesten Stellen. Um Wurzeln zu schlagen, ist ihnen offensichtlich kein Hang zu steil und kein Untergrund zu hart. Mittlerweile ist dieser Anblick etwas beinah Alltägliches für mich, doch wird mir die Schönheit des Waldes niemals langweilig. Ich staune jeden Tag aufs Neue darüber, so als sähe ich das alles zum ersten Mal.

In Mittelschweden dominieren Birken und Nadelbäume die Landschaft. Die paar Eichen und Buchen, die dazwischen noch wachsen, sind deutlich kleiner als im Süden des Landes und sehen eher wie Büsche als wie Bäume aus. Noch weiter nördlich werden sie ganz verschwinden. Birken sind die einzigen Laubbäume, die länger durchhalten, obwohl auch sie zumindest in den bergigen Regionen jenseits des Polarkreises eine sehr gedrungene Gestalt annehmen. Aber so weit oben bin ich noch lange nicht. Hier in Uppland sind die Birken groß genug, um ein üppiges, frühlingsgrünes Blätterdach über mir zu bilden, das an einem so warmen Tag wie heute angenehmen Schatten spendet.

Mitten in den dichten Wald schiebt sich als kleine Abwechslung eine abenteuerliche Flussüberquerung: Ein breiter ruhiger

Wasserarm voller Seerosen, der mit einer wirklich kreativen Brücken-Floß-Konstruktion versehen ist. An beiden Ufern befindet sich ein Steg, dazwischen ist eine Kette gespannt, an der entlang man sich auf einer schwimmenden Holzplatte ans andere Ufer ziehen kann. Die Überfahrt ist nicht gerade schwankungsfrei, aber zum Glück kullern weder ich noch der Rucksack ins Wasser.

Nass werde ich erst am Nachmittag, als sich der Himmel zuzieht und es zu nieseln beginnt. Doch laufe ich weiter, als ob nichts wäre. Ich ärgere mich nicht über das Wetter. Ganz im Gegenteil. Es dürfte gern noch ein bisschen mehr Wasser vom Himmel fallen. Den letzten kräftigen Regen gab es vor fast drei Wochen und an einigen Stellen kann man deutlich sehen, dass der Wald zu trocken ist. Im Übrigen tut das „schlechte" Wetter der Schönheit der Landschaft keinen Abbruch. Die Wiesen und wogenden Baumkronen leuchten vor grauem Himmel sogar noch ein wenig kräftiger.

Das Gute an einem Sommerregen ist die Gewissheit, dass die warme Sonne bald zurück sein wird. Das hilft mir, die dicken Tropfen, die bis in den Abend hinein über mein Gesicht kullern, als angenehme Erfrischung wahrzunehmen. Außerdem habe ich das Glück, zum Schlafen einen vindskydd zu finden, der groß und hoch genug ist, als dass ich mein Zelt indoor aufstellen kann. So werde ich morgen alles trocken zusammenpacken können, statt die nächtlichen Schauer als zusätzliches, hartnäckig auf der Zeltplane haftendes Gewicht mit mir herumtragen zu müssen.

Als ich aufwache, ist der Himmel zwar noch bewölkt, aber nicht hoffnungslos grau, sondern immer wieder von blauen Flecken durchsetzt. Es hat sich etwas abgekühlt und die Luft ist feucht. Die Welt wirkt nach dem Regen wie zu neuem Leben erwacht. Es ist viel los im Wald. Schnecken kriechen über den Weg und mampfen mit lustig wippenden Fühlern an den saftig grünen Blättern herum. Weiße Schmetterlinge flattern auf und ab, Regenwürmer bohren sich in die nasse Erde und Ameisen krabbeln geschäftig umher. Ein paar schwarze, wie blankpoliert glitzernde Waldmistkäfer tasten sich behäbig über Nadeln, Zweige und Rindenstückchen hinweg. Manchmal halten sie kurz inne und drehen den Kopf mit den großen Augen bedächtig nach rechts und links, so als wägten sie das Für und Wider des nächsten Schrittes ab, dann schlurfen sie weiter. Ich muss wirklich aufpassen, wo ich hintrete, um mich unfallfrei in den dichten Verkehr einzureihen.

Nach einer Weile gelange ich in ein Dorf. Tiefste schwedische Provinz würde ich sagen. Eine Wegkreuzung zwischen den Feldern, rund um die sich ein paar Holzhäuser zusammendrängen, im Zentrum ein kleiner Laden. Verblichene Werbetafeln zieren die bullerbü-rote Fassade und in den Wandhalterungen über dem Eingang klappern zwei blau-gelbe Flaggen müde im Wind. Auf der anderen Straßenseite steht neben einer Selbstbedienungstanksäule ein halb ausgeschlachteter alter Volvo. Ich muss schmunzeln über so viel Klischee. Doch stören tut mich das etwas verschlafene und triste Ambiente kein bisschen. Städtische Atmosphäre habe ich mit Stockholm und Uppsala ja gerade mehr als genug erlebt. Dörfer dagegen bieten den nicht unwesentlichen Vorteil, dass sie nach dem Einkauf sehr rasch hinter der nächsten Wegbiegung verschwinden und ich wieder mitten im Grünen bin.

Ich setze mich ins hohe Gras und mache Mittagspause. Abgesehen von den zwei frischen Zimtschnecken in meiner Hand und dem neuen Proviant in meinem Rucksack erinnert nichts mehr an das Fleckchen Zivilisation, von dem ich eben noch umgeben war. Hier draußen gibt es nur den weiten Himmel, die prächtigen grünen Bäume, die in ihn hinaufragen, und die einsamen, verschlungenen Pfade unten zwischen den Stämmen, auf denen ich mich, nachdem ich aufgegessen habe, weiter Schritt für Schritt vorwärts schiebe, wobei ab und zu ein See in mein Blickfeld gerät, so glasklar, dass ich beinah vergesse, wo oben und unten ist. Zu Fuß erscheint die Welt riesengroß und endlos. Die Landschaft hat mich verschluckt und will mich, auch als die Sonne schon merklich in Richtung Horizont gesunken ist, noch lange nicht wieder hergeben. Aber das macht nichts, denn herrliche Schlafplätze gibt es hier massenhaft.

Morgens begrüßt mich eine Herde fluffiger Schäfchenwolken, bilderbuchreif gespiegelt auf der Wasseroberfläche des Sees Vällen, an dem ich geschlafen habe. Der Vällen schlängelt sich mit seiner langgezogenen Form ungefähr fünfzehn Kilometer weit durch die Landschaft Upplands. Mitten durch ihn hindurch verläuft der 60. Breitengrad, den ich heute überquere. Ein kleiner Etappensieg, doch da sich Schweden insgesamt vom 55. bis auf den 69. Breitengrad erstreckt, werde ich noch eine Weile unterwegs sein.

Jenseits des Vällen führen mich holprige Pfade tief in einen Rumpelwicht-Wald hinein. Wer sich darunter nichts vorstellen kann, der sollte unbedingt „Ronja Räubertochter" lesen. Rumpelwicht-Wälder sind sehr schön, aber man kommt beim Kraxeln über die dicken Wurzeln und bemoosten Steinhaufen nur langsam voran. Ständig muss man aufpassen, nicht etwa versehentlich das Dach einer der kleinen Rumpelwicht-Wohnungen einzutreten.

Eine Weile macht das Hindernislaufen Spaß, doch schließlich bin ich froh, wieder einen ebenen Forstweg unter den Füßen zu haben. Nicht ganz so verwunschen zwar, aber dafür gibt es hier deutlich weniger Mücken, wenn auch immer noch genug, um, sobald ich mich niederlasse, von einer schwarzen Wolke umsurrt zu sein. Schwitzend sitze ich auf dem harten Schotter und löse mir ein Päckchen Eisteepulver in warm gewordenem Wasser auf. Dazu esse ich zerkrümelte Kekse, schlürfe einen geschmolzenen Schokoriegel aus seiner Verpackung und muss unwillkürlich tief in mich hineingrinsen. Schon wieder bin ich mit meinen Gedanken bei Astrid Lindgren gelandet, diesmal bei Karlsson vom Dach. „Das stört keinen großen Geist" sage ich mir immer wieder, während ich mit wilden Wedelbewegungen die Mücken verscheuche.

Als ich am Ufer des nächsten Sees mein Zelt aufbaue, murmele ich diesen Satz weiter wie ein Mantra vor mich hin. Und es wirkt: Spätestens nachdem ich hinter den schützenden Reißverschluss geschlüpft bin, gelange ich zu der festen Überzeugung, dass es hier wirklich absolut nichts gibt, was einen großen Geist stören könnte. Ich habe ein Dach über dem Kopf, ausreichend Essen und Wasser, und abgesehen von ein paar Mückenstichen geht es mir prima.

Umgeben von nächtlicher Helligkeit und unermüdlichem Vogelgesang döse ich in den schwedischen Nationalfeiertag hinüber. Am 6. Juni wird alljährlich der Krönung Gustav Vasas zum ersten schwedischen König gedacht. Da diese 1523 stattfand, feiert das Land dieses Jahr nicht nur irgendein, sondern tatsächlich sein 500. Jubiläum.

Der Zufall will es, dass ich und mein Lieblingsland am selben Tag Geburtstag haben. Zwar werde ich erst 42 Jahre alt, doch auch das muss gefeiert werden. Deshalb passt es perfekt, dass mich der grüne Wald genau zur Kaffeezeit in dem kleinen Örtchen Gimo ausspuckt. Funktional-nüchterne, zwei- und dreigeschossige Mietshäuser in Kastenform drängen sich um einen zugepflasterten Platz, wo ein Ensemble aus Parkbänken einen müde vor sich hin plätschernden Springbrunnen umgibt. Von den Balkonen der gleichförmigen Fassaden winkt versteckt zwischen blau-gelben Fahnen und Satellitenschüsseln hier und da ein müdes Pflänzchen zu mir hinab. Viel mehr Vegetation gibt es in Gimo nicht. Womöglich entwickelt man als Bewohner einer Gegend mit so viel dichtem Wald gelegentlich ein Bedürfnis nach einer Überdosis Asphalt, das sich hier in Gimo sehr erfolgreich befriedigen lässt. Für alle, die dieses Bedürfnis nicht haben, ist das Städtchen zwar kein absolutes Muss auf einer Reise quer durch Schweden, aufgrund des selbst am Nationalfeiertag geöffneten Supermarktes allerdings durchaus eine Reise wert. Spätestens als ich den Laden mit einem großen Stück Kuchen im Gepäck wieder verlasse, bin ich mit dem speziellen Charme des Städtchens voll und ganz versöhnt.

Am Ortsrand kommen ein paar Kühe an den Weidezaun getrabt und muhen mir ein Geburtstagsständchen. Auf einem Feldweg flattert eine Armada weißer Schmetterlinge vor mir auf und ab, der Himmel strahlt in wolkenlosem Blau, und Blätter, Nadeln, Moos und Farn leuchten irgendwie noch ein bisschen grüner als sonst – vielleicht für mich, vielleicht wegen des Nationalfeiertags oder auch einfach nur so.

Blumen bekomme ich reichlich, in allen Farben, Formen und Größen – zwar nicht als Strauß zum Mitnehmen, sondern als bunte Farbkleckse zum Dranvorbeigehen, doch lebendig mit den Wurzeln in der Erde sind sie mir sowieso viel lieber als tot in einer Vase. Damit ich trotzdem nicht ganz auf ein Geschenk zum Mitnehmen verzichten muss, finde ich nachmittags in einem vindskydd einen ausgelesenen Krimi. Da ich weit und breit keinen Menschen entdecke, der ihn vermissen könnte, tausche ich ihn kurzerhand gegen das Buch aus Stockholm, mit dem ich gerade gestern Abend fertig geworden bin.

Heute ist einer dieser Tage, an denen der Weg perfekt für mich sorgt, einschließlich eines traumhaften Geburtstagsschlafplatzes, wie so oft direkt am See. Ich schwimme eine Runde im Geburtstagssonnenschein und blicke anschließend noch lange in ein herrliches Geburtstagsabendrot. Ein bisschen seltsam ist es schon, hier draußen ganz allein zu feiern, doch fühle ich mich kein bisschen einsam. Klar, eine Geburtstagsparty mit Gästen wäre schön, aber jeder Augenblick hat seine Zeit und alles auf einmal geht eben nicht. Freunde einladen kann ich nächstes Jahr wieder. Dieses Jahr genieße ich die Stille.

Doch ist es eine geschäftige Stille, auch am nächsten Tag. Mehr und mehr kommt der Sommer in Gang. Hummeln umsurren die Blüten, Ameisen krabbeln über den Waldboden und schleppen immer noch mehr Nadeln zu sowieso schon sehr großen Haufen, eine Ringelnatter sonnt sich auf einem warmen Stein und sogar einen Elch sehe ich in der Ferne zwischen den Stämmen verschwinden. Vom blauen Himmel ist tief im Wald unter einem dichten Nadel- und Blätterdach manchmal kaum etwas zu erahnen, in den Seen, die immer wieder das Dickicht unterbrechen, spiegelt er sich jedoch umso kräftiger.

Plötzlich strahlt aus all dem Grün ein kleiner gelber Löwenzahn hervor. Im selben Augenblick fällt mir ein, dass ich, wenn meine Rechnung stimmt, heute die 2000 Kilometer knacken müsste. Ich setze mich für eine Weile ins Gras, betrachte das gelbe Blümchen, lasse meine Wanderung bis hierher Revue passieren und merke, wie dankbar ich bin, so viel Schönes sehen und erleben zu dürfen.

Auf dem Campingplatz in Österbybruk kann ich mein Zelt auf einer kleinen Insel aufstellen. Ab und zu schwimmt eine Gänsefamilie vorbei – Idylle wie im Bilderbuch. Auch Österbybruk selbst ist durchaus hübsch und hat obendrein eine interessante Geschichte. Da es in dieser Gegend Eisenvorkommen gibt, gewann der Ort im 17. Jahrhundert Bedeutung für das Waffenschmiedehandwerk. Es waren Wallonen, die hierherkamen, um den Schweden ihre Schmiedekunst beizubringen. Sie bauten ihre eigenen Häuser, von denen viele noch erhalten sind. Die Gebäude bestehen nicht wie sonst in schwedischen Dörfern üblich aus Holz, sondern aus Stein, was Österbybruk einen ziemlich unverwechselbaren Charakter verleiht.

Zurück auf dem Campingplatz muss ich mich der Mücken wegen rasch ins Zelt flüchten. Hinterm Moskitonetz jedoch zelebriere ich noch einmal die 2000, diesmal nicht als Blume, sondern als Zahl, die ich aus einem wilden Mix aus Gummibärchen, -schnullern, -kirschen und -fröschen vor mir auf der Isomatte auslege und im Laufe des Abends Stück für Stück aufesse. Dabei lese ich meinen schwedischen Krimi, während draußen rund um meine Insel die Wasservögel zwar etwas leiser werden, aber niemals ganz verstummen. Ich kann das gut verstehen, denn auch ich werde bei so hellem Licht kaum noch richtig müde. Wäre ich Nils Holgersson und verstünde die Sprache der Tiere, könnte ich rausgehen und mitschnattern. So aber bleibe ich besser liegen und halte den Mund. Als ich morgens aus dem Zelt gucke, schwimmt die Gänsefamilie schon wieder oder immer noch fleißig rund um die Insel und obwohl es noch nicht mal sieben Uhr ist, komme ich mir vor wie ein Langschläfer.

Während der nächsten Tage bleibt die waldige Landschaft reich an Sümpfen, Seen, Teichen und kleinen Flüssen. Ich wandere über eine Vielzahl von Brücken und Holzstegen und stelle fest, dass auch das Wasser selbst immer mehr sommerlich grüne Flecke und bunte Blüten bekommt, und zwar in Form von prächtigen Seerosen mit riesengroßen Blättern. Einzige Kehrseite dieses herrlichen Anblicks sind wie so oft die Mücken. Doch gelingt es mir durch zügiges Wandern die Biester wenigstens ein bisschen abzuschütteln. Man kann nämlich nicht nur im Fahren Fahrtwind, sondern auch im Gehen Gehwind erzeugen: Je schneller, desto mehr.

Auf diese Weise erreiche ich meine Etappenziele oft schon am frühen Nachmittag und habe viel Zeit, um unter meinem Moskitonetz zu liegen und aus geschützter Position heraus die Welt zu beobachten. Dabei entdecke ich manchmal Insekten, für die ich unterwegs kaum einen Blick habe. Libellen zum Beispiel, die sich, wenn sie außen auf der Zeltplane sitzen, und ich von drinnen nur ihre Konturen sehe, im Licht der tiefstehenden Sonne ganz scharf und deutlich vergrößert auf dem roten Untergrund abzeichnen. Sie sehen aus wie bizarre Urzeitmonster mit grauen Flügeln, einem fingerförmig ausladenden Körper, weißen Stielaugen und kräftigen, zum Sprung bereiten Beinen.

Nachts genieße ich die zartorange schimmernde Mittsommer-Atmosphäre, tagsüber entwickelt die Sonne wieder ihre volle Kraft. Scheinwerferartig fällt sie zwischen den Stämmen hindurch, so dass mir der Wald wie eine Bühne vorkommt. Allerlei Schattenspiele aus langen knorrigen Ästen und dünnen Zweigen werden geboten. Ein noch filigraneres Muster werfen die Blattwedel des Adlerfarns auf den mit Zapfen und Nadeln übersäten Boden. Selbst das kleinste Hälmchen wird von einem gestochen scharfen, silhouettenhaften Abbild begleitet. Jeder Baum besitzt seine individuelle Gestalt: Da sind die alten, dicken Stämme mit grober borkiger Rinde, die an manchen Stellen aussehen wie ein Gesicht, das schon viel erlebt hat. Das andere Ende der Skala bilden die jungen, dürren Ableger, die mir gerade so bis zum Knöchel reichen. Es gibt Schneckenhäuser und Vogelfedern auf der Waldbühne und natürlich alle möglichen Blumen – winzige, glockenförmige, weiße Kelche an länglichen Dolden, leuchtend violette Blüten aus glatten, weichen Blättern oder den gelben Hahnenfuß.

Eigentlich reichen mir die Sehenswürdigkeiten des Waldes vollkommen aus. Dennoch mischt sich immer wieder auch Menschengemachtes dazwischen. Auf einer langen, abenteuerlich schwankenden Hängebrücke überquere ich den Dalälv, einen der größten Flüsse Schwedens. Ein paar Kilometer später stoße ich auf die mit knapp 30 Kilometern längste hölzerne Wasserrinne des Landes. Sie ist stolze 125 Jahre alt und schon lange nicht mehr in Benutzung. Früher jedoch schwammen auf ihr die abgeholzten Baumstämme zum Dalälv, mit dessen Strömung sie zur Ostsee transportiert werden konnten.

Um noch ein ganzes Stück weiter in der Zeit zurückzugehen, entdecke ich gegen Abend ein paar große Hügel aus losen Findlingen. Eine Infotafel erklärt, dass es sich um Gräber aus der Bronzezeit handelt, in denen man die Toten zusammen mit ihren Waffen, Gebrauchsgegenständen und anderen Grabbeigaben bestattete. Es kommt mir pietätlos und albernerweise auch ein bisschen unheimlich vor, direkt hier zu zelten. Also überquere ich noch schnell die Provinzgrenze raus aus Uppland und hinein nach Gästrikland, einen Teil der Provinz

Gävleborgs län. Mein Wanderweg heißt nun Gästrikeleden und hält für meine Beine auf den ersten paar hundert Metern eine eher raue Begrüßung bereit: Brennnesseln plus Mückeninvasion sind in kurzen Hosen eine fiese Kombination. Da wäre mir die bronzezeitliche Zombie-Apokalypse drüben in Uppland vielleicht sogar lieber gewesen.

Am nächsten Morgen laufe ich noch eine ganze Weile an der alten Wasserrinne entlang. Unter den hölzernen Aufbauten bleibt es selbst bei so trockenem Wetter wie heute immer ein bisschen feucht, wofür gewisse Lebewesen vermutlich sehr dankbar sind, Nacktschnecken zum Beispiel. Ich beobachte sie eine Weile und frage mich, wie sie die Welt wahrnehmen. Schon mir scheint der schnurgrade Weg neben dem Holzgerüst nicht enden zu wollen, für eine Schnecke jedoch ist diese Rinne vermutlich ein ganzes Universum und das Ende Lichtjahre entfernt.

Ganz so schlimm ist es für mich zum Glück nicht. Nach ein paar Stunden lasse ich das Ding hinter mir und nähere mich Gävle, der Hauptstadt der Provinz Gävleborgs län. Nach einer Menge Wald und Sumpf treffe ich auf erste Häuser und E-Roller. Dann laufe ich auf vorstädtischen Fahrradwegen an stark befahrenen Straßen entlang, rechts und links die üblichen Bau- und Gartenmärkte, Autohäuser, Möbelgeschäfte, Tankstellen, Fastfood-Restaurants und riesigen Einkaufszentren. Doch ist Gävle nicht nur hässlich. Im Zentrum entdecke ich eine wunderschöne Altstadt mit schmalen Gassen und zauberhaften bunten Holzhäuschen – ein kleines bisschen Bilderbuch-Schweden zum Abtauchen und um verträumt darin umherzuschlendern.

Zur Abwechslung schlafe ich heute mal nicht im Zelt, sondern gehe in ein Hostel. Ich möchte den Abend nämlich in der Stadt verbringen, und zwar zusammen mit Ralf aus München, der gerade zum Nordkap wandert. Wir kennen uns bisher nur per Mail, doch der Zufall will es, dass sich unsere Wege in

Gävle kreuzen, und da muss ein Treffen natürlich sein. Wir suchen uns ein Plätzchen auf der Terrasse einer Pizzeria. Hinter der halbhohen Hecke neben unserem Tisch führt eine belebte Straße vorbei. Das könnte fast auch irgendwo in Berlin sein. Wir essen lecker, trinken Bier und quatschen über das Wandern. Ich höre Gläser klappern, menschliche Stimmen und ab und zu hupt irgendwo ein Auto. Dass die Straßenlaternen leuchten, wirkt so kurz vor Mittsommer beinah unnötig. Wenn ich daran denke, wie sich meine Abende normalerweise anfühlen, dann erscheint mir die städtische Atmosphäre sehr ungewohnt. Doch tut es sehr gut, mal wieder in Gesellschaft zu sein.

Am nächsten Morgen auf meinem Weg raus aus der Stadt entdecke ich ein Restaurant mit „urdeutscher" Küche und muss schmunzeln: „German Döner Kebab" steht in großen Buchstaben auf einer Werbetafel. Leider hat der Laden noch geschlossen, ansonsten wäre das eine prima Gelegenheit gewesen, mir ein weiteres Stück Berlin-Feeling nach Gävle zu holen. Ich laufe durch einen großen Stadtpark voller Möwen, dann kommen die üblichen Radwege neben verkehrsreichen Ausfallstraßen und schließlich gelange ich wieder in ruhigere Gegenden.

Um die Mittagszeit führt mich der Gästrikeleden durch das Dorf Mackmyra. Hier begann man 1999 damit, Schwedens ältesten und inzwischen auch international bekanntesten Whisky herzustellen. Der Großteil der heutigen Produktion findet zwar in einer moderneren Anlage etwa zehn Kilometer entfernt statt, doch in Mackmyra befindet sich noch immer die ursprüngliche Destillerie, untergebracht in einem weiß verputzten, schmucken Wassermühlen-Gebäude, das sehr malerisch am Ufer des wild strömenden Gaveån zwischen Wiesenblumen und Pferdeweiden gelegen ist.

Hinter Mackmyra folgt ein Abschnitt durch sonnendurchfluteten Wald, in dem unglaublich stattliche, hohe Fichten wachsen, wie ich sie in so großer Zahl schon lange nicht mehr gesehen habe. Den meisten Fichten unterwegs merkt man an, dass sie todkrank und von Borkenkäfern zerfressen sind. In erschreckend rasantem Tempo kommen immer mehr lichte Baumkronen, Nadelbaumgerippe und durch Unwetter entwurzelte oder abgebrochene Stämme hinzu. Dass der Wald mich beschützt und mir Geborgenheit vermittelt, galt mir noch vor wenigen Jahre als unumstößliche, beruhigende Gewissheit, wie eine Art Naturgesetz. Nun aber fühlt es sich immer öfter so an, als müsste ich den Wald beschützen, nur weiß ich beim besten Willen nicht wie. Weil mir das Angst macht, versuche ich, alle beunruhigenden Zeichen auszublenden. Untergründig jedoch bleibt mein Erschrecken bestehen und die Entspannung, die ich früher im Wald empfinden konnte, spüre ich nur noch selten. Hier und heute aber funktioniert es noch einmal. Es ist ein bisschen, wie wenn man als Kind an der Hand der Eltern spazieren geht und sich dabei absolut sicher und beschützt fühlt. Ich versuche diesen erleichternden Zustand mit allen Sinnen in mich aufzunehmen und in meiner Erinnerung festzuhalten. Vielleicht werde ich später einmal jüngeren Menschen, davon erzählen müssen wie von einem fremden Land, in das sie niemals werden reisen können.

Meistens gelingt es mir, meine Trauer über den Zustand der Natur zu verdrängen. Es ändert nichts, wenn ich mir von meinen Sorgen die Laune verderben lasse. Lieber will ich mich an all dem Schönen erfreuen, das noch da ist. Doch gibt es Situationen, in denen meine trüben Gedanken schließlich doch die Oberhand gewinnen. So zum Beispiel am nächsten Tag, als mich das Gespräch mit einem Bauern ins Grübeln bringt.

Schon während der letzten Wochen war es ungewöhnlich warm, heute aber toppt die Temperatur alle Rekorde: dreißig Grad kommen in dieser Gegend selbst im Hochsommer nur selten vor und sind für Mitte Juni wirklich enorm. Was außerdem auffällt, ist die zunehmende Trockenheit. Seit Ende April, hat es nur zweimal geregnet, ich habe mitgezählt: einmal im

Kolmården ungefähr zehn Tage vor Stockholm und neulich nochmal, als mir der vindskydd so gut zu Pass kam, um mein Zelt indoor aufzubauen. Ansonsten ist auf meinem Weg von Jönköping bis hierher kein Tropfen vom Himmel gefallen. Seit einer Weile schon habe ich Probleme, Trinkwasser zu finden, denn viele auf der Karte eingezeichnete Bäche sind leer. Erstaunlich, dass der Wald noch so schön grün aussieht.

Ich schlendere einen staubigen Feldweg entlang an einem einsamen Gehöft vorbei. Im Garten kniet ein vielleicht sechzigjähriger Mann in Arbeitskleidung im hohen Gras und repariert einen Zaun. Ich sehe ihn schon von Weitem. Da meine Wasserflasche seit ein paar Stunden leer ist und ich auf der Suche nach Nachschub bisher erfolglos war, lege ich mir im Näherkommen ein paar Worte zurecht, um nach Wasser zu fragen.

Der Mann unterbricht sofort seine Arbeit, schüttelt mir die Hand, stellt sich als Ebbe vor und erkundigt sich interessiert nach meiner Wanderung. Ich erzähle von meiner Tour durch Schweden und nach kurzer Zeit hat sich zwischen uns eine lebhafte Unterhaltung entsponnen. Er führt mich zu einem Wasserhahn im Garten, wo ich meine Flasche auffüllen kann. Wir sitzen eine Weile auf seiner Veranda, dann bietet er mir an, mich auf seinem Land herumzuführen.

Wir laufen durch den Wald hinter Ebbes Haus und ich lerne eine ganze Menge dabei. Zum Beispiel, dass man die jungen Spitzen der Nadelbäume essen kann und dass sie reichlich Vitamin C enthalten. Früher waren sie in einer Gegend wie dieser, in der nicht viel Obst wächst, für die Menschen eine selbstverständliche Nährstoffquelle, während heute kaum noch jemand davon weiß.

Ebbe erzählt mir, dass er bereits auf diesem Hof aufgewachsen sei und schon immer hier wohne, so einen Frühsommer wie diesen jedoch noch nie zuvor erlebt habe. Er zeigt mir versiegte Bäche und Quellen, die normalerweise selbst im Juli oder August noch Wasser führen. Wir gehen quer über ein Feld, auf dem dieses Jahr nichts wachsen wird, weil die aufgebrachte Saat bereits vertrocknet ist. Ebbe macht mich auf ein paar glitzernde Steine mitten in der staubigen Ackerkrume aufmerksam, die man nur auf kargem Boden ohne Pflanzen gut sehen könne. Tatsächlich, wenn man genau hinguckt, liegen da überall schwarze Splitter, die mit ihrem grünlichen Schimmer ein bisschen wie blankpolierte Glasscherben wirken. Sie stammen aus einer Zeit, als in dieser Region Eisen abgebaut und verarbeitet wurde. Beim Einschmelzprozess kam es zu ihrer Entstehung, sozusagen als Abfall, der sich in alle Winde zerstreute. Meistens wurden sie einfach liegengelassen und finden sich deswegen noch heute überall in der Gegend verteilt. Ich könne mir ruhig ein paar mitnehmen, meint Ebbe, als Erinnerung an einen sehr trockenen Sommer in Mittelschweden.

Im Weiterlaufen muss ich noch lange über die Begegnung mit Ebbe nachdenken. Abends im Zelt wühle ich die glänzenden grünen Steine wieder hervor und schaue sie mir sehr genau an. Plötzlich kommen mir die Tränen – nicht als lautes Weinen, sondern nur als ein leises Zulassen von Trauer und Hilflosigkeit. Normalerweise wünsche ich mir beim Wandern nicht unbedingt Regen, doch im Augenblick würde ich mich riesig darüber freuen.

Leider fällt auch am nächsten Tag kein Tropfen und die Bäche bleiben ausgetrocknet. Dass ich meinen individuellen Flüssigkeitsbedarf zwischendurch ganz bequem im Supermarkt in Hofors decken kann, löst zwar mein persönliches akutes Problem, ändert jedoch nichts an meiner Sorge über das fehlende Wasser in der Natur. Auch der Inhalt der Flaschen, die es im Laden gibt, muss ja irgendwo herkommen. Noch ist es selbstverständlich, dass man überall Getränke kaufen kann und dass zu Hause Wasser aus dem Hahn fließt. Doch wenn wir die Natur weiterhin derart ausbeuten und überstrapazieren, dann wird Trinkwasser ein knappes und umkämpftes Gut werden.

Solche Gedanken gehen mir durch den Kopf, während ich auf einer Bank in Hofors sitze und nicht nur meinen Flüssigkeits- sondern auch meinen Vitaminhaushalt ganz sauber mit einem Smoothie aus dem Tetrapack wieder ausgleiche. Quellwasser und Tannenspitzen hätten es ebenso getan, und vermutlich gibt es im Wald auch sonst alles, was ich brauche, nur weiß ich leider nicht, wo es zu finden ist. Also bleibt mir nichts anderes übrig, als einer staubigen Ortschaft nach der anderen entgegenzufiebern und meinen Rucksack mit Vorräten vollzustopfen. Egal, wie weit ich zwischendurch von allem weglaufe, ich hänge trotzdem noch am Tropf der Zivilisation.

Hinter Hofors nehme ich Abschied vom Gästrikeleden. Die knapp 40 Kilometer bis nach Falun wird mich etwas weniger schön die E6 begleiten. Morgen ist also ein Straßentag auf heißem Asphalt angesagt. Doch heute Nachmittag heißt es erstmal Ausruhen auf einem wunderschönen Campingplatz mit Badestrand am See. Die Zeltwiese liegt so nah am Ufer, dass ich sozusagen vom Schlafsack aus direkt ins Wasser springen kann. Die Wohnwagen und Wohnmobile müssen sich weiter oben zusammendängen, ich darf in der ersten Reihe stehen. Und da Zelten offenbar immer unpopulärer wird, teile ich die Loge nur mit einer Entenmama und sechs sehr niedlichen Küken, die ab und zu bei mir vorbeiwatscheln und mir Knäckebrotkrümel aus der Hand fressen.

Im geheimnisvoll schattenhaften Zwielicht einer Beinah-Mittsommernacht wirkt die Birke vor meinem Eingang, die mit den Enden ihrer langen, wallenden Zweige sanft die Wasseroberfläche berührt, fast wie ein badendes Fabelwesen. Ich wache früh auf und tue eine ganze Weile nichts anderes, als einfach nur dazusitzen und dieses Bild zu betrachten. Hinterher frühstücke ich zusammen mit der Entenfamilie, dann geht es rauf auf die E6.

Zum Glück muss ich nicht direkt an der autobahnartigen Straße entlangwandern, sondern kann die parallel verlaufende alte Landstraße nutzen. Der Verkehr rauscht unsichtbar hinter ein paar Bäumen, dort, wo ich bin, erscheint die Welt vollkommen verlassen. Hier und da haben Wurzeln die Straßendecke durchbrochen und Pflanzen schießen aus den Ritzen hervor. Solche zugewucherten, sich selbst überlassenen Asphaltpisten existieren neben den moderneren Fahrwegen nicht selten einfach weiter. Sich auf ihnen vorwärtszubewegen, kann streckenweise einem netten, unproblematischen Spaziergang gleichen, es kann aber auch sehr herausfordernde Abschnitte geben. Das Problem ist nämlich, dass sich die ausrangierten Wege gelegentlich unterbrechen, was insbesondere dann geschieht, wenn sie von der neuen Straße durchkreuzt werden.

Ich muss die E6 insgesamt fünfmal überqueren. Eine Lücke ohne Autos gibt es mit etwas Geduld immer irgendwann. Das größere Problem stellen die Zäune beidseits der Straße dar, die Tiere davon abhalten sollen, auf die Fahrbahn zu laufen. An manchen Stellen führen kleine, unverschlossene Türen hindurch. Wenn ich Glück habe, finde ich eine davon. Doch manchmal bleibt mir nichts anderes übrig, als entweder über den Zaun zu klettern oder durch eine Bodensenke untendurch zu robben – ein kleiner Hindernislauf, den man nur mit einer guten Portion Selbstironie schadlos übersteht. Zudem ist, will man hinterher im dichten Gestrüpp die alte Landstraße wiederfinden, eine intensive Liebe zum Vollkontakt-Waldbad durchaus hilfreich.

Am Ende des Tages fühle ich mich seltsam vergnügt, erfrischt und verjüngt. Meine Schienbeine und Unterarme sind so verschrammt, dreckig und zerstochen wie seit mindestens dreißig Jahren nicht mehr. Hinzu kommt eine gewisse Euphorie, weil in der Ferne endlich die ersten höheren Berge zu sehen sind. Man muss zwar noch ziemlich genau hingucken, um sie zu erkennen, aber ein kleines Stückchen weiter hat mich mein E6-Gehopse definitiv gebracht: Ich habe Gästrikland verlassen und bin in der Provinz Dalarna angelangt. Hier beginnt, so könnte man es vielleicht sagen, der südliche Teil des einsamen schwedischen Nordens.

Am nächsten Morgen rücken die Berge weiter näher, mein Weg schlängelt sich sanft auf und ab und in der Ferne sind noch mehr und höhere bewaldete Hänge zu sehen. Ohne erneuten Kontakt mit der E6 wandere ich auf netten Spazierwegen bis nach Falun, das letzte Stück sehr hübsch an einem See mit Blick auf die Stadt am anderen Ufer. Zunächst wirkt der Kirchturm dort drüben weit weg, doch der Eindruck täuscht. Im Handumdrehen stehe ich direkt davor und bin mitten im Zentrum. Ich schlendere durch die Einkaufsstraße und decke mich mit neuem Proviant ein. Für sofort gibt ein Lachsbrötchen, das ich großzügig mit Enten, Möwen und Dohlen teile.

Etwas später treffe ich noch einen vierten Vogel, einen Uhu. Na gut, nur einen aus Stein, doch in den Wäldern der Gegend gibt es reichlich echte Exemplare, und genau das ist der Grund, warum dem Uhu in Falun ein Denkmal gesetzt wurde. In Schweden ist jeder Region ein passendes Tier zugeordnet. Für Blekinge zum Beispiel ist es der Hirschkäfer, für Halland der Lachs, für Gästrikland das Auerhuhn und für Dalarna der Uhu. Falun ist Dalarnas Provinzhauptstadt, weswegen hier selbstverständlich mindestens ein Uhu dauerhaft anwesend sein muss.

Zusätzlich zum Uhu gibt es 37.000 Einwohner. Falun ist also nicht gerade riesig, hat aber trotzdem etwas ganz Besonderes zu bieten, wodurch es sogar international ein bisschen bekannt ist: Die Falu Gruva, einst die größte Kupfermiene der Welt, in der es 1687 nach langjährigem gierig-planlosem Abbau zu einem gewaltigen Einsturz kam. Allein der Tatsache, dass sich das Unglück am Mittsommertag ereignete, der damals schon ein hoher Feiertag war, ist es zu verdanken, dass keine Arbeiter unter Tage waren und niemand zu Schaden kam. Heute ist die Grube stillgelegt und gehört zum UNESCO-Weltkulturerbe. Man nähert sich ihr durch schmale Gassen mit alten

Bergarbeiterhäusern, dann kommt man an einem gigantischen Haufen Kupfer vorbei und schließlich blickt man in ein wirklich gewaltiges Loch, so groß, dass ich drei Fotos als Panorama zusammensetzen muss, um es komplett ins Bild zu kriegen.

Jenseits der Grube ist Falun rasch zu Ende und wieder Waldbaden angesagt. Um das Wellness-Programm zu komplettieren, gibt es den einen oder anderen Aderlass durch Mückenwolke gratis on top. Die Landschaft wird bergiger und zumindest an einem so heißen Tag wie heute kommt mir der eine oder andere Anstieg ganz schön anstrengend vor. Eine Weile tröste ich mich mit dem Gedanken, dass die brennende Sonne ja auch irgendwann untergeht, bis mir wieder einfällt, dass sie das ja kaum noch tut. Natürlich ist sie, wenn sie tiefer steht, weniger heiß, aber um den Innenraumen meines Zeltes auf Saunatemperaturen aufzuheizen, hat sie allemal noch genug Kraft. Draußen wäre es zwar deutlich kühler, doch will ich nicht noch mehr mückenbedingten Blutverlust riskieren, dann lieber Schwitzkur.

Gegen Mitternacht reguliert sich die Sauna in meinem Zelt ein wenig herunter, aber schon nach wenigen Stunden gibt es den nächsten Aufguss und ich erwache, wie immer in den letzten Wochen, ziemlich früh und ziemlich schwitzend. Obwohl für heute Regen angesagt ist, ist der Himmel morgens erstmal strahlend blau. Doch zieht er sich bereits auf den ersten Kilometern der Etappe merklich zu und die Sonne verschwindet hinter einer finsteren Wolkendecke. Es sieht so sehr nach Regen aus, wie schon seit Wochen nicht mehr.

Während ich andächtig und erwartungsvoll nach oben blicke, kommt ein Schmetterling angeflogen und setzt sich genau auf meinen Fuß. Minutenlang bleibt er dort, so dass ich ihn mir in aller Ruhe anschauen und sogar fotografieren kann. Das ist selten, die meisten Exemplare flattern viel zu rasch davon. Die Frage ist, was bedeuten Schmetterlinge am Fuß? Sind sie vielleicht ein Zeichen für nahenden Regen? Ich versuche ganz fest daran zu glauben und siehe da, keine halbe Stunde später fallen die ersten Tropfen auf meine Schirmmütze. Spärlich zwar, doch immerhin genug, als dass ich meinem Rucksack sein Regencape überwerfe. Ich selbst bleibe im T-Shirt, denn ich habe so richtig Lust, bis auf die Knochen nass zu werden.

Mit beachtlichem Tempo wandere ich weiter durch Dalarnas grüne Wälder. Zum einen beschwingt aus Freude über das „schlechte" Wetter, zum anderen, um mir mit ausreichend Gehwind die Mücken vom Leib zu halten, die bei feuchtem Wetter noch zahlreicher werden als sie ohnehin schon sind. Auf einer Lichtung grast ein Pony und sieht mich schelmisch an. Dann schlackert es ein bisschen mit der Mähne, woraufhin die Mücken, die ihm im Gesicht saßen, wild auseinanderfliegen. Verstehe, so muss man das machen. Nur bin ich von einer solchen Haarpracht leider weit entfernt. Also wedele ich weiter mit den Armen. Den Schleier habe ich vorhin in den Rucksack gestopft. Mir doch egal, dann werde ich eben zerstochen. Ich will den Regen und diesen herrlichen Wald nicht nur durch ein Netz wahrnehmen, sondern richtig, mit allem, was dazu gehört, und das sind eben auch die Mücken.

Ich laufe einen schmalen, verschlungenen Pfad durch dichtes Gestrüpp, das sich über mir zu einem manchmal fast lückenlosen Blätterdach zusammenzieht. Kyrkstigen, übersetzt Kirchsteig, nennt sich der Weg und ist neunzehn Kilometer lang. Doch stehe ich, als er endet, nicht etwa vor einer Kirche, sondern an einem großen See. Die Kirche ist drüben am anderen Ufer nur ganz klein zu sehen. Die Leute früher müssen echt tapfer und wirklich gläubig gewesen sein, wenn sie für einen einzigen Gottesdienst zweimal neunzehn Kilometer gewandert und auch noch ein ziemlich ordentliches Stück gerudert sind. Ich jedenfalls bin froh, dass ich da nicht rüber muss, sondern mir auf dieser Seite des Sees einen Schlafplatz suchen kann. Höchste Zeit, denn Regen und Mückenaufkommen sind gerade dabei, wolkenbruchartige Dimensionen anzunehmen.

Es schüttet die ganze Nacht über wie aus Eimern. Nach so langer Trockenheit hört sich das Prasseln der Tropfen auf der Zeltplane über mir richtig schön an, fast wie Musik. Morgens packe ich seit Langem mal wieder ein klitschnasses Zelt zusammen, das befreit vom Staub der letzten Wochen ungewohnt sauber wirkt. Auch der Wald sieht ganz verändert aus. Alles glänzt und leuchtet wie frisch gewaschen - jedes einzelne Blättchen, jede Tannennadel und jeder Halm am Boden.

Nebeldunst liegt über der Landschaft am Österdalälv und die Stimmung ist irgendwie geheimnisvoll. Die Region rund um den Siljansee, dem ich mich jetzt nähere, wird auch als das Herz Schwedens bezeichnet. Schwedischer als hier geht es nicht. Sanfte Hügel, dichte Wälder, alte Bauerhöfe und Dörfer voller roter Holzhäuser, noch mehr als im Rest des Landes. Die Mittsommervorbereitungen sind in vollem Gange. In fast jedem Ort liegt auf dem Hauptplatz eine Mittsommerstange bereit, die nächsten Freitag, am Midsommarafton, feierlich aufgerichtet wird.

Während ich durch Leksand schlendere, klart der Himmel ein wenig auf. Der Ort ist mit 6000 Einwohnern nicht gerade riesig, aber in Schweden trotzdem relativ bekannt. Hier findet nämlich auf einer riesengroßen Wiese in einem Tal, das Sammilsdal genannt wird, eines der größten Mittsommerfeste des Landes statt. Zu diesem Anlass reisen jedes Jahr um die 20.000 Besucher, teils aus aller Welt, in das kleine Städtchen. Leksand ist, wenn man so will, Schwedens Mittsommer-Metropole.

Am Ortsausgang überquere ich den Österdalälv und stehe jenseits der Brücke rasch wieder zwischen Wiesen und Weiden. Mein neuer Wanderweg heißt Siljansleden und führt direkt an unserem Sommerhäuschen vorbei. Mich trennen also nur noch ein paar waldige Hügel und Täler von meinem Ziel. Doch die müssen bis morgen warten, denn schon wieder ziehen dicke Wolken auf. Erfreulicherweise regnet es noch einmal die ganze Nacht in Strömen. Der Himmel über mir ist so finster, dass ich sogar meine Taschenlampe benutzen muss, was seit Wochen nicht der Fall war.

Als ich morgens aufbreche, hat sich das Wetter beruhigt. Mücken ausgenommen, begegnet mir den ganzen Tag über absolut niemand, und das, obwohl ich ab und zu durch kleine, abgeschiedene Dörfer laufe, die überall in den Wäldern rund um den Siljansee verstreut liegen. Sie werden Fäbod genannt und sind in einer Zeit entstanden, als die Bauern ihr Vieh in der warmen Jahreszeit zum Weiden hinauf auf die höher gelegenen Wiesen brachten. Die Tiere jeden Tag zurück ins Tal zu treiben, wäre zu weit gewesen. Also blieben Mägde und Knechte den Sommer über oben. Um hier leben zu können, bauten sie sich kleine Blockhütten, die teilweise bis heute existieren und überwiegend als Sommerhäuser genutzt werden. Auch unser Häuschen liegt in einem solchen Fäbod.

Am Ufer des Svartjärn gibt es eine hübsche kleine Kapelle, die ich gut vom Spazierengehen kenne. Auf der Bank davor mache ich mit Blick über den Waldsee eine letzte kurze Rast. Acht Kilometer noch. Karte oder Wegmarkierungen brauche ich jetzt nicht mehr. Diese Strecke bin ich schon so oft gelaufen, dass ich selbst im Stockfinstern nicht verlorengehen würde. Auf dem allerletzten Stück begrüße ich jeden Baum, jeden Stein und jede Wurzel wie alte Bekannte, und dann taucht unser Häuschen zwischen den Stämmen auf.

Es ist alles noch genauso, wie wir es im letzten Herbst verlassen haben. Innerlich jubelnd werfe ich den Rucksack ins hohe Gras und hole den Schlüssel aus dem Versteck im Garten. Mein Mann Martin kommt erst morgen an. Ich bin sozusagen einen Tag zu früh. Ganz genau kann man einen so langen Weg zu Fuß nicht timen und ein kleiner zeitlicher Puffer für eventuelle Verzögerungen war mir lieber, als in Eile zu geraten. Ab morgen aber warten dann wirklich zweieinhalb Wochen in Gesellschaft auf mich.

Ich klettere auf den Berg hinter unserem Grundstück und genieße einen herrlichen Ausblick über die Hügel und grünen Täler der Umgebung, den weiten Himmel und den blauen Siljansee. Am 8. Juli werde ich mit dem Zug hinauf in den hohen Norden fahren, um den zweiten Teil meiner Wanderung zu beginnen. Nach den ungefähr 2300 Kilometern durch Südschweden will ich auch die nördliche Hälfte des Landes durchqueren, um irgendwann Mitte Oktober auf der allerletzten Etappe meiner Tour dort unten am Seeufer entlangzustiefeln und schließlich wieder hier oben an unserem Häuschen anzukommen.

VON ABISKO AUF DEN KEBNE-KAISE

Mit komplett neuer Wanderbereifung – soll heißen neuen Schuhe, neuen Socken und neuer Hose – sitze ich in der Halle des Stockholmer Hauptbahnhofes und warte auf den Zug in Richtung Norden. Mein Ziel ist Abisko, ein kleiner Ort weit jenseits des Polarkreises, wo der berühmte Fernwanderweg Kungsleden beginnt. Von dort aus werde ich zurück in Richtung Süden wandern. Auf diese Weise kann ich dem früh einfallenden Winter nördlich des Polarkreises entgehen und sozusagen zusammen mit den Wildgänsen, die mich auch diesmal gnadenlos überholen werden, dem besseren Wetter entgegenlaufen.

Als der Zug langsam aus Stockholm hinausrumpelt ist es deutlich nach 22 Uhr. Trotzdem fliegt vorm Fenster eine taghelle Landschaft vorbei. Ein bisschen einsam ist mir schon zu Mute, als ich mich auf meinem Sitzplatz notdürftig für die Nacht einrichte, ein Liegewagen war nicht mehr frei, aber das macht nichts. Besonders nächtliche Stimmung wird sowieso nicht aufkommen. Im Gegenteil, wir brausen der Mitternachtssonne direkt entgegen und je weiter wir in Richtung Norden fahren, desto heller wird es.

Während der ersten Stunden Fahrt kann ich dies und das vorm Fenster wiedererkennen. Beim Ort Knivsta, wo ich ein paar Kilometer direkt neben den Schienen gelaufen bin, entdecke ich ein Stück meines Wanderwegs. In Uppsala sehe ich aus der Ferne noch einmal den riesigen Dom und muss an die von Linné angelegten üppig grünen Pflanzenerkundungspfade denken. Weiter rollt der Zug an Feldern, Weiden und Bauernhöfen vorbei durch das helle mitternächtliche Uppland. In

Gävle schließlich, wo ich vor ziemlich genau einem Monat mit Ralf Pizza gegessen habe, verlassen wir meine Wanderstrecke und fahren geradewegs nach Norden.

Ich muss schlucken, irgendwie habe ich ein bisschen Heimweh oder so etwas Ähnliches und bin mir plötzlich nicht mehr sicher, ob ich überhaupt noch einmal so lange allein unterwegs sein möchte. Gut, dass der Zug einfach weiterrast und mir vorerst keine Wahl lässt, so muss ich nicht nachdenken, sondern kann mich einfach treiben lassen, hinnehmen, was ist, und abwarten, was kommt. Ich schließe für eine Weile die Augen und stelle mir vor, was ich während der nächsten etwa hundert Tage so alles erleben werde. Wenn ich erstmal angelangt bin im Fjäll, meiner absoluten Lieblingslandschaft, dann werde ich nichts mehr anderes wollen als Wandern, das weiß ich ganz genau.

Der Zug schaukelt mich in einen sanften Dämmerzustand hinein. Ich schlafe nicht richtig, bin aber auch nicht ganz wach. Mein Empfinden passt perfekt zur Atmosphäre vor dem Fenster, durch das ich ab und an hinausblinzle. Die endlosen Flächen voller hoher Nadelbäume liegen ganz still da, zwischen den Stämmen das orange Leuchten des Horizonts und über den Wipfeln ein dunkelblauer, wolkenloser Himmel.

Die Sonne steigt wieder höher und wir halten in Sundsvall, Umeå, Boden, Gällivare ... Es gibt ein bisschen Gewusel auf den Bahnsteigen. Ein paar Leute steigen aus und ein. Für einige Minuten ziehen Straßen und Häuser vorbei, dann kehren die Nadelbäume zurück. In Kiruna ist schon Mittag des nächsten Tages und ich bin ungefähr fünfzehn Stunden unterwegs, doch ist die Stimmung im Zug und in mir auf merkwürdige Weise unverändert, fast als wäre die Zeit stehengeblieben.

Erst hinter Kiruna wandelt sich die Landschaft. Birken lösen den Nadelwald ab und in der Ferne taucht ein hochgebirgiges Panorama aus schroffen Gipfeln und strahlend weißen Gletschern auf, vorgelagert erstrecken sich weite sumpfige Flächen und riesengroße Seen. Auf dem letzten Stück verläuft die Bahnlinie mit Blick auf die blau glitzernde Wasseroberfläche des 70 Kilometer langen Törneträsk, an dessen Ufer der Ort Abisko liegt, wo meine Reise endet.

Da mir nach dem langen Sitzen im Zug dringend nach Bewegung zu Mute ist, unternehme ich, nachdem ich auf dem Campingplatz der Fjällstation mein Zelt aufgebaut habe, einen Spaziergang am Hang des Berges Njullá, von wo aus sich ein herrlicher Blick über die Umgebung bietet. In der Ferne öffnet sich das markante, u-förmige Hochtal Lapporten. Dort möchte ich morgen hindurchwandern. Ich kraxele über ein paar Bäche hinweg und merke wie die Unsicherheit, die ich noch im Zug verspürt habe, allmählich von mir abfällt. Ich sehe das Wasser zu Tal strömen und genieße den Augenblick. Genau hier will ich sein!

Abisko ist eigentlich nur ein Dorf mit etwas über hundert Einwohnern, hat jedoch aufgrund seiner wunderschönen Lage eine gewisse touristische Bedeutung. Hier beginnt der Kungsleden, einer der beliebtesten und berühmtesten Fernwanderwege der Welt. Er ist 440 Kilometer lang, perfekt markiert und mit einfachen Übernachtungshütten ausgestattet, die zum Teil sogar Proviant verkaufen. Auf diese Weise hat man die Möglichkeit, mit etwas leichterem Gepäck das Fjäll zu erkunden. In der Hochsaison allerdings kann es schon mal etwas voller werden. Wer das 360-Grad-Bergpanorama lieber für sich allein haben möchte, sollte andere Wege wählen.

Während ich an einem ungestüm rauschenden Bach entlang zurück ins Tal laufe, werde ich immer vergnügter und gelassener, und fühle mich, genauso wie das Wasser, immer unternehmungslustiger und wilder. Der kleine Bach mündet in den Abiskojåkka, der wiederum in den Törneträsk fließt und vorher mit ohrenbetäubendem Tosen einen beeindruckenden Canyon durchströmt. Auf den Spazierwegen ringsum sind eine ganze Menge Leute unterwegs. Während der nächsten Monate jedoch wird es Tage geben, an denen mir niemand begegnet. Also freue ich mich heute noch einmal über den Trubel rund um die Fjällstation.

Von meinem Zelt aus sehe ich den Törneträsk hell und warm im Abendlicht vor sich hin funkeln. Kaum zu glauben, dass er die Hälfte des Jahres, etwa von Dezember bis Anfang Juni, mit Eis bedeckt ist. Wer kalte Temperaturen nicht scheut, kann hier im Herbst und Winter prima Nordlicht beobachten. Aktuell jedoch beherrscht die Mitternachtssonne die Szenerie. Noch für etwa eine Woche wird ununterbrochen Tag sein. Ein oranger Feuerball streift von Westen kommend den nördlichen Horizont, und steigt, anstatt dahinter zu verschwinden, direkt wieder in Richtung Osten auf. Eine Weile blinzle ich in die goldenen Strahlen und versuche dann, obwohl sich nichts nach Nacht anfühlt, doch noch ein wenig zu schlafen. Morgen früh geht's los Schritt für Schritt und ganz langsam zurück nach Süden.

Das Wetter ist fantastisch! Bis rauf ins Lapporten sind es fünfzehn Kilometer, eine gute Entfernung für den Einstieg. Trotzdem fällt es mir nicht leicht, Abisko hinter mir zu lassen. Gestern aus der Ferne sah der Weg viel weniger weit und beschwerlich aus, jetzt aber hier unten zwischen den riesengroßen Bergen, mal im Birkenwald, mal in hüfthohem Weidengestrüpp und mal auf weiter ebener Fläche, komme ich mir ganz schön klein vor. Man sollte Entfernungen im Fjäll niemals unterschätzen und vor allem nicht vergessen, was es bedeutet, wenn der Pfad, auf dem man läuft, sich immer wieder zwischendurch verliert oder über Sumpfland, rutschige Felsen und sprudelnde Wasserläufe hinwegführt.

An einem der kleinen Bäche halte ich an, um zu trinken. In der Ferne tutet ein Zug vorbei. Die Bahnstrecke ist noch eine ganze Weile zu hören. Täglich gibt es Verbindungen nach Stockholm. Warum nicht einfach umkehren, einsteigen, am Fenster sitzen und die Landschaft vorbeiziehen lassen mit einem guten Buch und einem Kaffee in der Hand ... und übermorgen wieder in Berlin in meiner vertrauten Umgebung sein. Ich trinke einen Schluck von dem kühlen Wasser, schmeckt ohne Zweifel besser als jeder Kaffee. Und das sage ich, der ich eigentlich kaffeesüchtig bin. Ich sehe mich um. Was für ein Panorama! Auf mich warten drei Monate Fjäll. Das werde ich mir auf keinen Fall entgehen lassen! Fest entschlossen stapfe ich weiter.

Abisko wird leiser und verstummt schließlich ganz. Indem ich an nichts anderes denke als den nächsten Schritt, finde ich in meinen Wanderrhythmus zurück. Während Lapporten vor meinen Augen wächst und wächst, schrumpft das Heimweh in meinem Kopf immer weiter zusammen, bis ich ihm endgültig davongelaufen bin. Ich stelle mir vor, wie es da oben in dem u-förmigen Tal wohl aussehen mag. Mit jedem Meter, den ich zurücklege, ändert sich die Perspektive und hinter jeder Ecke offenbart sich eine neue Welt. Die kleine Bahnstation mit den Häuschen ringsum liegt bereits weit unter mir und die Berge dahinter spiegeln sich im Törneträsk wie in einem riesigen blauen Diamanten.

Zwischen den zwei Gipfeln, die das Lapporten einrahmen, glitzert ein langgestreckter See, an dem entlang ich morgen der Welt entgegenlaufen werde, die jenseits des Hochtals auf mich wartet. Für heute jedoch lasse ich es genug sein und schlage am Ufer mein Zelt auf. Gegen Mitternacht linse ich noch einmal durch den Reißverschluss auf die lichtüberflutete, von wattebauschartigen Sumpfblumen weiß gepunktete Wiese hinaus und sehe der Sonne zu, wie sie fast, aber eben nur fast, untergeht.

Am nächsten Morgen kommt es mir tatsächlich so vor, als passierte ich mit dem Lapporten eine Art Tor ins schwedische Fjäll. Der Pfad ist von steilen Wiesenhängen eingefasst, in den schattigen Felsritzen am Seeufer liegt hier und da noch ein bisschen alter Schnee und auf der Wasseroberfläche schimmern vereinzelte Eisstückchen. Die Kälte, die der See ausstrahlt, steht in einem faszinierenden Kontrast zum warmen Grün der Grashalme, die mir um die Beine schlagen.

Nach einer Weile öffnet sich das Tal und ich stehe auf einer weiten Hochebene mit neuen Gipfeln in der Nähe und Ferne. Der Himmel ist voller wilder Wolken, die bizarre Schatten auf die Berge werfen. Ab und zu fallen ein paar Tropfen, doch viel Regen kommt nicht zusammen.

Mal kraxle ich durch felsige Mondlandschaft, dann wieder wandere ich bequem auf weicher Erde zwischen bunten Blumen. Der Boden ist wie eine gefleckte Decke aus grünen Pflanzen und grauem Gestein. Aus den dunklen Spalten und Senken glitzert es weiß und Ströme blauen Wassers ringeln sich zu Tal. Kaum, dass Luft und Sonne meine Füße ein wenig getrocknet haben, macht der nächste Gebirgsbach sie wieder nass. Hier und da stolpere ich mühsam über brüchige Schneefelder oder glitschige Steine hinweg, doch die nervenraubendste Disziplin ist das dichte, knotige Weidengestrüpp, das sich mancherorts großflächig ausgebreitet hat. Eine solche Wildnis aus widerspenstigen Sträuchern zu durchdringen, ist wirklich anstrengend – von den Mücken, die sich in diesem Dschungel besonders wohlzufühlen scheinen, ganz zu schweigen. Doch spektakuläre Naturerlebnisse gibt es eben nicht umsonst und für das gigantische Bergpanorama, das ich vom Schlafsack aus durch den offenen Zelteingang betrachten kann, hat sich die Mühe allemal gelohnt.

Am nächsten Tag erlebe ich alle vier Jahreszeiten, zusammengedrängt auf ungefähr zwanzig Kilometer. In frühlingshafter Atmosphäre breche ich auf. Die Vögel singen und das helle Morgenlicht bringt die Tautropfen auf jedem Hälmchen und jedem Blättchen so sehr zum Funkeln, als wäre die Welt mit Perlen geschmückt. Schmetterlinge flattern um die Wette, die Sonne klettert immer höher hinauf, mein Schatten wird kürzer und schon bald bin ich im T-Shirt unterwegs.

Zum zweiten Frühstück trinke ich gierig einen halben Gebirgsbach leer und blicke anschließend verträumt ins nächste Tal hinab. Plötzlich entdecke ich dort unten etwas Braunes, das in raschen Sprüngen durchs sommerliche Grün hechtet. Eine kurze Schrecksekunde lang halte ich das Tier für einen Braunbären, bis ich bei genauerem Hinsehen erleichtert feststelle, dass es sich „nur" um ein Vielfraß handelt. Doch auch ein Vielfraß in freier Wildbahn ist nichts Alltägliches. Ich wenigstens kenne bisher bloß die in Skansen. Im Gegensatz dazu jedoch bin ich hier weit und breit der einzige Zuschauer und zwischen mir und dem Tier gibt es weder Graben noch Zaun. Obwohl das Vielfraß weit entfernt bleibt und ich noch nicht einmal weiß, ob es mich überhaupt bemerkt, ist das Erlebnis um ein Vielfaches intensiver als es in irgendeinem Zoo der Welt jemals sein könnte.

Ich klettere ins Tal hinab und bahne mir meinen Weg über von einer dichten, kniehohen Pflanzendecke überwucherte lose Gesteinsbrocken hinweg. Das Vorankommen ist mühsam und ich staune einmal mehr über die Schnelligkeit des Vielfraßes, das natürlich längst verschwunden ist, oder vielleicht sitzt es auch irgendwo in der Nähe auf einem Hügel und kriegt sich vor Lachen nicht mehr ein, über mich, meine unbeholfene Fortbewegungsweise und das dicke schwere Ding, das ich auf meinem Rücken durch die Landschaft schleppe.

Ziel meines Vorwärtsstolperns ist ein Fluss, der sich die gegenüberliegende Bergkette hinabwindet und an dem entlang ich einen hochgelegenen Pass erreichen möchte. Ein Stück den Hang hinauf wächst nur noch kurzes Gras und das Wandern wird weniger beschwerlich. Hier und da liegt etwas herum, das auf dem grünen Untergrund hellbraun hervorsticht und ein bisschen aussieht wie herabgefallene Äste, nur dass man sich unwillkürlich fragt, wo die in einer vollkommen baumlosen Gegend wohl herkommen sollten. Bei genauerem Hingucken erkennt man, worum es sich in Wirklichkeit handelt: Geweihe, von denen sich, da die Rentiere sie einmal jährlich abwerfen, an manchen Stellen mit der Zeit so einige ansammeln.

Auf meinem Weg flussaufwärts blicke ich mich ab und zu um und beobachte, wie die sommerliche Bergwelt, aus der ich komme, nach und nach immer kleiner wird und irgendwann nur noch wie durch ein Fenster zwischen zwei steilen Geröllhängen sichtbar ist. Vor mir wird das Panorama immer wilder und felsiger. Schließlich erreiche ich die einsam gelegene Mårma-Hütte und gönne mir ein paar Minuten Ruhe vor dem Wind, der mir hier oben ganz schön herbstlich um die Ohren pfeift.

Die Hütte ist winzig mit zwei Pritschen an den Längsseiten und einem kleinen Fenster an der Rückwand, doch um ein wenig aufzuatmen und ein paar wärmere Klamotten aus dem Rucksack zu wühlen, reicht der Platz locker aus. Schon auf dem Weg hier hoch habe ich erst den Pullover, dann die Windjacke und schließlich die Mütze wieder angezogen. Jetzt sind lange Unterwäsche, Daunenjacke und Handschuh dran.

Dick eingepackt laufe ich weiter oder besser gesagt, ich hüpfe schwerfällig wie ein ungelenkes Michelin-Männchen von Fels zu Fels. Die Landschaft besteht nur noch aus riesengroßen Steinen, zwischen denen ich höchstens mal ein spärliches Büschel Moos entdecke. Es kommt mir vor, als wanderte ich in eine Art ewigen Winter hinein. Hinter mir erahne ich noch einen Rest des grünen Tals, aus dem ich komme. Vor mir wird es immer weißer. Ich überquere mehrere große Schneefelder, bis ich schließlich an einen Abhang gelange, an dem mein Weg hinaufführt.

Stellenweise verläuft die Route so steil, dass ich beide Hände zu Hilfe nehmen muss und sich meine Fortbewegungsweise mit Klettern sehr viel treffender beschreiben lässt als mit Wandern. Die großen Brocken bieten einen festen Halt. Die kleineren wackeln hier und da bedenklich, halten meinen Tritten jedoch stand. In die Tiefe stürzen nur die winzigen Steinchen, wobei ihr bedrohlich schepperndes Hallen als weit und breit einziges Geräusch das Pfeifen des Windes übertönt. Es gibt nicht viele Absätze, auf denen ich beide Füße sicher unterbringen kann. Die wenigen Gelegenheiten, die sich zum Anhalten dennoch bieten, nutze ich, um zu verschnaufen und um die Aussicht auf den Mårma-Gletscher zu genießen. Alle erdenklichen Farbabstufungen zwischen unbeseeltem Schneeweiß und eiskaltem Lichtblau mischen sich strudelförmig ineinander und erzeugen einen schwindelerregenden Sog in die Tiefe. Es ist eine unbehagliche, leblos wirkende Welt, in die ich geraten bin – abweisend und auf eine unerklärliche Weise verführerisch zugleich.

Nachdem ich mich über die letzte steile Kante hinaufgezogen habe, kauere ich mich in den Windschatten eines großen Steins und spüre eine tiefe Erleichterung darüber, dass sich unter mir genug Boden befindet, um mit ausgestreckten Beinen sitzen zu können. Die Welt ist wieder waagerecht. Endlich! Und noch etwas habe ich hier oben: einen Balken Handynetz. Das erste bisschen Empfang seitdem ich gestern früh im Lapporten aufgebrochen bin. Viel schreiben kann ich in meiner aktuellen Lage nicht, sonst friere ich fest, aber ein paar schnelle Nachrichten, damit sich niemand Sorgen macht, sind drin.

Eigentlich bin ich k.o., doch hier oben bleiben kommt nicht in Frage. Erstens ist es viel zu windig, zweitens habe ich kein Wasser und drittens ist der Boden von Felsbrocken übersät, so dass nirgends genug Platz wäre für mein Zelt. Ich muss also weiter. Ich blicke noch einmal zurück in die Richtung, aus der ich gekommen bin und sehe den gesamten Weg des heutigen Tages, samt aller vier Jahreszeiten, vor mir liegen. Dann wende ich mich zur anderen Seite und stolpere der Welt jenseits des Passes entgegen, wo sich eine neue Aussicht entfaltet, die so überwältigend ist, dass ich die eben noch empfundene Müdigkeit vollkommen vergesse. Die bläulich schimmernden Silhouetten der Bergketten und -gipfel schachteln sich ineinander so weit das Auge reicht. Es ist ein Blick wie aus dem Flugzeug, nur dass ich ihn mir ganz allein aus eigener Kraft erarbeitet habe.

Vom Gletscherbach dort unten, wo ich ein paar kleine Grasflächen erkennen kann, trennt mich eine teilweise beängstigend senkrecht nach unten abfallende Geröllwüste. Während ich versuche, mich möglichst kontrolliert und Schritt für Schritt abwärts zu bewegen, überlege ich, ob ich jemals zuvor an einem 16. Juli so dick angezogen war und trotzdem so sehr gefroren habe. Falls ich nächsten Sommer um diese Zeit irgendwo vor mich hin schwitze, werde ich an diese Landschaft zurückdenken, mit nichts als nackten Steinen, verschneiten Gipfeln und am Ende sogar noch nassen Füßen – und so ein Gletscherbach ist wirklich schmerzhaft kalt.

Am anderen Ufer, wo tatsächlich ein klein wenig Grün aus dem felsigen Boden schießt, finde ich endlich den ersehnten Platz für mein Zelt. Zwar reiht sich in den Senken längs des Baches ein Schneefeld ans nächste und die Atmosphäre wirkt weiterhin winterlich. Doch bin ich mir sicher, dass ich schon bald wieder in den Sommer hineinlaufen werde.

Und wirklich, am nächsten Morgen ist immerhin der Herbst zurück. Ein tiefhängender Himmel sorgt für trübes Licht. Da ich nicht besonders weit gucken kann, konzentriere ich mich auf die Welt direkt zu meinen Füßen. Man muss nur genau hinsehen, dann entdeckt man zwischen den Steinen lauter bunte Blumen, die in dieser unwirtlichen Atmosphäre sehr tröstlich wirken. Schon bald fallen dicke Tropfen, alles hüllt sich in Regendunst und die Sicht wird noch schlechter. Ich erkenne nur knapp die nächsten paar Meter des Pfades, auf dem ich ins tiefeingeschnittene Vistasvaggi hinabsteige, die Berggipfel drumherum sind komplett verschwunden. Der Boden aber wird mit jedem Schritt ein bisschen grüner, schließlich schlagen mir wieder Grashalme um die Beine und ganz unten am Fluss wächst sogar Birkenwald. Die Tropfen prasseln auf die grünen Blätter herab und fühlen sich plötzlich wie ein Sommerregen an.

Zur anderen Seite des Tals führt der Weg wieder aufwärts auf den Berg Nallo zu, der mit seiner charakteristischen, pyramiden- bis nadelartigen Form eigentlich ziemlich spektakulär aussieht, doch bis ich das erkennen kann, muss ich wohl bis morgen warten. Für heute sollte ich mich lieber ins Zelt verkriechen, und zwar am besten, solange ich noch Wiese statt Felsen unter den Füßen habe.

Als ich aufwache, kann ich kaum glauben, dass dies derselbe Platz ist, an dem ich gestern Abend schlafen gegangen bin. Der Himmel ist strahlend blau und bis weit in die Ferne wirkt die Landschaft gestochen scharf. Nallo ragt vollständig sichtbar in die glasklare Luft empor. Nur ein dünnes Wolkenbändchen ringelt sich noch um seine nadelartige Spitze, wie ein leichter Schal gegen die morgendliche Kälte. Die Wellen und Wirbel des Flusses neben mir bilden keine nebeldunstigen Schaumkrönchen mehr, sondern fließen bläulich glitzernd einen klar konturierten, engen Korridor zwischen steilen Bergwänden hinab. Selbst das durchdringende Geräusch des Wassers klang gestern vollkommen anders – viel gedämpfter, so als ob der Nebel es zur Hälfte verschluckt hätte.

Schroffe Felsen, glänzende Flächen aus Schnee und Eis, tosendes Wasser, funkelnde Seen, das wechselnde Wolkenspiel und die grünen Bergwiesen mit den bunten Blumen. Es sind die ewig gleichen Elemente, aus denen die baumlose Welt des Hochgebirges besteht, doch setzen sie sich zu immer neuen, überraschenden und atemberaubenden Bildern zusammen.

Nachdem ich Nallo passiert habe, taucht majestätisch das Bergmassiv des Tjäktjajåkka vor mir auf. Wie ein riesiger Diamant auf einem grauen Tuch thront der weiß in den Himmel strahlende Gletscher in einer Senke zwischen den klotzigen Gipfeln. Das Ganze gleicht einer stolzen, uneinnehmbaren Festung. Zum Glück zweigt mein Weg direkt davor nach Süden ab und führt nur daran vorbei statt darüber hinweg. Trotzdem ist in diesem Gelände so gut wie jeder Schritt mühsam und ich bin froh, dass sich das Gewicht meines Rucksacks seit Abisko bereits ein wenig reduziert hat. Fünf von acht Proviantrationen habe ich inzwischen verbraucht. Drei Etappen trennen mich noch von der Fjällstation am Kebnekaise, wo ich meine Vorräte auffüllen kann.

Am nächsten Tag lege ich einige Kilometer auf dem Kungsleden zurück und komme deutlich schneller voran als bisher, der Kungsleden ist nämlich die perfekte Wanderautobahn: ein weithin sichtbarer, ausgetretener Pfad, frei von losen Steinbrocken oder Gestrüpp, den man absolut nicht verfehlen kann. Zu allem Überfluss führen Holzstege über die kleinen Bäche und lange Hängebrücken über die großen Flüsse hinweg, so dass man nirgends nasse Füße bekommt.

Erst als ich den berühmten Fernwanderweg verlasse und ins Guobirvaggi abbiege, legen sich mir wieder die üblichen Hindernisse in den Weg. Schon nach kurzer Zeit wird das Laufen zu einer echten Herausforderung und ich begreife rasch, warum dieser Abschnitt samt Passüberschreitung am Ende des Tals und Abstieg nach Tarfala als schwierig gilt. Nur gut, dass ich jede Menge Zeit habe: Da der Polartag morgen zu Ende geht, ist heute meine letzte Chance unter der Mitternachtssonne zu wandern, und die möchte ich nicht ungenutzt verstreichen lassen. Der Himmel ist klar, das Wetter perfekt und obwohl ich bereits seit über acht Stunden unterwegs bin, fühle ich mich wach und fit. Beste Bedingungen also!

Ganz langsam wandere ich in die helle Sommernacht hinein auf den Drakryggen zu. Das bedeutet Drachenrücken, doch erinnert der Berg von hier aus eher an ein Dreieck oder eine Pyramide. Daneben ragt der Kebnekaise auf, mit 2096 Metern Schwedens höchster Gipfel, meistens ist er wolkenverhangen, doch heute kann man ihn sehr gut erkennen.

Im selben Maße wie das Talende näherkommt, rückt die tiefergelegene, grüne Landschaft rund um den Kungsleden in weite Ferne, bis ich schließlich nur noch von Felsen umgeben bin. Auf der unbewegten, klirrend kalten Oberfläche eines Sees spiegeln sich die eisigen Berghänge. Die Szenerie wirkt wie ein fremder Planet, auf dem es außer mir kein Leben gibt. Diese Berge existieren seit Jahrmillionen – frostig, stolz und unnahbar. Vor einer solchen Kulisse bin ich nichts weiter als ein Würmchen, das mühsam zwischen den Steinen vorwärtskrabbelt. Was mit mir geschieht, ist vollkommen gleichgültig. Ich weiß nicht, ob ich mich jemals zuvor so klein und bedeutungslos gefühlt habe wie genau hier und jetzt. Doch merkwürdigerweise ist diese Empfindung eher beruhigend als angsteinflößend, denn ich habe mich auch noch niemals zuvor so gelassen und entspannt gefühlt wie genau hier und jetzt.

Die Mitternachtssonne hüllt die Gipfel zu beiden Seiten des Passes in einen geheimnisvollen orangen Schimmer. Es ist taghell, doch anstelle von Wärme entströmt dem Licht eine künstliche, unirdische und lebensfeindliche Atmosphäre. Immer wieder bleibe ich stehen und versinke in ehrfürchtiges Staunen. Kein Lüftchen regt sich in dieser steinernen Welt. Es ist so unfassbar still, dass ich mir einbilde, mein eigener Herzschlag könnte an den Felswänden widerhallen. Als die Mitternachtssonne den gesamten, scharf gezackten Gipfelgrad des Drachenrücken erleuchtet, der nun in voller Länge zu sehen ist und aus dieser Perspektive seinen Namen tatsächlich verdient, ist es ziemlich genau null Uhr.

Ich kraxele weiter auf den mit 1400 Metern höchsten Punkt des Passes zu. Die Bergwände rechts und links schieben sich immer enger zusammen. Der Himmelsausschnitt über mir leuchtet in einem schneidend hellen Blaugrau, das sich als kaltes, fahles Glimmen auf den halb flüssigen, halb vereisten Flächen zwischen den Felsen und Gletschern widerspiegelt. Die Luft hat keinerlei Geruch. Sie schmeckt starr und scharfkantig, so dass ich mich beinah wundere, dass ich sie atmen kann. Kein Vogel oder Insekt weit und breit und auch am Boden ist abgesehen von meinen eigenen Tritten im Schnee keine Spur von Leben zu entdecken.

Umso unheimlicher kommt es mir vor, als ich in der Ferne eine haufenförmige Ansammlung von Felsbrocken bemerke, die deutlich aus der Landschaft hervorsticht, weil sie aussieht wie absichtlich aufgeschichtet. Vor dem Gebilde angelangt, sehe ich, dass der oberste Stein zurechtgeschliffen und mit einer Metalltafel versehen ist: „Zur Erinnerung an unsere Ehemänner, Väter, Söhne und Kameraden" ist unter dem eingravierten Bild eines Rettungshubschraubers zu lesen. Dann folgen die Namen dreier Männer, die hier im August 2000 während eines Rettungseinsatzes tödlich verunglückt sind. Ein Schauder läuft mir über den Rücken und eigentlich will ich nur eins: weg von diesem Ort. Merkwürdigerweise gehe ich trotzdem nicht weiter, sondern tue genau das Gegenteil: Ich setze mich auf den Boden, lehne mich an meinen Rucksack, schließe die Augen und gerate in einen eigentümlich verträumten Dämmerzustand.

Als ich mich schließlich wieder aufrappele, fühlen sich meine Beine auf bizarre Weise fremd an. Mechanisch setze ich einen Fuß vor den anderen. Natürlich weiß ich, dass es meine Schritte sind, die da über die Felsen kraxeln, doch wollen sie trotzdem nicht recht zu mir gehören. Es ist als hätte sich die Außenwelt mitsamt dem Boden, auf dem ich gehe, von mir entfernt und als wäre mein Blick nur noch nach innen auf meine Gefühle gerichtet, die ich dennoch seltsam gedämpft empfinde. Ich spüre, dass ich Angst habe, doch mehr wie ein Rufen aus der Ferne als wie etwas, das voll und ganz zu mir durchdringt.

Ein Stückchen unter mir liegt in einer engen Senke zwischen steilen Bergwänden der See Gaskkasjávri. Auf der Oberfläche schwimmen Eisschollen und dort, wo die verschneiten Ufer das Wasser berühren, hat sich ein schmaler hellblauer Saum gebildet. Die Landschaft reduziert sich auf ein Minimum an Farben und Formen, die eckig und scharf aufeinandertreffen, wie ein

Kunstwerk, gemalt mit dem Anspruch, jede Assoziation mit irgendetwas Lebendigem daraus zu verbannen.

Schritt für Schritt laufe ich über das futuristische Muster hinweg. Die Schneeflächen sind geneigt und fallen in Richtung See trichterförmig nach unten ab. Was passiert, wenn ich hier ausrutsche, ist mir vollkommen bewusst, lässt mich aber auf befremdliche Weise ungerührt. Wie ein Aufziehmännchen hacke und stampfe ich mich über den eisigen Untergrund. Doch kaum bin ich auf der anderen Seite angekommen und habe wieder festen Boden unter den Füßen, klappen meine Beine unter mir zusammen und ich bin vollkommen fertig. Am liebsten würde ich sofort das Zelt aufstellen und nur noch schlafen. Hier aber, wo ein großer Felsbrocken neben dem anderen liegt, wird das kaum funktionieren. Ich tröste mich mit der Vorstellung, dass ich den Höhepunkt des Passes ja bereits hinter mir habe und sicher schon bald in ein grünes Tal hinabsteige, wo die Sonne scheint, Gebirgsbäche lustig vor sich hin plätschern und Schmetterlinge um bunte Wiesenblumen flattern.

Doch weit gefehlt, von der Vorstellung einer lieblichen Gebirgslandschaft ist der Blick hinab in den Talkessel von Tarfala meilenweit entfernt. Trotzdem hat mich noch selten eine Aussicht derart gefesselt und übermannt wie diese: Unter mir liegt ein großer See, der einem türkisfarbenen Auge gleicht, das den orange glühenden Berghängen der Umgebung ihr Spiegelbild entgegenwirft. Neben mir windet sich eine gewaltige Gletscherzunge unbeweglich in die Tiefe hinab. Dort, wo sie im See verschwindet, hat sie eine dunkelblaue Farbe angenommen. Hoch oben dagegen, wo sie zwischen gezackten Gipfelformationen hervorbricht, ritzen die Strahlen der inzwischen wieder höher kletternden Mitternachtssonne gleißend helle Streifen in ihre schneeweiße Oberfläche. Ehrfürchtig starre ich auf die zerklüfteten Eismassen, die vor ungebändigter Gewalt nur so strotzen und mich, wären sie nicht in standhafter Unerschütterlichkeit gebannt, einfach verschlingen würden.

Unten am Ufer schimmern ein paar grüne Wiesenflecke im hellen Morgenlicht und ich spüre eine heftige Sehnsucht, auf der Stelle dorthin zu gelangen. Doch noch bin ich von nichts als Steinen umgeben und der einzige gangbare Weg ins Tal führt über einen spitzen Kamm direkt neben dem Gletscher. Ich nehme allen Mut zusammen und hangele mich Schritt für Schritt abwärts. Zwar vermeide ich es, auch nur ein einziges Mal nach unten zu blicken, doch ist das Bild der Eismassen vor meinem inneren Auge so lebendig, dass ich trotzdem eine Gänsehaut bekomme. Als das Gefälle endlich nachlässt und der Kamm breiter wird, so dass ich mich deutlich bequemer und weniger schwindelerregend darauf entlang bewegen kann, bin ich ungeheuer erleichtert.

Noch während ich auf einem der erstbesten Wiesenflecke mein Zelt aufbaue, zieht sich der Himmel blitzartig zu. Das Spiegelbild der Berge im See verschwindet, das Wasser nimmt die dramatisch graue Farbe der niedersinkenden Wolken an. Ein kräftiger Wind zieht auf und erste Tropfen fallen. Die Gletscherzunge, an der entlang ich eben noch hinabgewandert bin, versinkt mit rasanter Geschwindigkeit in undurchdringlichem Nebeldunst. Ich ziehe den Reißverschluss zu und bin unendlich dankbar jetzt hier unten und nicht dort oben zu sein.

Es stürmt und regnet den ganzen Tag über bis spät in den Abend hinein. Mal schlafe ich tief und fest, mal döse ich nur. Zwischendurch esse und trinke ich ein bisschen oder lese ein paar Seiten. Nachdem ich vierundzwanzig Stunden ununterbrochen gewandert bin, gönne ich mir eine vierundzwanzigstündige Liegepause, ebenfalls ununterbrochen.

Am nächsten Morgen hat sich der Wind gelegt und es regnet nicht mehr. Mein Weg führt ausschließlich bergab, manchmal sanft, manchmal muss ich ein paar felsige Absätze hinunterkraxeln, doch im Vergleich zur gestrigen Etappe ist das heute ein netter Spaziergang. Das Wasser aus den Gletscherbächen strömt, von allen Seiten kommend, mächtig brausend zu Tal.

Ab und zu blicke ich mit einer Mischung aus Stolz und Demut zurück in Richtung der Geröllwüste, die ich gestern überquert habe. Dann wieder laufe ich den Blick nach vorn gerichtet und freue mich über das viele Grün, das nach und nach unter meinen Füßen sichtbar wird.

Das Gelände wird flacher. Weidengestrüpp löst die Felsbrocken ab und schließlich taucht sogar ein Birkenwäldchen auf. Bald schon begegnen mir die ersten Wanderer, mein Handy zeigt stabiles Netz, und die Zivilisation hat mich wieder. Auf der Campingfläche der Fjällstation am Kebnekaise will ich zwei Nächte bleiben, um morgen in aller Ruhe und ohne Gepäck Schwedens höchsten Berg zu erklimmen.

Aufgrund der fehlenden Dunkelheit kann man Bergtouren in dieser Gegend im Sommer zu jeder Tages- und Nachtzeit unternehmen. Da mir meine 24-Stunden-Etappe nach Tarfala noch ein wenig nachhängt, schlafe ich ordentlich aus und starte erst gegen fünfzehn Uhr. Der einfachste Weg zum Gipfel heißt Västraleden. Er kommt ohne Gletscherüberquerungen und Kletterpassagen aus und man kann ihn verhältnismäßig gefahrlos auf eigene Faust in Angriff nehmen. Herausfordernd bleibt er dennoch. 2096 Meter ist der Kebnekaise hoch. Verglichen mit den Alpen mag das wenig erscheinen. Auf 67 Grad Nord jedoch gleicht die Landschaft auf 2000 Metern in etwa dem, was in den Alpen erst auf 4000 Metern zu erwarten ist.

Bis zum Gipfel sind es neun Kilometer. Mehr als die Hälfte davon führen über steinige Hänge. Nur ganz zu Beginn läuft man harmlos im Grünen und ohne nennenswerten Anstieg. Nach zwei Kilometern kommt die erste Hürde. Um einen mittelgroßen Gebirgsbach zu überqueren, muss man ein paar beherzte Schritte über einige wild umtoste Felsblöcke wagen. Wenig später schlängelt sich der Pfad in ein enges, rinnenförmiges Tal hinein und verläuft entlang des wasserfallartig hinabströmenden Kittelbäckens steil aufwärts.

Angelangt auf einem felsigen Absatz beginnt eine Steintreppe, die von nepalesischen Sherpas in die Felsen gebaut und vor vier Jahren fertiggestellt wurde. Dies erleichtert den Aufstieg zumindest für einige hundert Meter deutlich. Doch trotz Treppe, wohlgemerkt ohne Geländer, ist der Weg schwindelerregend und erfordert Konzentration. Das grüne Tal rückt immer weiter in die Ferne und der Kebnekaise erscheint zeitweise bereits zum Greifen nahe, ist er jedoch noch lange nicht.

Die Treppe endet und weiter geht es über gerölligen Untergrund hart bergauf. Immer wieder muss ich die Hände zu Hilfe nehmen, um das Gleichgewicht zu halten. Auf dem Gipfel des Vierranvárri befinde ich mich bereits auf 1711 Metern. Doch leider lassen sich die noch verbleibenden 400 Höhenmeter bis zum Kebnekaise nur auf einem kräftezehrenden Umweg über die 200 Meter tiefe Sohle des Kaffedalen zurücklegen. Erst dort beginnen die letzten, nun wieder 600 Höhenmeter bis zum Gipfel.

Vom Kebnekaise aus kann man unter idealen Bedingungen 10% des schwedischen Staatsgebietes überblicken, eine Fläche größer als die Schweiz. Ganz so weit reicht die Sicht heute zwar nicht, beeindruckend ist sie dennoch. Zumindest bei der ersten Gipfelhütte auf knapp 2000 Metern ist die Luft noch völlig klar und ich fühle mich wie im Flugzeug. Bloß die letzten hundert Meter versinken im Nebel, so dass ich die zweite Gipfelhütte erst erkenne, als ich schon beinah dagegen gelaufen bin. Übrigens gelten die beiden Schutzhütten als die höchstgelegenen Gebäude Schwedens. Zwar sind sie recht klein und primitiv, doch ich vermute, wenn man hier oben in ein Unwetter gerät, ist man sehr froh, dass es sie gibt.

Strenggenommen hat der Kebnekaise zwei Gipfel: Nordtoppen und Sydtoppen. Die Höhe von 2096 Metern bezieht sich auf Nordtoppen, der sich jedoch nur mit spezieller Ausrüstung und Erfahrung bezwingen lässt. Mein Weg führt auf den mittlerweile nur noch 2093 Meter hohen Sydtoppen. Warum mittlerweile? Schrumpft der Berg etwa? Die traurige Antwort lautet ja. Ursprünglich waren beide Gipfel vergletschert. Ihre Höhe lag je nach Ausmaß der sommerlichen Schmelze leicht variierend um 2115 bis 2120 Meter. Der Gletscher des Nordtoppen ist bereits vor etwa 75 Jahren vollständig geschmolzen, wodurch der Berg seine konstante Höhe von 2096 Metern erreicht hat. Der Gletscher des Sydtoppen blieb bis vor 30 Jahren stabil. Im Spätsommer 1995 betrug die Höhe des Berges noch 2118 Meter. Seitdem jedoch verliert er jährlich etwa einen Meter. 2019 hat er erstmals Nordtoppen unterschritten und ist seitdem nicht mehr der höchste Gipfel Schwedens. Dass der Gletscher in nicht allzu ferner Zukunft komplett abschmilzt, gilt als sehr wahrscheinlich. Sydtoppen wird dann nur noch ungefähr 2060 Meter messen. Heute, am 19. Juli 2023, kann ich immerhin noch auf 2093,2 Meter aufsteigen. *(2024, während ich diese Zeilen schreibe, wären es nur noch 2089,9 Meter gewesen. Sydtoppen ist in nur einem einzigen Jahr 3,3 Meter kleiner geworden – ein erschreckender Rekord!)*

Weiß auf Weiß wirkt immer etwas unheimlich, weil man leicht die Orientierung verliert. Als ich den felsigen Untergrund verlasse, um das allerletzte Stück zum Gipfel zurückzulegen, wird mir ganz schön mulmig. Doch wie ich an den Fußspuren auf der angetauten Eisdecke unschwer erkennen kann, bin ich nicht der Einzige hier oben. Natürlich habe ich das längst bemerkt, denn mir sind haufenweise Leute begegnet. Doch waren sie alle bereits am Hinunterkraxeln, in meiner Richtung war niemand mehr unterwegs. Umso glücklicher bin ich, als ich aus der Nebelsuppe Stimmen höre. Ich stapfe und rutsche durch den Schnee direkt darauf zu, noch einmal steigt der Weg steil an und dann bin ich da. Zusammen mit vier Männern aus Norwegen, stehe ich auf dem früher mal höchsten Punkt Schwedens und sehe nichts als Weiß. Der Blick über die Kante ist trotzdem noch schwindelerregend genug und ohne andere Menschen neben mir hätte ich vielleicht vergessen, wo oben und unten ist.

Ich bin erleichtert, dass ich den Abstieg in Gesellschaft erledigen kann und noch erleichterter, als ich wieder Steine unter die Sohlen bekomme. Die Norweger biegen zur Gipfelhütte ab. Sie wollen hier auf Freunde warten, die erst nach ihnen losgegangen sind. Also lege ich den Rest des Weges allein zurück, aber das macht nichts, denn mit festem Boden unter den Füßen kann ich meine Einsamkeit gut aushalten, und als sich nach einigen hundert Metern endlich auch der Nebel lichtet, kann ich sie sogar genießen.

Unten im Kaffedalen begegnen mir die angekündigten Norweger. Ansonsten ist der Berg zu dieser Uhrzeit tatsächlich menschenleer. Es ist dieselbe Kraxelei wie auf dem Hinweg nur umgekehrt. Als ich die Sherpa-Treppe hinunterlaufe, ist der Kebnekaise, dessen Gipfel inzwischen wieder aus dem Nebel aufgetaucht ist, noch einmal in voller Pracht zu sehen. Aus dieser Perspektive kann ich kaum glauben, dass ich wirklich da oben war.

Kurz vor Mitternacht erreiche ich mein Zelt. Während ich im Schlafsack liege und den Tag Revue passieren lasse, muss ich an Schwedens tiefsten Punkt in Skåne weit unten im Süden des Landes zurückdenken, wo ich am 20. März gewesen bin – um einiges leichter zu erreichen, aber deutlich weniger spektakulär!

VOM KEBNEKAISE ZUM POLAR-KREIS

Strenggenommen ist der Polartag bereits zu Ende, doch verschwindet die Sonne im Moment noch so kurz, so dass man es kaum bemerkt. Ich schlafe lange aus, frühstücke in aller Ruhe und lasse mir mit dem Zusammenpacken viel Zeit. Wann ich losgehe, spielt unter ewigem Tageslicht keine große Rolle.

Heute nehme ich nicht den Abzweig bergauf zum Kebnekaise, sondern bleibe im Tal. Es tut gut, mal wieder durch eine etwas weniger unwirtliche Landschaft zu wandern. Im Gegensatz zur grauen, schroffen Welt oben auf den Gipfeln, dominieren hier unten Sträucher, grüner Bodenbewuchs und bunte Blumen. Die Wasserläufe donnern keine steilen Felsen hinab, sondern plätschern sanft dahin. Die kurze Etappe, die ich heute zurücklege, läuft sich so unproblematisch, dass sie sich fast wie ein weiterer Pausentag anfühlt. Und das, obwohl mein Rucksack gerade ordentlich schwer ist. Schuld daran sind die acht Tagesrationen, die ich vorhin gekauft habe. Etwas über fünf Kilogramm wiegt mein kleiner tragbarer Supermarkt. Doch plane ich, täglich etwa 650 Gramm des Sortiments zu verspeisen, Erleichterung ist also in Sicht.

Als ich gegen Mitternacht das Zelt zuziehe, hängen die Wolken tief und unbeweglich an den umgebenden Bergmassiven fest. Morgens beim Zusammenpacken hat sich daran so gut wie nichts geändert, fast als wäre die Zeit stehengeblieben. Dass es irgendein Sonnenstrahl heute zu mir hinunterschaffen wird, kann ich mir auf den ersten Kilometern kaum vorstellen. Umso überraschter bin ich, als sich schon bald erste blaue Flecke zeigen und wenig später zu großen Löchern werden. Wind kommt auf, zerzaust die wolligen Sumpfblumen und sorgt für einen wilden April-Himmel mitten im Juli. Neben mir scheint die Sonne, vor mir sieht alles nach einem kräftigen Schauer aus und hinter mir leuchtet ein Regenbogen.

Abends beruhigt sich der Wind und wieder liegen die Wolken wie ein fester schwerer Deckel über dem Fjäll. Ich stoße noch einmal auf den Kungsleden zweige aber gleich wieder in das Seitental Neasketvággi ab. Würde jetzt die Sonne scheinen, dann könnte die Szenerie mit ihren sanften, grasbewachsenen Hängen beinah lieblich wirken. Vielleicht ist es aber auch gerade der graue Himmel als Hintergrund, der das Grün so intensiv sommerlich zum Leuchten bringt. Während mir rund um die Fjällstation am Kebnekaise viele andere Wanderer begegnet sind, bin ich nun wieder vollkommen allein. Das heißt nicht ganz, denn ein ausgewachsener Mückenschwarm begleitet mich auf Schritt und Tritt.

Ich gönne mir eine mückenfreie Schlafpause unterm Moskitonetz und laufe am nächsten Morgen tiefer ins Neasketvággi hinein. Bis zu einem Pass am Ende des Tals geht es ausschließlich über saftig grüne Wiesen. Dann aber wartet eine vollkommen neue Landschaft auf mich. Sie besteht aus Steinen, Seen, Schneeresten und nur noch ganz vereinzelten Grasflecken – von allem ein bisschen, so dass das Ganze an einen wilden Patchwork-Teppich erinnert. Ein paar Rentiere blicken von einer Hügelkuppe aus zu mir hinüber. Wirklich erstaunlich, dass sie auf dem kargen Boden genug zu fressen finden.

Ich wandere querfeldein ohne markierten Weg. Immer wieder treffe ich auf Rentierherden, sonst begegnet mir niemand. Ich genieße die Einsamkeit und merke, wie sehr es mich entspannt, dass die Dinge um mich herum einfach nur da sind, ohne eine von uns Menschen erdachte Funktion erfüllen zu müssen. Ein See hat hier keinen anderen Zweck, als ein See zu sein. Es gibt keine Uferpromenade, keine Badestelle, keinen Golfplatz, keinen Staudamm, keinen Bootsanleger, keine gemähte Wiese, keine Häuser und keinen Ackerbau.

Der verlassene Patchwork-Teppich unter meinen Sohlen besitzt zumindest aus Fußgängerperspektive gigantische Ausmaße und nimmt über mehrere Tage hinweg kein Ende. Je nach Menge und Winkel des einfallenden Sonnenlichtes ändern sich von Zeit zu Zeit die Farben und hin und wieder tauchen ganz besondere Steinhaufen auf – leuchtend gelb und weithin sichtbar. Sie markieren die schwedisch-norwegische Grenze. Doch da der Abstand von einem zum anderen oft deutlich größer ist als Sichtweite, weiß man zwischendurch nicht immer, in welchem Land man sich aktuell befindet. Dementsprechend wird der Pfad, dem ich derzeit folge, ganz einfach Gränsleden genannt.

Bei Regenwetter zeigt die Gegend ein beinah winterliches Gesicht, denn mit den dunklen Wolken als Kontrast stechen die Schneefelder auffällig grell hervor und wirken viel größer als sie tatsächlich sind. Der Rest der Welt verschwimmt in grauem Einerlei. Während ich mit jedem Schritt immer nasser werde, versuche ich mir meine Umgebung im Sonnenschein vorzustellen. Dann würden die Grasflecke zwischen den Felsen grün und die Seen blau erstrahlen und alles einen einladenden Charakter annehmen. Doch sieht es leider absolut nicht danach aus, als ob sich eine solche Verwandlung in nächster Zeit vollziehen könnte. Je mehr Wasser vom Himmel fällt, desto unwirtlicher erscheint die Szenerie und desto mehr gelangt meine Fantasie an ihre Grenzen. Obendrein werden die feuchten Steine immer rutschiger und ich komme kaum noch vorwärts. Zeit für einen Schlafplatz, der nächste Wiesenfleck in dieser Steinwüste ist meiner.

Es ist ein ständiges Auf und Ab zwischen Höhenmetern und Jahreszeiten, das mich seit Abisko begleitet. Am nächsten Morgen habe ich Glück, denn es ist mal wieder Sommer und mein Weg schlängelt sich zwischen Löwenzahn, Trollblumen und bunten Schmetterlingen hindurch. In der Ferne aber wartet schon die nächste Gipfelkette. Still und friedlich spiegeln sich die Berge in den ihnen vorgelagerten klaren Seen, ohne dass von der rauen, winterlichen Atmosphäre dort oben viel zu ahnen wäre. Doch mit jedem Schritt höher hinauf wird die Landschaft ein klein wenig schroffer, bis ich ein eisiges Hochplateau voller Schneefelder erreiche, zwischen die sich lauter, Pfützen, Teiche und Wasserarme schmiegen. Im hellen Licht des heutigen Tages sieht die blau-weiß gefleckte Landschaft dem Himmel zum Verwechseln ähnlich, so dass ich fast vergesse, wo oben und unten ist, und es sich anfühlt, als würde ich von Schäfchenwolke zu Schäfchenwolke wandern.

Nachdem ich zur anderen Seite wieder in den Sommer hinabgestiegen bin, lande ich auf einer Schotterpiste, auf der ich laut Karte innerhalb der nächsten Stunden mehrfach das Land wechsle. Schilder gibt es jedoch keine. Da hier niemand wohnt, scheint die Staatsangehörigkeit des Weges egal zu sein. Er dient bloß als Zubringer zu einem Staudamm, der allerdings noch so weit weg ist, dass ich ihn erst morgen erreichen werde. Erstmal muss ich mich ausruhen. Meinen Schlafplatz finde ich auf einem Stück Kiesstrand an einem halb norwegischen, halb schwedischen See. Die Staatsgrenze verläuft mitten durchs Wasser und kreuzt ziemlich genau unter meiner Isomatte das Ufer.

Als ich morgens aus dem Zelt krieche, liegt ein undurchdringlicher Frühnebel in der Luft und weder von Schweden noch von Norwegen ist besonders viel zu erkennen. Aber das macht nichts, denn um mich auf einem Schotterweg nicht zu verlaufen, reicht es aus, wenn ich bis zu meinen Füßen gucken kann, und das funktioniert, da ich nur knapp 1.70 groß bin, noch so gerade eben.

Nach einigen Stunden bessert sich die Sicht und aus dem Dunst taucht die Wasseroberfläche des Sitasjaure auf, beziehungsweise ein kleines Stück davon. Doch selbst an einem glasklaren Tag wäre es unmöglich, den gesamten See zu überblicken. Er ist nämlich 35 Kilometer lang. Der größte Teil des

Gewässers gehört zu Schweden und nur der allernördlichste Zipfel mit dem Staudamm, an dem der Schotterweg endet, liegt in Norwegen.

Ob der Strom, der hier aus Wasserkraft erzeugt wird, nun eigentlich schwedisch oder norwegisch ist, weiß ich nicht. Auf jeden Fall aber wird Strom erzeugt, denn auf dem erste Stück Weg vom Ufer zurück in die Berge begleitet eine dicke Oberleitung den Pfad. Nicht gerade ein schöner Anblick, aber doch irgendwie ein spannendes Miteinander von Natur und Technik. Ich spreche bewusst nicht von Kontrast, denn nachdem ich eine gewisse Höhe erreicht habe, nimmt die Landschaft einen derart eisigen Charakter an, dass sie noch viel kantiger und kälter wirkt als die Metallmasten. Zwischen eckige Felsen klemmen sich eckige Schneefelder und eckige Seen, in denen eckige Eisstückchen treiben und auf die die eckigen Berge ihre eckigen Schatten werfen. Selbst die Wolken wirken irgendwie eckig, was sie natürlich nicht sind.

Lange bleiben Blau, Grau und Weiß die alles bestimmenden Farben, bis ich schließlich ins nächste Tal gelange, wo nicht nur Grün hinzutritt, sondern auch ein bemerkenswert künstlicher Ton das Spektrum ergänzt: der See, der sich tief unten zwischen die steilen Wiesenhänge drängt, ist tatsächlich so überzeugend schlumpfblau, dass ich, als ich das Ufer erreiche, um zu trinken, beinah ungläubig auf den glasklaren Inhalt meiner Tasse hinunterschaue.

Noch zweimal steige ich hinauf bis zu den Schneefeldern und über den nächsten Berg hinab ins nächste Tal, ein ständiges Hoch und Runter, dass mich nicht nur an meine Grenzen, sondern immer wieder auch an die zwischen Schweden und Norwegen bringt, manchmal markiert durch gelbe Steine, manchmal durch Schilder, montiert auf irgendeinem scheinbar x-beliebigen Felsen, der damit die Eigenschaft einer doppelten Staatsangehörigkeit erlangt.

Als sich endlich der Blick ins für heute letzte Tal öffnet, falle ich erschöpft ins Gras. Doch für diese Aussicht lohnt es sich allemal ein bisschen aus der Puste zu sein. Vor mir liegt ein von grau-weiß gefleckten Berghängen umrahmter See und im Hintergrund ein riesiger glitzernder Gletscher. Die schrägstehende Sonne wirft einen langen feurigen Lichtkegel über das Eis und die knallblaue Wasseroberfläche.

Mein Weg entlang des Kiesstrandes hüllt sich in ein beinah unwirklich sanftes Abendlicht, das der sonst so unerbittlich eisigen, arktischen Landschaft ganz weiche Konturen verleiht und sie in eine Flut von warmen Farben hüllt. Dass es sich um eine rein visuelle Wärme handelt, die man nur sehen, nicht aber spüren kann, wird mir so richtig erst bewusst, nachdem ich das Zelt aufgestellt habe und mich aufgrund der sommerlichen Beleuchtung zu einem couragierten Badeversuch hinreißen lasse.

Nach Sonnenuntergang bilden sich zartrosa Nebelschleier, die aussehen, als versuchten sie sehnsüchtig das letzte bisschen Abendlicht aus der Luft zu saugen, das vielleicht noch darin verblieben ist. Zusammen mit den dunkelblauen Nachtwolken spiegeln sie sich auf der Oberfläche des Sees, die jetzt so klar erscheint, dass man jedes Steinchen am Grund genau erkennen kann. Nur die im Wasser schaukelnden Eisstückchen erinnern noch daran, dass der See flüssig und nicht aus Glas ist.

Der Anblick, mit dem der nächste Tag beginnt, ist mindestens ebenso schön. Jetzt sind es die morgendlichen Schäfchenwolken, die sich gestochen scharf in der immer noch genauso verblüffend durchsichtigen Wasseroberfläche spiegeln. Ein wenig irritierend, wenn man es recht bedenkt, denn eigentlich kann etwas komplett Durchsichtiges ja gar kein Spiegel sein.

Und dennoch wandelt sich die Landschaft heute Morgen, je höher die Sonne steigt, immer mehr in ein funkelndes, blitzblankgeputztes Spiegelkabinett. Einfach alles, jeder Felsbrocken, jede Schneezunge, jede einzelne Zacke in der Kontur eines Berges ist dort unten im Wasser absolut exakt abgebildet.

Die Welt existiert doppelt, so als könnte ich ebenso gut am Grund des Sees weiterwandern.

Auf den ersten Kilometern fotografiere ich mir vor lauter Begeisterung die Finger wund. Nur gut, dass der Wanderweg irgendwann vom Ufer abzweigt, damit ich heute noch ein Stück der Strecke bis zur Fjällstation in Ritsem schaffe, die ich unbedingt übermorgen erreichen muss, sonst bekomme ich ein Proviantproblem.

Vorbei an gelben Grenzsteinen, binationalen Felsen, halbnorwegischen-halbschwedischen Seen und einer Gruppe zweisprachiger Rentiere laufe ich weiter den Gränsleden entlang. Anders als gestern führt der Pfad nicht so sehr über die Berge hinweg, sondern auf überwiegend weichem Grasboden zwischen ihnen hindurch. Die meiste Zeit komme ich gut voran, doch ausgerechnet gegen Abend geht es doch noch einmal steil bergauf. Der Untergrund wird immer steiniger, die Kraxelei immer aufwendiger, meine Beine immer langsamer und mein Kopf immer müder.

Mit letzter Kraft ziehe ich mich eine kleine Felswand hinauf. Ich fluche ein bisschen vor mich hin, verstumme aber sofort, nachdem ich den Kopf über die Kante gestreckt habe. Mit offenem Mund starre ich in einen glühenden Sonnenuntergang vor einem unfassbar weiten Panorama aus Bergen, Seen und Schneefeldern. Das Auf und Ab des Erdbodens unter meinen Füßen scheint ebenso grenzenlos ineinander geschachtelt zu sein wie das vor einem endlosen Horizont aufgestapelte Wolkenkino über meinem Kopf. Zum Glück habe ich heute Morgen so gebummelt. Sonst läge ich jetzt schon im Zelt hinter dem Reißverschluss und dieses herrliche Erlebnis würde mir entgehen.

Die ganze Nacht über erscheint das atemberaubende Bild immer wieder vor meinem inneren Auge – ein wenig auch wie eine Art Abschiedsfoto, denn am nächsten Tag lasse ich die schroffen Berge der Grenzregion hinter mir. Ich frühstücke auf einem der binationalen Felsen sitzend, ein Bein in jedem Land, und hüpfe anschließend mit beiden Beinen endgültig zurück nach Schweden.

In Richtung Südosten wird das Land flacher und grüner und schon bald sind die ganz hohen Gipfel nur noch aus der Ferne zu sehen. Den ganzen Tag über schwanke ich zwischen Sonnencreme und Regenjacke. Immer wieder zieht es sich zu, ein paar dicke Tropfen fallen und mehrmals leuchtet vor beinah pechschwarzem Hintergrund ein prächtiger Regenbogen auf. Dann wieder verschwinden die Wolken wie von Zauberhand und vor mir auf dem Pfad flimmert die hochsommerlich heiße Luft. Erst abends, als ich zum Glück schon in meinem kleinen roten Häuschen sitze, trifft der Himmel eine eindeutige Entscheidung zugunsten von Regen.

Leider ist für die herbstliche Stimmung rund um meinen Schlafplatz nicht allein das trübe Wetter verantwortlich, sondern auch der kahle Birkenwald, der in breiter Front die Uferböschung des Flusses säumt, an dem ich mein Nachtlager aufgeschlagen habe. Die trockenen heißen Sommer der letzten Jahre haben im hohen Norden zu massivem Baumsterben geführt, das manchmal so deutlich zu sehen ist, dass es mir einfach nicht gelingen will, daran vorbeizugucken.

Während das Fehlen der Blätter in wetterbedingter Herbstillusion noch ansatzweise stimmig erschien, fühlt sich der Wald aus Baumgerippen am nächsten Morgen, als sich der Regen verzogen hat und die kahlen Birken ihre Äste in einen wolkenlosen Sommerhimmel recken, regelrecht unheimlich an. Ich bin froh, als ich endlich die Baumgrenze erreiche und sich eine offene grüne Fläche vor mir auftut, die deutlich besser dazu geeignet ist, mir den Wunschtraum einer heilen Fjällwelt vorzugaukeln.

Der Untergrund ist sumpfig, ständig schmatzt es unter meinen Sohlen und überall hüpfen Kröten durch die Gegend. Eine knallgrüne Raupe kreuzt meinen Weg und rund um die vielen kleinen Tümpel picken Bachstelzen nach Nahrung, wobei ihre Schwanzfedern lustig auf und ab wippen. Ich konzentriere mich auf die vielen bunten Blumen, die unterschiedlichen Moosarten und alles, was dazwischen kreucht und fleucht: farbenprächtige Schmetterlinge, Hummeln, Ameisen und die langgestreckten Körper der Haarmücken mit ihren auffällig roten Schenkeln.

Als ich nach einer Weile wieder aus dem Mikrokosmos am Boden aufschaue und in die Ferne gucke, kommt wie eine riesengroße und völlig uneinnehmbare Burg der nach der samischen Muttergottheit benannte Berg Akka in Sicht. Weshalb er von den Sami als heilig verehrt wird, versteht man, wenn man darauf zuwandert, sofort. Majestätisch ragt Akka aus der Landschaft hervor und zieht alle Blicke auf sich. Man kann gar nicht anders als staunend auf die gigantischen Gletscher zu starren, die geradewegs in den Himmel hinaufstrahlen.

Akka thront am gegenüberliegenden Ufer des Sees Akkajaure, der sich als breites, blauschillerndes Band durch das neben mir gelegene Tal windet. Am diesseitigen Ufer befindet sich der Ort Ritsem, dem mein andauernd hungriger Bauch seit Tagen entgegenfiebert. Kurz vorher spuckt mich der Wanderweg auf einer asphaltierten Straße aus, was sich ungewohnt anfühlt. So etwas hatte ich seit meinem Start in Abisko vor über zwei Wochen nicht mehr unter den Füßen.

Ritsem besteht aus kaum mehr als ein paar flachen Holzhäusern, einem Bootsanleger und einem Hubschrauberlandeplatz für Bergrettung und Touristenflüge. Einen richtigen Lebensmittelladen gibt es nicht, aber die Fjällstation verkauft das Nötigste an Proviant und hat außerdem eine Waschmaschine, Steckdosen und Duschen zu bieten. Das ist alles, was ich aktuell brauche, und nach acht Tagen allein im Fjäll hätte mich eine größere Menschenansammlung als Ritsem ohnehin überfordert.

In meine nächste Etappe starte ich ausnahmsweise nicht zu Fuß, sondern mit dem Boot. Ich will nämlich hinüber ans andere Ufer des Akkajaure, um dort an der Westflanke des Akka entlang meine Reise fortzusetzen. In Ritsem kreuzen sich verschiedene Wege und es sammeln sich Wanderer aus allen möglichen Richtungen mit unterschiedlichen Zielen. Ich bin also nicht der Einzige an Bord. Im Gegenteil, im Bug liegt ein beachtlicher Haufen aus Rucksäcken und Trekkingstöcken und die Bankreihen in der kleinen überdachten Kajüte sind voll besetzt. Doch Berge sind groß und Menschen im Vergleich dazu sehr klein und so verteilt sich die Schar aus ungefähr zwanzig Personen, die drüben angelangt wie eine kleine Polonaise den schmalen Steg das Ufer hinaufläuft, ziemlich rasch. Lange dauert es nicht und ich habe den Padjelantaleden, dem ich für die nächsten sechs Tage folgen werde, wieder ganz für mich allein.

Akka ist jetzt sehr nah. Wenn man direkt davorsteht, wirken die aus der Ferne so stolzen und schroffen Gipfel deutlich abgerundeter, zugänglicher und irgendwie kleiner. Trotzdem ist das Massiv mit 2015 Metern die zweithöchste Erhebung Schwedens – vom Fuß zum Gipfel gemessen sogar die höchste, denn anders als der von anderen Bergriesen umgebene Kebnekaise steht Akka weitgehend frei in einer relativ flachen Landschaft.

Mit jedem Schritt, den ich in Richtung Süden zurücklege, wandelt Akka ganz allmählich die Gestalt und wann immer ich mich umblicke, sehen die felsigen Spitzen, die Senken dazwischen, die Schneefelder und Gletscher ein klein wenig anders aus. Schließlich führt der Weg abwärts in ein Tal mit dichtem Birkenwald und der Berg verschwindet für eine Weile aus dem Blick. Zwischen den Stämmen höre ich Wasser strömen. Das Geräusch nimmt rasch zu und schon bald stehe ich auf einer kleinen Halbinsel zwischen zwei spitzwinklig ineinander mündenden Gebirgsflüssen. Die tosenden Wasserarme bilden die Grenzen der drei größten und unberührtesten schwedischen Nationalparks, die hier wie in einer Art Dreiländereck aufeinandertreffen. Sie heißen Stora Sjöfallet, Sarek und Padjelanta und ergeben zusammengenommen eine Fläche von über 5000 km².

Ich werde während der nächsten Tage den Padjelanta Nationalpark durchqueren. Padjelanta ist samisch und bedeutet „das hochgelegene Land". Und tatsächlich, kaum habe ich das Tal mit dem Birkenwald hinter mir gelassen, blicke ich über eine unendlich weite Ebene hinweg, auf der der Himmel zum Greifen nah erscheint. Berge sind nur am Horizont zu sehen, unter ihnen das Akka-Massiv, das auch aus der Entfernung groß und auffällig genug bleibt, als dass es selbst abends von meinem Schlafplatz aus noch gut zu erkennen ist.

Jeder Tag hat sein eigenes Thema. Der gestrige stand ganz im Zeichen von Akka. Heute wandere ich über eine ausgedehnte, von Bächen durchzogene grüne Ebene. Mein Weg schlängelt sich über diverse Hügelkuppen wie über eine Art Mini-Gebirge in ansonsten flachem Gelände. Zwar gewinne ich immer wieder einen weiten Überblick über die Umgebung, doch handelt es sich nicht um jene flugzeug-verdächtige Perspektive, wie ich sie neulich auf dem Kebnekaise erlebt habe. Statt wie eine Landkarte, auf die ich von oben hinabgucke, erscheint mir die Welt aus nur leicht erhöhter Position mehr wie eine Landkarte, die sich direkt unter meinen Füßen ausbreitet und über die ich gerade hinweglaufe. Ich kann in alle Richtungen weit gucken, aber es ist ein Weitgucken auf Augenhöhe, das nicht dadurch entsteht, dass ich über der Landschaft schwebe.

Bis in den Nachmittag hinein spaziere ich über ein sonnendurchflutetes Relief aus Felsen, Gewässern, unterschiedlich gefärbten Wiesenstücken, Büschen und Bäumchen. Zum Abend hin sieht es plötzlich bedrohlich nach Sommergewitter aus, so dass ich etwas hektisch das Zelt aufbaue in ängstlicher Erwartung des ganz großen Unwetters. Doch lösen sich die düsteren Wolkenmassen genauso rasch wieder auf, wie sie entstanden sind, fast als habe sich der Himmel einen Scherz erlauben wollen. Aber egal, es ist allemal besser, das Wetter zu über- als es zu unterschätzen.

Obwohl ich nicht viel Zeit zum Suchen hatte, ist mein Schlafplatz traumhaft schön. Eine ebene Grasterrasse am Hang, wo statt eines Waschbeckens ein Bächlein direkt vorbeiplätschert. Einen so herrlichen Blick wie ich ihn hier beim Abwaschen und Zähneputzen genieße, gibt es ganz sicher aus keinem Badezimmer- oder Küchenfenster der Welt. Das warme Licht der Abendsonne umhüllt Blumen und Birken und überzieht den Boden aus Flechten, Gras, Moos und Weidengestrüpp mit einem orangen Leuchten. Wenn man bedenkt, dass ich mich noch immer nördlich des Polarkreises befinde, wirkt die Szenerie beinah lieblich.

Doch Abwechslung naht: Ich kenne den Padjelantaleden bereits und weiß, dass ich schon übermorgen durch eine Mondlandschaft aus kargen Felsen und Schneefeldern stapfen werde. Vor ein paar Jahren bin ich den Weg in umgekehrter Richtung von Süd nach Nord gelaufen. Ich finde, man kann schöne Wanderwege nicht oft genug gehen, denn man erlebt sie je nach Wetter und Jahreszeit und auch je nach Stimmung, in der man sich gerade befindet, jedes Mal neu und anders ...

... und auch die Tageszeit macht eine Menge aus, wie mir am nächsten Morgen beim Frühstück auffällt. Gestern Abend funkelten die Seen und Flüsse unten im Tal in geheimnisvoll silbrigem Nachtblau zu mir herauf und wirkten umso näher, je mehr sich der Rest der Welt in dunkle Schatten hüllte. Im hellen Sonnenlicht jedoch sind sie zu glitzernden Punkten geworden, die eingebettet in eine grüne Landschaft, von der nun wieder jedes Detail erkennbar ist, sehr weit weg erscheinen.

Es ist tatsächlich noch ein ganzes Stück bis dort hinunter. Einmal angelangt jedoch ist der See Virihaure für die nächsten etwa fünfzehn Kilometer von so ziemlich jeder Stelle des Wanderweges aus wunderschön zu sehen. Der Pfad schlängelt sich die oberhalb des Ufers gelegenen Berghänge entlang. Ich schaue teils über Weidengebüsch und Grasflächen, teils über felsig zerklüfteten Boden hinweg auf den Virihaure und die ihm vorgelagerten kleineren Seen. Das Zusammenspiel der vielfältigen Grün- und Blautöne von Pflanzen, Wasser und Himmel, das man von hier aus erleben kann, ist überwältigend.

Erst am äußersten Zipfel des Sees angelangt, führt der Weg wieder hinab, und zwar nach Staloluokta, der größten Sami-siedlung im Padjelanta Nationalpark. Ein paar Häuschen gruppieren sich rund um eine seichte Bucht, es gibt eine Übernachtungshütte, einen Hubschrauberlandeplatz, einen Kiosk und sogar eine Kirchenkote. Auf letztere bin ich neugierig und laufe den kleinen grünen Hügel hinauf, um sie mir aus der Nähe anzuschauen. Ich habe Glück, denn die Tür steht offen. Statt in Bankreihen sitzt man auf Rentierfellen und Birkenzweigen. In der Mitte ist eine Feuerstelle. Altar und Kanzel sind recht klein, doch ansonsten sieht es gar nicht so viel anders aus als in anderen Kirchen. Es riecht nur mehr nach frischer Luft, kein Wunder bei so viel Wiese und Himmel ringsherum.

Hinter Staloluokta wandere ich wieder tiefer ins Gebirge hinein. Rasch gerät der Virihaure aus dem Blick, doch folge ich einem Flusslauf, der in ihn einmündet, womit er mich indirekt, wenn man so will, noch eine ganze Weile begleitet. Immer lauter und schneller strömen die Wellen über immer steilere und felsigere Absätze hinweg zurück in die Richtung, aus der ich komme. Auf einer Blumenwiese neben einem kleinen Wasserfall schlage ich mein Zelt auf. Während ich zu Abend esse, sehe und höre ich den strudelnden und schäumenden Fluten zu, die sich schon bald irgendwo tief unter mir im Virihaure verlieren werden.

Am nächsten Morgen kämpfen sich anfangs noch einzelne Sonnenstrahlen durch die Wolkendecke. Doch werden Himmel und Seen rasch immer grauer. Je höher ich komme, desto mehr Felsen stechen durch die Grasdecke, bis kaum noch etwas von ihr übrig ist. Nur die leuchtend weißen, buschigen Köpfchen der Wollblumen flattern unermüdlich vor sich hin. Erstaunlich, dass der Wind sie nicht vom Stängel reißt. Wie bereits angekündigt, hat auch der Padjelantaleden ein wenig Mondlandschaft zu bieten, hier ist sie. Die Gegend heißt Tuottar. Nur wenige Kilometer nordöstlich befindet sich Schwedens „otillgänglighetspol", der unzugänglichste Punkt des Landes, von dem aus die nächste Straße, egal in welche Richtung, immer mindestens vierzig Kilometer entfernt ist. Mit anderen Worten, nach Tuottar kommt man nur zu Fuß oder gar nicht.

Auf dem Weg hinab ins Taradalen mischt sich wieder mehr Wiese unter die Felsen. Zuerst liegen nur ein paar Tröpfchen in der Luft, doch werden die Wolken rasch schwerer, und als ich weiter unten im Tal das Zelt aufbaue, beschränkt sich meine Sicht auf die Regenspritzer auf meiner Brille und einige wenige Meter sanft hügeligen, durchnässten Grasbodens rings um mich herum. Von den hohen Bergen der Umgebung ist beim besten Willen nichts mehr zu erkennen. Klein und einsam steht mein rotes Häuschen auf einem grünen Teppich und leuchtet merkwürdig grell aus dem trüben Dunst hervor.

Obwohl der Regen über Nacht aufhört, ist der Himmel am nächsten Morgen noch immer hoffnungslos grau und alles von einer klammen Nässe durchdrungen. Tiefer im Tal kommen vor einer verwaschenen Bergsilhouette die ersten Bäume in Sicht. Ausschließlich Birken natürlich, denn etwas anderes wächst hier nicht. Die Birken aber scheinen sich wohlzufühlen und rasch werden es so viele, dass man durchaus von einem Wald sprechen kann. Was für ein ungewohnter Anblick nach der gestrigen Mondlandschaft.

Über dem Fluss, der durchs Taradalen fließt und übrigens Tarraätno heißt, liegen dicke Nebelschwaden, kein Lüftchen regt sich und wie erstarrt hängen die Wolken an den Bergwänden fest. Ungemütliches Wetter, doch noch viel ungemütlicher ist das Mückenaufkommen. Die kleinen Biester wissen die windstille, feuchte Atmosphäre sehr zu schätzen, und was ich gestern dank des stürmischen Wetters an Mückenstichen eingespart habe, hole ich heute locker wieder auf.

Die Landschaft wirkt wie ein unendlicher Wechsel aus Sumpf und Wald. Unter den langen, rutschigen Holzstegen, die mich über die morastigen Abschnitte hinwegführen, schmatzt und gluckst es bei jedem Schritt. Alles sieht gleich aus und ich verliere jedes Zeitgefühl. Oberflächlich betrachtet sind Grau und Dunkelgrün die vorherrschenden Farben. Doch sieht man ein bisschen genauer hin, erkennt man noch eine ganze Menge mehr: gelbe Blätter, rote Blätter, blaue Beeren und braune Pilze. Hier oben jenseits des Polarkreises beginnt bereits der Herbst. Bald wird das Fjäll anfangen indian-summer-artig zu leuchten.

An der Såmmarlappa-Hütte gibt es die Möglichkeit, sich mit neuem Proviant zu versorgen: Ich kaufe Schokolade, Kekse, Gummibärchen und ein Paket Spaghetti. Zugegeben, nach gesunder Ernährung klingt das nicht, doch ist das Angebot auf genau diese Dinge beschränkt, und da so ziemlich alles gesünder ist als zu verhungern, will ich nicht wählerisch sein. Zwar bin ich mir nicht sicher, wie gut sich mein winziger Campingkochtopf für die Zubereitung von Spaghetti eigentlich eignet, doch das kläre ich später.

Die Wolken sinken tiefer und tiefer und es prasselt nur so auf meine Kapuze. Die schmalen, felsigen Pfade durch den Wald sind nach kurzer Zeit völlig überschwemmt und gleichen kleinen, reißenden Bächen. Ich bekomme nasse Füße bis zum Knie, was strenggenommen natürlich bereits Bein ist. Doch solange ich von Fuß spreche, fühlt es sich nicht ganz so nass an.

Bis gegen neunzehn Uhr warte ich noch auf ein paar trockene Minuten, um mein Zelt aufzubauen, dann sehe ich ein, dass es diese Minuten heute nicht geben wird und dass das Aufschlagen meines Nachtlagers ausnahmsweise in strömendem Regen funktionieren muss. Zwischen ein paar Birken oberhalb des Tarraätno bringe ich meine Behausung zum

Stehen und ziehe vollkommen erschöpft und durchgeweicht den Reißverschluss hinter mir zu.

Der Tag findet seinen krönenden Abschluss im Zerbröseln von 500 Gramm Spaghetti auf Campingkochtopf-Größe. Die eine Hälfte ist für morgen, aus der anderen zaubere ich mir mit Hilfe des entsprechenden Instantpulvers eine unter den aktuellen Umständen sehr leckere Carbonara. Während ich, warm eingepackt, eine große, dampfende Portion Abendessen in mich hineinlöffle, geht es mir gleich viel besser. Jetzt heißt es warten, bis das Unwetter vorübergezogen ist, doch das schaffe ich ganz bequem im Schlaf.

Es schüttet und stürmt die ganze Nacht und den halben Tag. Erst gegen Mittag wage ich den Versuch, das Zelt zu verlassen. Der Wind hat nachgelassen und mit sehr viel Optimismus sieht es am Himmel über dem Tarraätno ein winziges bisschen heller aus. Die Uferböschung, die ich gestern hinunterspringen musste, um mein Nudelwasser zu schöpfen, ist verschwunden. Der Fluss ist über Nacht gut einen Meter angestiegen. Das Wasser schwappt großflächig auf die Wiese hinauf und in den Pfützen treiben jede Menge gelbe Birkenblätter, die der Wind von den Bäumen gerissen hat.

Da ich morgen die Fjällstation in Kvikkjokk erreiche, habe ich kaum noch Proviant dabei. Trotzdem fühlt sich mein Rucksack mit all dem vollgesogenen Krempel darin ziemlich schwer an. Mit Sonne wäre alles leichter, geht es mir durch den Kopf. Das trifft für mich heute gleich in doppeltem Sinne zu – nicht nur mental, sondern auch ganz nüchtern physikalisch betrachtet. Erschiene mir jetzt eine gute Fee und ich hätte drei Wünsche frei, wäre ein bisschen Verdunstungswärme auf jeden Fall die Nummer eins auf meiner Liste. Auf Platz zwei stünde etwas Essbares, das besser schmeckt als aufgeweichte Butterkekse, und an dritter Stelle würde ich darum bitten, dass die Flüsse wieder zu Wegen werden.

Zwischen die Birken mischen sich immer mehr hoch aufragende Nadelbäume, die mich mit ihrer spitzen, schlanken Wuchsform sehr an Alaska erinnern. Nicht, dass ich jemals dort gewesen wäre, aber ich habe natürlich Jack London gelesen. Tatsächlich ist streichholzförmiger Fichtenwald für die arktischen Regionen weltweit typisch, was daran liegt, dass es in diesen Gegenden im Winter unfassbar viel schneit. Hätten die Bäume genauso ausladende Äste wie ihre Verwandten weiter südlich, dann würde sich auf ihnen in den kalten Monaten eine derart große Schneelast ablagern, dass sie darunter zusammenbrechen müssten.

Während ich verträumt zu den Baumspitzen hinaufblicke, blitzt am Himmel plötzlich ein kleiner blauer Fetzen auf. Augenblicklich fühle ich mich um mehrere Deziliter erleichtert. So schnell ist die Physik selbstverständlich nicht, doch gibt es bei Wanderrucksäcken neben dem exakt messbaren auch ein empfundenes Gewicht. Gleiches gilt für den Pfad unter meinen Füßen, der mir sofort ein wenig trockener vorkommt. Wenn jetzt noch irgendwo wasserdicht verpackte Schokoriegel auftauchen, bin ich bereit, an gute Feen zu glauben.

Das letzte Stück zur Fjällstation kann man nur mit dem Boot zurücklegen, denn Kvikkjokk liegt in einer weit verzweigten Delta-Landschaft, wo sich mehrere Flüsse – unter anderem der Tarraätno – treffen und teilweise zu Seen weiten. Dazwischen befinden sich undurchdringliche Wald- und Sumpfgebiete.

Gegen neunzehn Uhr erreiche ich den Anleger. Gerade will ich mein Zelt aufschlagen, weil auf der Infotafel erst für morgen früh wieder eine planmäßige Überfahrt angeschrieben steht, da höre ich es aus der Ferne tuckern. Das Geräusch wird rasch lauter und tatsächlich taucht wenig später ein Motorboot auf, das eine Gruppe Wanderer zum Padjelantaleden bringt. Die Fährfrau nimmt mich außer der Reihe mit zurück und so komme ich wider Erwarten noch heute zur Fjällstation und damit auch zu neuem Proviant. Danke, liebe gute Fee!

Die Campingwiese ist auf den ersten Blick nur eine mäßig spannende Waldlichtung zwischen hohen Fichten. Direkt hinter den Bäumen jedoch, befindet sich eine sehr spektakuläre, gewaltig tosende Stromschnelle. Ruhig ist es also nicht gerade. Doch wirkt das Geräusch von fallendem Wasser, selbst wenn es ohrenbetäubend laut ist, auf eine merkwürdige Weise entspannend. Verkehrslärm derselben Intensität würde mich auf eine nervtötende Weise wachhalten, das gleichmäßige Brausen hingegen wiegt mich in den Schlaf.

Der nächste Tag beginnt genau wie der gestrige geendet hat: mit einer Bootsfahrt. Am Steuer sitzt dieselbe Frau, die mich auch gestern übergesetzt hat. Kein allzu großer Zufall, denn vermutlich gibt es unter den sechzehn Einwohnern Kvikkjokks gar nicht so viele, deren Job darin besteht, Touristen über das Delta zu schippern.

Nach etwa zwanzig Minuten erreichen wir einen etwas maroden Steg mitten im Nirgendwo. Hier stoße ich erneut auf den Kungsleden. Doch ist der südlich von Kvikkjokk gelegene Teil des Wanderweges, dem ich bis ins etwa 260 Kilometer entfernte Hemavan folgen werde, deutlich einsamer als der nördliche. Ich wuchte meinen Rucksack an Land und klettere hinterher. Die Fährfrau winkt mir zum Abschied freundlich zu, wendet das Boot und tuckert davon.

Das Motorengeräusch ist rasch verebbt und ich bin wieder vollkommen allein mit dem Plätschern der Wellen, den Vogelstimmen und dem Rascheln der Zweige, zwischen denen heute sehr viel Sonnenschein hindurchfällt. Anfangs dominieren Fichten das Bild, doch je höher ich komme, desto mehr Birkenblätter schieben sich zwischen die Nadeln. Es ist ein streckenweise schweißtreibender Aufstieg, doch da immer wieder Bäche über die Wurzeln und Steine hinwegsprudeln, ist für ausreichend Nachschub in meiner Trinkflasche zum Glück gesorgt.

Als ich eine Art Plateau erreiche, liegt der Großteil der heutigen Höhenmeter endlich hinter mir. Die Fichten sind verschwunden und auch die Birken werden zunehmend lichter, so dass von einem Wald schon bald keine Rede mehr sein kann. Der Blick auf die Berge und den Himmel weitet sich und schließlich bin ich wieder jenseits der Baumgrenze. Ich lasse mich für eine Pause nieder, um die Aussicht zu genießen und um auf trockenem Boden in trockenen Klamotten ein paar trockene Kekse zu essen. Nur ein kleiner Rest Matsch an meinen Schuhspitzen erinnert noch an die Schlammschlacht der letzten paar regennassen Etappen.

Den ganzen Tag über treffe ich keinen einzigen Menschen. Versunken in mich selbst träume ich vor mich hin und schaue zu, wie schäfchenförmige Schönwetterwolken über die wechselnde Landschaft ziehen. Nachmittags finde ich einen perfekten Zeltplatz, zuerst im Sonnenschein und irgendwann im Abendlicht. Inzwischen geht die Sonne wieder merklich unter, doch dunkel genug für Sterne wird es noch nicht. Ein intensives Nachleuchten bleibt am Himmel sichtbar und wird, bevor es ganz verblassen kann, vom nächsten Sonnenaufgang abgelöst.

Schon früh am Morgen ist es wieder sommerlich hell und warm. Die Wolken erzeugen eine beeindruckende Perspektive in die Ferne, fast als wollte ein unsichtbarer Künstler erreichen, dass man die schwindelerregende Weite der Landschaft am ganzen Körper zu spüren bekommt. Zwar ist die Gegend nicht gerade flach, doch statt eine schroffe, uneinnehmbare Gipfelkette zu bilden, ragen die Berge einzeln stehend auf und wirken dadurch sehr individuell geformt. Manchmal sehen sie beinah lebendig aus, wie Riesen, die sich auf der Wiese ausgestreckt haben, um ein Sonnenbad zu nehmen, damit die Grenzenlosigkeit der Ebene neben ihnen nur noch intensiver erfahrbar wird.

Der Kungsleden schlängelt sich von Anhöhe zu Anhöhe. Dazwischen liegt Kiefernwald, wo ein harzig-süßer Duft die Luft erfüllt, Eidechsen auf den warmen Steinen liegen, die Heide blüht, der Farn bereits gelb wird und Unmengen Pilze aus dem Boden schießen. In einer Gegend, die innerhalb weniger Monate von immerwährendem Tag zu immerwährender Nacht übergeht, müssen auch die Jahreszeiten etwas schneller aufeinander folgen. Die Sami schieben zur Beschreibung dieser raschen Veränderungen zwischen Frühling, Sommer, Herbst und Winter noch jeweils eine Übergangsstufe ein und kennen damit nicht nur vier, sondern insgesamt acht Jahreszeiten.

Ganz ähnlich verhält es sich mit der Dynamik meines Weges, der mich heute mehrmals zwischen kargen Hochebenen und üppig bewaldeten Tälern hin und her springen lässt. Auch dieser Wandel vollzieht sich auf 66 Grad Nord viel rascher als in weiter südlich gelegenen Gebirgen, wie zum Beispiel den Alpen. Im Fjäll muss man, um in Regionen jenseits der Baumgrenze zu gelangen, gar nicht besonders hoch hinaus. Manchmal ist es nur eine Frage von einer Viertelstunde, bis das dichte Gestrüpp, der unwägbare Sumpf oder der eiskalte Fluss, die so mühsam zu durchqueren waren, auf Bilderbuchformat zusammengeschrumpft tief unter mir liegen.

Von meinem Schlafplatz aus kann ich bereits sehen, dass mich der Weg morgen früh ein anstrengendes Stück durch eine Senke voller Blockfelder führen wird. Doch werde ich irgendwann auch diese Felsen von oben betrachten und dann werden sie nur noch so groß wie Kieselsteine sein. Sich auf solche Wechsel verlassen zu können, hat eine enorm beruhigende Wirkung.

Am nächsten Morgen genügt ein flüchtiger Blick durch den Reißverschluss, um mir klarzumachen, dass ich mich beeilen muss, falls ich die Blockfelder noch in trockenem statt in rutschig nassem Zustand überqueren will. Kaum, dass ich die dicksten Felsbrocken passiert habe, fallen die ersten Tropfen und werden rasch zu einem kräftigen Regen. Während es der Himmel gestern darauf angelegt hatte, die Landschaft unendlich weit erscheinen zu lassen und es mir vorkam, als könnte ich bis zum Horizont beinah jedes Detail genau erkennen, so ist heute das glatte Gegenteil der Fall: Alles verschwimmt zu einer dunstig-grauen Suppe.

Oben auf der nächsten Hochebene komme ich dank eines kräftigen Rückenwindes ungewohnt schnell voran. Gestern wäre ich bei diesem Tempo mächtig ins Schwitzen geraten, heute ziehe ich mir Mütze und Kapuze immer tiefer ins Gesicht und wühle sogar die Handschuhe aus dem Rucksack. Ringsherum in den Nebelschwaden erkenne ich die Silhouetten von Rentieren, die das Wetter nicht besonders zu stören scheint, auf jeden Fall grasen sie völlig ungerührt weiter.

Nach ein paar Stunden hört der Regen auf und es wird heller. Der Wind pustet mich einen Hang hinab in Richtung Polarkreis, denn den werde ich heute überqueren. Er verläuft irgendwo da unten zwischen den vielen von Birkenwald umgebenen kleinen Seen hindurch. Es dauert nicht lange, bis die ersten Bäume auftauchen. Solange sie noch einzeln stehen, sind ihre Kronen wild zerzaust. Tiefer im Dickicht jedoch herrscht eine erstaunlich ruhige und windgeschützte Atmosphäre.

Der Kungsleden südlich von Kvikkjokk ist nicht nur einsamer, er ist auch längst nicht so perfekt ausgebaut wie das nördliche Ende, auf dem ich in der Nähe des Kebnekaise ein Stück gelaufen bin. Die Holzstege über Sümpfe und Wasserläufe sehen marode aus und an einigen Stellen hoffe ich inständig, dass die wackelige Konstruktion nicht gerade jetzt zusammenbricht und ausgerechnet ich und mein vollgesogener Rucksack der Tropfen sind, der das Fass zum Überlaufen bringt.

Das Hinweisschild „Polarkreis" ist derart mickrig und improvisiert, dass ich es um ein Haar übersehe. „Polcirkeln" steht unbeholfen eingeritzt in ein verwittertes Holzbrettchen, das unscheinbar an einer der unzähligen Birken hängt. Knapp 600 Kilometer durch Nordschweden liegen hinter mir, und noch etwa 1600 will ich laufen. Hier unten im Wald wirkt die

Landschaft viel größer und undurchdringlicher als vorhin aus der Vogelperspektive. Immer wieder falle ich auf diesen Effekt herein. Von oben sieht alles zum Greifen nah aus, unten angelangt kraxele ich klein und verloren umher und sehe das Ziel vor lauter Bäumen nicht.

Irgendwann aber tauchen endlich doch ein paar rote Holzhäuser zwischen den weißen Stämmen auf. Vuotnaviken heißt das winzige Dorf, von dem aus es einen Bootstransfer über den heute eher grauen und recht stürmischen See Riebnes gibt. Zwei Wanderer mit Hund warten in einem Rastschutz am Anleger schon seit mehreren Stunden auf die Überfahrt. Wenn noch ein Dritter käme, dann ginge es los, habe man ihnen gesagt. Sie deuten auf eine Hütte in der Nähe. Dort müsse ich mich melden.

Im Fenster brennt Licht. Ich steige die knarrenden Treppenstufen zur Veranda hinauf und klopfe. Ein älterer Mann – Typ Seebär – öffnet die Tür. Ich sage „Hej" und versuche zu erklären, was ich will. Anfangs mustert er mich mit einem eher verschlossenen Gesichtsausdruck, doch während ich so vor mich hin stammele, wird unter dem langen grauen Bart ein Lächeln sichtbar. Dann kommentiert er meinen Sprachversuch mit einem freundlichen „Bra jobbat" – „Gut gemacht!", wirft er sich eine schmutzige, gelbe Öljacke über und winkt mir, ihm zum Steg zu folgen.

Zusammen mit den anderen beiden Wanderern und dem Hund steigen wir in ein erstaunlich geräumiges Boot, sogar mit kleiner Kabine. Jeder von uns bezahlt 100 Kronen, dann dröhnt der Motor los und wir fahren in bemerkenswert rasantem Tempo quer über den See. Am gottverlassenen anderen Ufer, wo es keinen Anleger gibt, müssen wir etwas abenteuerlich über eine kleine Leiter am Bug hinunterklettern und dann einen ziemlich langen Satz machen, um wirklich auf dem Kiesstrand und nicht im Wasser zu landen.

Die beiden mit dem Hund schlagen gleich hier ihr Nachtlager auf. Ich laufe noch ein Stück den Berg hoch, schaue mir den Riebnes von oben an und wandere weiter durch die Nebelsuppe in Richtung Süden. Mit Blick ins nächste Tal baue ich mein Zelt auf, gerade noch rechtzeitig. Kaum bin ich drin, beginnt der Wind ordentlich am Gestänge zu rütteln und Regen prasselt auf die Plane. Doch mit trockenen Klamotten, einem heißen Kaffee und einer Tafel Schokolade stört mich das kein bisschen. Es fühlt sich sogar gemütlich an.

VOM POLARKREIS NACH KLIMP-FJÄLL

Es ist windig und am Himmel herrscht Bewegung. Als ich am nächsten Morgen meinen durchfeuchteten Krempel zusammenpacke, scheint so gut wie jede Wetterentwicklung denkbar, doch mit etwas Optimismus wird es schön. Optimismus ist für das Gelingen einer Langstreckenwanderung von entscheidender Bedeutung. Man kann gar nicht genug davon haben. Deshalb lege ich, als ich ins Tal hinabsteige, noch eins drauf, indem ich beschließe, dass sich ganz eindeutig spüren lässt, dass ich jetzt südlich des Polarkreises bin. Die Luft fühlt sich wärmer an, auf den feuchten, sumpfigen Grasflächen gibt es hier und da ein sommerliches Glitzern und manchmal bilden die Birken längs des Pfades einen dichten Blättertunnel.

Während der ersten paar Kilometer wirkt die Welt sehr ruhig und in sich selbst versunken. Im dichten Wald ist der Wind kaum zu spüren und ich wandere zwischen bunten Blumen und stillen, kleinen Seen vor mich hin, ebenfalls ein bisschen in mich selbst versunken. Doch mit einem Mal werde ich unsanft aus meinen Tagträumen geweckt: Ich stehe am Ufer eines großen Sees, der das glatte Gegenteil von still ist. Der Wind pfeift über die graue Wasseroberfläche hinweg und die Wellen klatschen wild ans Ufer. Leider bietet hier niemand eine Überfahrt mit dem Motorboot an. Stattdessen muss ich rudern.

Eigentlich ist das keine Überraschung. Erstens ist die Ruderstrecke auf der Karte verzeichnet und zweitens bin ich vor einigen Jahren schon mal hier gewesen. Damals jedoch war der See knallblau und spiegelglatt wie ein Gartenteich. Dass er heute so viel anders aussehen würde, damit hatte ich nicht gerechnet. Hinzu kommt, dass auf meiner Seite nur ein Boot liegt, was bedeutet, dass ich mit einem der Boote von drüben im Schlepptau wieder zurückkommen und dann nochmal rüber muss, damit am Ende auf jeder Seite wieder mindestens ein Boot zur Verfügung steht.

Um wenigstens nicht allein dreimal rudern zu müssen, könnte ich warten, bis andere Wanderer auftauchen. Andererseits wer soll da kommen? Die mit dem Hund sind ein ganzes Stück hinter mir, sonst habe ich niemanden getroffen. Und zu viel Zeit kann ich mit nur noch einer Handvoll Erdnüsse und einer halben Tafel Schokolade im Gepäck nicht vergehen lassen. Ich muss es heute noch zum Supermarkt nach Jäkkvik schaffen – fünf Kilometer, eigentlich ein Katzensprung, wenn bloß dieser See nicht wäre.

Neben dem Anleger steht eine Kiste mit Schwimmwesten. Ich streife mir eine über, nehme allen Mut zusammen und steige in das Boot. Zu Schulzeiten war ich mal in der Rudermannschaft. Doch erstens ist das 25 Jahre her und zweitens habe ich, da ich auch damals schon eher klein und leicht war, meistens an der Steuerpinne gesessen, was mir in meiner aktuellen Situation nicht viel nützt. Obwohl ich mich mit voller Kraft in die Riemen lege, habe ich große Mühe, mich vom Ufer zu entfernen. Das Boot wackelt bedenklich hin und her und manchmal schwappt sogar ein wenig Wasser über den Rand. Weiter draußen ist der Wellengang noch stärker und der See kommt mir noch größer vor. Es kostet mich fünfzehn sehr anstrengende Minuten, um gegen den kräftigen Seitenwind Kurs zu halten und gleichzeitig zu verhindern, dass die Wellen mich umwerfen. Als ich endlich den Anleger am anderen Ufer erreiche, bin ich ziemlich schweißgebadet, nicht bloß vor Anstrengung, sondern auch vor Angst. Ein zweites Mal übers Wasser und das auch noch mit einem Boot im Schlapptau? Das schaffe ich nie im Leben. Aber irgendwie muss ich, denn wenn jetzt drüben ein Wanderer kommt, dann kann er nicht übersetzen.

Ich suche mir ein windgeschütztes Plätzchen zum Nachdenken, koche mir einen Kaffee und esse die halbe Tafel Schokolade. Kaffee und Schokolade helfen gegen fast alles, sage ich mir immer wieder – natürlich nur, um nicht zu verzweifeln und nicht, weil ich wirklich daran glaube. Doch heute stimmt es. Kaum habe ich den letzten Schokokrümel aus der Verpackung gepult und meine Tasse leer getrunken, raschelt es zwischen den Bäumen und ein junger Mann mit Wanderrucksack taucht auf. Juchhu, wenn der jetzt rüber rudert, löst das mein Problem!

Der Typ guckt skeptisch auf die Wellen und fragt mich, ob es schwierig war. Ich nicke, alles andere käme mir verlogen vor. Er zögert, jedoch nur kurz. Dann zieht er sich eine Schwimmweste über und wirft seinen Rucksack in eines der Boote. Ich stoße ihn vom Ufer ab und gucke noch kurz dem schwankenden Kahn hinterher. Wie eine Nussschale. So muss das bei mir wohl auch ausgesehen haben. Doch bevor mir im Nachhinein noch schlecht wird, verschwinde ich lieber schleunigst im Wald.

Jäkkvik ist mit Kaff knapp südlich des Polarkreises treffend und ausreichend beschrieben. Der Supermarktparkplatz ist voller norwegischer Kennzeichen. Manche Leute laden gleich ein ganzes Wohnmobil mit Essen voll. Norweger kaufen wegen der aus ihrer Sicht niedrigen Lebensmittelpreise gern in Schweden ein. Daher gibt es längs der Grenze auf schwedischer Seite diverse Mini-Orte mit absurd großen Supermärkten. Jäkkvik ist einer davon.

Ich freue mich riesig über die erste richtige Einkaufsmöglichkeit seit meinem Start in Abisko. Nach einem Monat und etwas über 600 Kilometern habe ich endlich wieder mehr Auswahl als in einer Fjällstation, wo sich das Sortiment auf Dinge mit langer Haltbarkeit wie Fertiggerichte, Knäckebrot, Schokolade, Kekse, Gummibärchen, Erdnüsse und Rosinen beschränkt. Kaum habe ich bezahlt und die Rationen für die nächsten Tage verstaut, inhaliere ich auf einer zugigen Bank mit Blick auf die ankommenden, einpackenden und abfahrenden Norweger gierig „mehrere" Äpfel und Bananen, „einige" Käsebrote und einen großen Trinkjoghurt. Wandern macht hungrig und Rudern auch.

Hinter Jäkkvik geht es erneut bergauf durch Birkenwald. Jenseits der Baumgrenze schlage ich an einem ähnlich windzerzausten Plätzchen wie gestern mein Nachtlager auf. Ich lausche dem Prasseln der Regentropfen und döse erschöpft vor mich hin. Doch nach einer Weile wird mir klar, dass für heute noch gar nicht Feierabend ist. Der Wind nimmt rasch zu und bald schon wird mein kleines rotes Häuschen zusammengedrückt wie eine Streichholzschachtel. Die Stangen biegen sich bis zum Boden, so dass ich nur noch zusammengekrümmt neben meinen Rucksack liegen kann. Wasser klatscht von allen Seiten gegen die Plane, Blitze zucken und immer wieder fährt für Sekundenbruchteile ein grelles Flackern durchs Zelt. Den Donner höre ich kaum, dafür ist der Sturm viel zu laut.

Was mach ich jetzt? Kaffee kochen und Schokolade essen würde vielleicht auch diesmal helfen, ist in der mir aufgezwungenen embryoartigen Haltung jedoch leider unmöglich. Stattdessen muss ich schleunigst das Zelt abbauen, sonst geht es mit hoher Wahrscheinlichkeit kaputt. Mühsam gelingt es mir, meinen überall verstreuten Krempel zurück in die Packsäcke zu stopfen. Dann öffne ich vorsichtig den Reißverschluss und schlüpfe hinaus. Der Rucksack bleibt erstmal drinnen, damit meine Behausung nicht davonfliegt, und zwar im wahrsten Sinne des Wortes über alle Berge.

Eine eisige Mischung aus wasserfallartigem Regen und dicken Hagelkörnern peitscht mir aus einem pechschwarzen Himmel direkt ins Gesicht. Der Sturm ist so stark, dass ich Mühe habe, mich auf den Beinen zu halten. Trotzdem schaffe ich es irgendwie, die Stangen aus den Ösen zu ziehen, ohne dabei die schwer zu bändigende Plane zu zerreißen. Notdürftig knülle ich alles in den Rucksack und drücke die

Deckelschnallen zu. Nach kurzer Zeit sind meine Hände blau gefroren, meine Wangen fühlen sich taub an und ich merke, wie ich zu zittern beginne. Zum Glück habe ich vorhin auf der Karte gesehen, dass es nicht weit von hier eine Rasthütte gibt.

Ich renne los. Naja, so gut man rennen kann mit einem schlecht gepackten Wanderrucksack auf dem Rücken, einer vollgeregneten Brille ohne Scheibenwischer und Wegen unter den Füßen, die gerade mal wieder dabei sind, sich in Flüsse zu verwandeln. Entsprechend erleichtert bin ich, als ich schon sehr bald hinter dem nächsten Hügel vor dem Hintergrund einiger krüppliger, durch das Unwetter zu Boden gedrückter Birken die in finsteren Dunst gehüllten Konturen der Hütte ausmachen kann.

Zähneklappernd und nass bis auf die Knochen drücke ich die Klinke und traue meinen Augen kaum. Tatsächlich sitzt da schon jemand am Tisch. Walter aus Belgien ist in die Gegenrichtung unterwegs und wartet bereits seit heute Mittag auf besseres Wetter. Nach einem kurzen Moment der Verwunderung – ich glaube, er hält auch mich im ersten Augenblick für eine Halluzination – schütteln wir uns lachend die Hand und sind beide froh darüber, nicht mehr allein zu sein. Draußen tobt der Sturm noch eine ganze Weile derart intensiv weiter, dass wir sogar befürchten, die Hütte könnte uns unterm Hintern wegfliegen. Erst kurz vor Mitternacht wird es endlich ruhiger.

Als ich am nächsten Morgen aufwache, scheint mir die Sonne durchs Hüttenfenster mitten ins Gesicht. Noch schlaftrunken fehlt mir zunächst ein wenig die Orientierung. Warum bin ich nicht in meinem Zelt? Doch beim Anblick meines nassen Krempels, der rings um mich herum auf dem Boden, auf Tischen, Stühlen und Festerbrettern zum Trocknen ausgebreitet herumliegt, fällt mir alles wieder ein. Ich rapple mich auf, ziehe mich an und packe zusammen. Ganz leise, denn Walter scheint noch zu schlafen. Erst als ich frühstücke, wacht er auf und setzt sich zu mir. Er habe noch keine Lust weiterzugehen, meint er nach einem flüchtigen Blick hinaus, und werde lieber noch ein bisschen in der Hütte bleiben.

Für mich sind ein paar Sonnenstrahlen als Motivation vollkommen ausreichend. Zwar ist es immer noch kalt, aber viel weniger windig als gestern. Das Fjäll leuchtet in den schönsten Herbstfarben und rollt mir zur Begrüßung einen bunten Teppich aus. Es läuft sich angenehm leicht und bald schon habe ich das Gewitter der Nacht so gut wie vergessen.

Im Pieljekaise Nationalpark, der nicht so sehr aus Bergen, sondern aus einer etwas tiefergelegenen, urig-unordentlichen Birkenwald-Wildnis besteht, geht die milde Herbststimmung sogar in sommerliche Atmosphäre über. Helles Mittagslicht scheint durch die Zweige und ein warmes Lüftchen säuselt in den Baumkronen. Dass es die letzten paar Tage und Nächte schon ordentlich kalt war, merkt man höchstens an einigen gelben Blättern am Boden und an dem angenehmen Umstand, dass das Dickicht so gut wie mückenfrei geworden ist. Ich kann also ganz entspannt im T-Shirt laufen, ohne permanent angezapft zu werden.

Am Nachmittag erreiche ich das Dorf Adolfstöm. In einem der roten Holzhäuser, die plötzlich zwischen den Bäumen auftauchen, befindet sich ein kurioser, kleiner Laden, der von oben bis unten vollgestopft ist mit Souvenirs und altertümlichem Krimskrams: Tassen mit lustigen Sprüchen, Elchkuscheltiere, Schlüsselanhänger, Sonnenbrillen, Caps, Postkarten, dazwischen handgeschnitzte Kochlöffel, Wichtelfiguren aus Keramik und Taschenmesser in diversen Größen. In den mit Schwedenwimpeln verzierten Regalen reihen sich wie in einem Kaufmannsladen aus früherer Zeit Blechbüchsen für Kaffee, Kekse, Knäckebrot und Waschmittel aneinander. Bilder mit allerlei sommerlichen und winterlichen Fjällmotiven sind, weil an den Wänden der Platz fehlt, einfach an der Decke angebracht, so dass mich, als ich den Kopf in den Nacken lege, eine Rentierherde anglotzt. Historische Handwerksgeräte und ein

Milchbottich stehen herum und auf dem Tresen entdecke ich eine alte Küchenwage. Hinter der Kasse leuchten Glasdosen mit bunten Bonbons und auch frisch gebackenen Kuchen kann man hier kaufen. Ich beschließe, dass halb drei genau die richtige Zeit für eine Kaffeepause ist und mache es mir mit einer Zimtschnecke und einem dampfenden Becher Kaffee an einem Tischchen draußen vor dem Laden gemütlich.

Hinter Adolfström geht es auf holprigen Pfaden am Ufer einer Seenkette entlang. Bisher lag überall nur gelbes Birkenlaub am Boden, nun kommt mit dem herbstlichen Rot der Pappelblätter eine weitere Farbe hinzu. Die neue Baumsorte ist ein untrügliches Zeichen dafür, dass ich trotz meines Schneckentempos immer weiter nach Süden gelange. Die Nachmittagssonne entlockt den Seen ein blaues Glitzern, die Heide blüht violett und grünes Gras raschelt leise vor sich hin.

Das ruhige, idyllische Plätzchen im Wald, auf dem ich mein Nachtlager aufschlage, wirkt kaum noch wie Nord-, sondern schon beinah wie Mittelschweden. Die Welt, die gestern Abend noch in so bedrohlicher Untergangsstimmung war, ist heute bunt und warm und ich kann kaum glauben, dass es sich um denselben Planeten handelt, wie vor 24 Stunden ungefähr 24 Kilometer entfernt. Ein nächtlicher Umzug bleibt mir erspart und morgens beim Aufbruch umgibt mich noch immer dieselbe friedliche Ruhe aus Vogelgesang und Blätterrascheln.

Unterwegs kreuzt jede Menge Wasser meinen Weg. Ständig höre ich von irgendwo her ein plätscherndes, strömendes oder gar tosendes Geräusch – manchmal so laut, dass es alles andere übertönt, dann wieder fast vollständig verebbt. In höheren Lagen laufe ich über den bunten Teppich, bis weiter unten erneut ungeordneter Birkenwald um mich herumtanzt und schließlich der nächste Fluss hinter den Stämmen aufblitzt, dann der übernächste und der überübernächste und immer so weiter.

Mittags sitze ich an einem der Ufer, schaue auf das vorbeiziehende Wasser und denke nach. Nicht nur jeder Fluss sieht ein bisschen anders aus als der vorangegangene, auch ein und derselbe Fluss bleibt niemals ein und derselbe Fluss. Betrachtet man ihn eine Weile, so erkennt man unzählige Variationen des Vorbeiströmens, und je länger man hinguckt, desto mehr Unterschiede kann man in dem Durcheinander aus Wellen, Wirbeln, Strudeln und Schaumkronen entdecken. Andauernd nimmt das Wasser neue Formen an. Es ist unmöglich, denselben Fluss zweimal zu sehen, denn jeder Sekundenbruchteil ist ein Unikat. Und das ist nicht nur bei Flüssen so, es trifft auf ganz viele Dinge zu – auf die Wolken am Himmel zum Beispiel, eine vom Wind zerzauste Wiese, einen Sonnenuntergang, eigentlich auf alles und alle und die ganze Welt.

Die philosophische Idee, die dahintersteckt, ist alt. Sie stammt von Heraklit, der seine Gedanken auf eine sehr prägnante Formel brachte: „panta rhei" – alles fließt. Man steigt nicht zweimal in denselben Fluss, weil nichts bleibt. Ich finde, das ist ein sehr treffendes Bild für eine ungemein beruhigende Wahrheit, die mir hilft loszulassen und mehr im Moment zu leben statt im ständigen Bemühen, irgendetwas Bestimmtes erreichen oder krampfhaft bewahren zu wollen. Manchmal verhilft mir das Wandern zu Einsichten, die ich unbedingt in meinen Alltag nach der Tour mitnehmen möchte. Die Gelassenheit und innere Ruhe, die ich hier im Fjäll spüren kann, gehört auf jeden Fall dazu.

Passend zum Tag sehe ich auch abends beim Blick aus meinem Zelt einen Fluss vorbeirauschen. Obwohl? Kann man Flüsse rauschen sehen? Ich halte mir eine Weile die Ohren zu, um es auszuprobieren. Und ja, ich glaube schon. Wenn man sich ein wenig konzentriert und die Fantasie spielen lässt, dann reicht der bloße Anblick des Wassers aus, um ein imaginäres Geräusch zu erzeugen. Umgekehrt funktioniert es genauso: Nachdem ich den Reißverschluss zugezogen habe, merke ich, dass das Geräusch des Flusses vollkommen genügt, um vor meinem inneren Auge ein sehr lebendiges Bild entstehen zu lassen.

Alles fließt – am nächsten Morgen sogar ganz buchstäblich: der Fluss neben mir den Berg hinunter, der Regen über die Hülle meines Rucksacks und der Himmel in ein graues Wolkenmeer. Ich gucke in Richtung Nordwesten, wo gestern farbenfroh die Sonne untergegangen ist. Jetzt ist dort nichts als Nebelsuppe. Man guckt nie zweimal in denselben Himmel, was aber zum Glück auch bedeutet, dass er nicht ewig so aussehen wird. An diesen Gedanken klammere ich mich und versuche, die Tropfen einfach an mir abperlen zu lassen – rein physikalisch, aber auch mental.

Nach etwa zwei Stunden macht der Regen eine Pause und die Landschaft, die bisher nur schemenhaft aus der Wolkensuppe ragte, wird deutlicher erkennbar. In Form eines hellen, runden Schimmers lässt sich ein Hauch von Sonne erahnen. Sie ist so schwach, dass ich mitten hineingucken kann, ohne im Mindesten geblendet zu werden. Um die vielen an mir klebenden Tropfen zum Verdunsten zu bringen, ist das nicht genug, jedenfalls nicht mit all den Regenschauern zwischendurch, die jeden kleinen Erfolg sofort zunichtemachen. Es reicht aber aus, um mich daran zu erinnern, dass ich nicht für den Rest meines Lebens nass bleiben werde. Das nicht zu vergessen, ist wichtig, um einen so ungemütlichen Tag wie diesen halbwegs gut gelaunt zu überstehen.

Über den bunten Teppich weht ein schneidend kalter Wind. Viel Lust zum Anhalten habe ich nicht, doch an einer Stelle muss es sein. Dort nämlich, wo die Provinz Norrbottens län, in der ich seit Abisko unterwegs bin, endet und Västerbottens län beginnt. Markiert ist die Grenze mit einem Pfahl, an dessen oberem Ende ein Metallschild vor sich hin klappert. Nicht sehr feierlich, erst recht nicht bei diesem Wetter. Mir aber ist trotzdem ein wenig feierlich zu Mute, denn hier überschreite ich die 3000 Kilometer auf meinem Weg kreuz und quer durch

Schweden. Auch meine Wanderung fließt, und zwar ganz, ganz allmählich ihrem Ende entgegen.

Västerbotten begrüßt mich genauso wässrig wie Norrbotten mich verabschiedet hat. Die prächtige Pflanzendecke beidseits der pitschnassen Wege hat von Tiefgrün bis Tiefrot so gut wie alles zu bieten. An manchen Stellen gehen die Farben beinah nahtlos ineinander über wie eine Art Regenbogen. Etwas unkontrolliert, aber noch gerade so eben aufrecht auf zwei Beinen stehend rutsche ich einen aufgeweichten, glitschigen Pfad hinab ins nächste Tal. Bald schon habe ich wieder Birken um mich herum, dann stehe ich am Vindelälv.

Auf einem Stück Wiese am Ufer baue ich das Zelt auf und richte mich mit meinem durchfeuchteten Krempel so gut wie möglich häuslich ein. Ich lausche dem Vorbeirauschen des Flusses und dem Prasseln der Tropfen auf der Plane. Irgendwann wird der Regen aufhören und der Sommer zurückkehren. Schließlich ist ja immer noch August und obendrein bin ich bereits südlich des Polarkreises.

Der nächste Tag beginnt mit einer vielversprechenden Aussicht auf ein paar blaue Löcher am Himmel und einen Supermarkt im gar nicht so weit entfernten Ammarnäs. Gleich am Ortseingang taucht Potatisbacken auf, die Hauptsehenswürdigkeit des Dorfes. Potatisbacken, übersetzt „der Kartoffelhügel", ist ein kleiner Berg, der optimal zur Sonne ausgerichtet ist. Daher kann sich der sehr fruchtbare Boden ungewöhnlich gut erwärmen und ist vor schädlichem Frost geschützt. Dies führt dazu, dass hier tatsächlich Kartoffeln wachsen, was so hoch oben im Norden an ein kleines botanisches Wunder grenzt.

Im Supermarkt gönne ich mir einen Kartoffelsalat, das bin ich dem Geist des Ortes einfach schuldig, und beginne meine Bergetappe raus aus dem Flusstal frisch gestärkt, wofür ich überaus dankbar bin, denn zwölf Kilometer beinah ausschließlich bergauf zu gehen, ist wirklich anstrengend. Die Reihenfolge ist immer dieselbe: zuerst Birkenwalddickicht, dann etwas Himmel zwischen den Baumkronen und schließlich freie Sicht. Auf halber Höhe bietet der Fluss Ruovdatjjuhka, der sich als ohrenbetäubend lauter Wasserfall in eine tiefe, enge Schlucht hinabstürzt, einen schwindelerregenden Anblick. Nach und nach verschwinden die Bäume ganz und ich bin zurück auf dem bunten Teppich, zumindest für eine Weile. Dann steigt der Pfad weiter an und mit zunehmender Höhe bedecken mehr und mehr Felsen den Boden ringsum, bis kaum noch Pflanzen übrig sind.

Leider ist es nicht immer so, dass die Sicht besser wird, je höher man kommt. Heute ist das Gegenteil der Fall. Ich laufe geradewegs in die tiefhängenden Wolken hinein und es beginnt zu nieseln. Auf etwa 1100 Metern ist der Bergauf-Part geschafft. Abgesehen von den düsteren, konturlosen Schatten der Steinbrocken unmittelbar längs des Weges hat ein undurchdringlicher, nasser Nebel alles verschluckt, was sonst von hier oben zu sehen wäre. Die glitzernden Bergseen und den weiten Blick auf immer noch mehr Gipfel in der Ferne muss ich meiner Fantasie überlassen.

Zum Glück ändert sich das am nächsten Morgen. Eine verschwenderisch strahlende Sonne schiebt sich hinter den Bergen hervor und scheint mir mitten ins Gesicht. Der Himmel ist wieder blau und beim Zusammenpacken trabt eine Rentierherde an meinem Zelt vorbei. Die Landschaft wirkt wie ausgewechselt. Gestern abweisend und fast ein wenig bedrohlich, heute freundlich und einladend mit einem weiten Blick in die Ferne.

Es wird ein Tag wie aus dem Bilderbuch. Meistens wandere ich oberhalb der Baumgrenze, so dass selbst große, von unzähligen Inseln zerklüftete Seen klein und handlich erscheinen, fast als habe jemand sie dort unten auf die Wiese gelegt. Mein Weg gleicht einer unendlichen Abfolge von Postkarten, eine schöner als die andere. Bis in den Abend hinein bleibt es so warm, dass ich im T-Shirt laufen kann. Das Gefühl der vergangenen Nacht, als ich sämtliche Klamotten übereinander anhatte und mir trotzdem noch eiskalt war, ist weit weg und meine Vorfreude auf den nächsten Tag so lebendig, dass in meiner Fantasie beim Einschlafen bereits die nächsten Postkarten entstehen.

Beim Frühstück summt eine einsame, offenbar besonders widerstandsfähige Mücke hartnäckig neben meinem Ohr herum. Doch wenn sie so vereinzelt auftreten, stören mich die sonst so nervigen kleinen Dinger nicht mehr. Im Gegenteil, ich freue mich über sie, denn sie erinnern mich an die sommerlichen Temperaturen, die noch vor einigen Wochen selbstverständlich waren, jedoch allmählich der Vergangenheit angehören. Im Moment schwankt die Welt irgendwo zwischen den Jahreszeiten und wird mit jedem Tag ein bisschen bunter. Nicht nur die Blätter an den Bäumen und Sträuchern nehmen goldene Farben an, auch die moosartige Sumpfvegetation leuchtet.

Ich laufe am Ufer des Tärnasjön entlang. Der Boden ist feucht wie ein Schwamm und im Sonnenschein sehen die vielen Pfützen aus wie lauter kleine Augen, in denen die Baumkronen mit dem Himmel verschmelzen – so wunderschön, dass mich meine nassen Füße kaum stören. Der See selbst ist so sehr von Inseln durchsetzt, dass man meinen könnte, er bestünde mehr aus Land als aus Wasser. Mehrere Brücken führen bis hinüber auf die andere Seite, und während ich von Insel zu Insel hopse, existiert das herrliche Landschaftspanorama samt Schäfchenwolken doppelt – einmal unter und einmal über mir.

Als Design einer Fototapete wäre dieser Anblick völlig übertrieben und abgeschmackt. Hier und jetzt jedoch, während ich mitten darinstehe und mit allen Sinnen spüre, dass die strahlenden Farben und weichgezeichneten Konturen kein Kunstprodukt sind, sondern dass eine derart von Schönheit durchdrungene Welt real sein kann, bin ich vollkommen überwältigt. Immer wieder bleibe ich stehen, lasse den Blick ungläubig in alle Richtungen schweifen genieße den Augenblick und habe zugleich Angst, dass er vorübergeht, bevor meine Erinnerung ihn für immer festhalten kann.

Am anderen Ufer windet sich der Pfad wieder hinauf in die Berge und nach erstaunlich kurzer Zeit liegt nicht nur der Tärnasjön mit seinem Inselgewirr, sondern auch die sommerliche Hälfte des Tages tief unter mir. Wie aus dem Nichts wälzt sich eine graue Unwetterwand über die vor mir aufragenden Gipfel hinweg auf den See zu, der schon bald nicht mehr wiederzuerkennen ist. Eine beachtliche Schar wilder Wolken, deren Formen an herabstürzende Meteoriten erinnern, hüllt ihn in eine apokalyptische Stimmung, die zu jener Atmosphäre, die ich gerade eben noch dort unten erleben durfte, einen größtmöglichen Kontrast bildet. Ich halte Ausschau nach einem geschützten Plätzchen für mein rotes Häuschen. Ein derartiges Wolkenspektakel verfolge ich lieber gemütlich im warmen Schlafsack.

Zum Glück regnet es nur schwach und auch der Wind ist längst nicht so stark wie neulich, als ich mein Nachtlager fluchtartig abbrechen musste. Heute kann ich den Zelteingang noch lange offenlassen und die freie Sicht auf das Himmelskino genießen. Popcorn habe ich zwar keins, aber dafür kann ich Schokolade knabbern und muss noch nicht mal damit haushalten, denn morgen erreiche ich den Ort Hemavan mit Fjällstation und Supermarkt, wo ich Nachschub kaufen kann.

In einem Hochtal auf einem schmalen Wiesenkorridor umgeben von felsigen Gipfeln, zwischen denen sich Gletscherzungen hinabwinden, sind die Nächte auch Mitte August nicht gerade warm. Als ich im Morgengrauen bibbernd durch den Reißverschluss luge, entdecke ich keine hundert Meter entfernt ein paar Rentiere, die gemütlich in der Wiese liegen. Vermutlich haben sie dort geschlafen. Irgendwie faszinierend und auch bewundernswert, wie diese Tiere in einer so unwirtlichen Umgebung mit nichts als sich selbst zurechtkommen. Wenn ich mir dagegen überlege, was ich alles brauche, um im Fjäll überleben zu können: warme Klamotten, Daunenschlafsack, Isomatte, Zelt, Proviant, Campingkocher und natürlich den großen

Rucksack, um all meinen Krempel zu tragen, meine Schuhe, damit ich überhaupt laufen kann, möglichst noch Regenzeug und wasserdichte Packsäcke, damit nichts nass wird, und darüber hinaus in regelmäßigen Abständen Supermarkt, Dusche, Steckdose und Waschmaschine, wie zum Beispiel nachher in Hemavan.

Das weite, gewundene Tal mit den klotzigen Bergriesen zu beiden Seiten, durch das ich ganz allmählich abwärts wandere, wäre eine perfekte Herr-der-Ringe-Kulisse und sieht auf gar keinen Fall so aus, als ob sich an seinem Ende Zivilisation befindet. Wäre Hemavan nicht so unzweifelhaft auf meiner Karte verzeichnet, wäre ich ernsthaft besorgt.

Tatsächlich hält sich der Ort lange gut versteckt. Doch zwanzig Kilometer und 250 Gramm Erdnüsse später ist es schließlich so weit. Die ersten Häuser werden sichtbar. Im Garten der Fjällstation darf man zelten und drinnen gibt es alles, was ich brauche. Auch wenn ich heute Morgen die Rentiere bewundert habe, spätestens unter der heißersehnten warmen Dusche bin ich dann doch froh, ein Mensch zu sein und fühle mich anschließend auch endlich wieder wie einer.

Nach dem Auschecken am nächsten Morgen sehe ich an einem Dachbalken der Eingangsveranda eine Rucksackwaage baumeln. Ich zögere. Tatsächlich habe ich mein Zeug noch nie zuvor gewogen, aber jetzt bin ich neugierig. Manchmal fragen mich Leute, wieviel Gewicht ich trage. Bisher habe ich in den blauen Dunst hinein behauptet, dass es um die 15 Kilogramm seien. Doch habe ich mich offenbar verschätzt. Laut Anzeige der Waage sind es ziemlich genau 22,5 Kilogramm. Wobei ich im Moment Essen für sechs Tage dabei habe, was etwa 4 Kilogramm ausmacht. Da das Zelt vom Morgentau klitschnass ist, kommt noch ein bisschen was obendrauf. Ziehe ich das alles ab, nähere ich mich meinem Traumgewicht zumindest an. Ich rechne mir die Dinge gern ein bisschen schön, denn was nützt es mir, zu wissen, wie verdammt schwer mein Rucksack ist, wenn ich sowieso auf nichts darin verzichten kann. Außerdem gilt: Wenn ich, die warme Morgensonne im Gesicht, einfach in den Tag hineinlaufen darf, dann fühle ich mich unbeschwert und frei, egal mit wie viel Kilogramm auf dem Rücken.

In Hemavan endet der Kungsleden und ich muss mir neue Wege suchen. Entlang der Landstraße trabe ich südwärts. Heute ist ein bisschen Asphalt angesagt, doch gibt es immer wieder herrliche Panoramablicke in die Berge. Verkehr herrscht kaum – ein paar Autos mit norwegischen Kennzeichen, vermutlich auf dem Weg zum Supermarkt, vereinzelte Holztransporter und ab und zu parkt jemand auf dem Randstreifen. In diesem Fall entdecke ich meistens nicht weit entfernt Menschen im Wald, die mit Körben auf dem Boden herumkriechen, um Beeren und Pilze zu sammeln. Das ist in Schweden nämlich Volkssport, natürlich niemals ohne eine Fika, denn die ist ebenfalls Volkssport.

Das Wort „Fika" bezeichnet eine Kaffeepause, die als soziales Element unverzichtbar zur schwedischen Alltagskultur gehört – ähnlich wie in England die tea time, jedoch mit dem Unterschied, dass eine Fika zu allen möglichen Tageszeiten und auch mehrmals am Tag stattfinden kann. Es gibt die Fika zu Hause oder die im Café, die Fika bei Freunden und Verwandten oder die auf der Arbeit mit Kollegen. Egal ob draußen oder drinnen, eine Fika kommt als kommunikative Unterbrechung so ziemlich jeder denkbaren Tätigkeit in Frage, auch beim Beeren- und Pilzesammeln.

Und warum erzähle ich das alles? Weil ich heute genau zur rechten Zeit am rechten Ort bin und für das Beantworten der typischen Fragen an einen vorbeikommenden Wanderer mit heißem Kaffee und selbstgebackenen Waffeln belohnt werde, mein Wandern also durch eine Fika unterbreche. Wenigstens für meinen knurrenden Magen erweist sich die Straße damit als eine gute Sache. Meine Füße hingegen freuen sich, als der harte Asphalt endlich wieder in Sandboden übergeht.

Zurück im tiefen Wald begegnet mir keine weitere Gelegenheit für eine Fika, doch dafür treffe ich etwas anderes sehr Schwedisches: einen Elch, und zwar einen, der in vollem Galopp geradewegs in meine Richtung prescht. Reflexartig werfe ich mich zur Seite ins Gestrüpp. Bei diesem Elchtest würde ich, egal mit welchem Rucksackgewicht, auf jeden Fall den Kürzeren ziehen. Folglich bin ich ziemlich erleichtert, dass der Elch zielstrebig an mir vorbeirast. Ganz kurz kann ich in seine Augen sehen. Es liegt keinerlei Angriffslust in seinem Blick, doch ebenso wenig irgendeine Bereitschaft, aus Rücksichtnahme zu bremsen. Wäre ich nicht zur Seite gesprungen, hätte er mich vermutlich über den Haufen gerannt.

Ich wandere durch eine Welt, in der ich nicht die geringste Rolle spiele und fühle mich trotzdem oder vielleicht auch gerade deshalb ungewohnt sorglos. Meine Tage beginnen mit Frühnebel, der rasch einem strahlend blauen Himmel Platz macht, unter dem ich im T-Shirt mit der warmen Sonne auf der Haut durch Vogelgesang und Blätterrauschen laufe. Manchmal lasse ich mich für eine Pause mit Nüssen und Kakao am Wegesrand nieder, dann wieder lausche ich dem Geräusch meiner Schritte. Abends suche ich mir ein Schlafzimmer unter den Sternen, denn inzwischen wird es wieder dunkel genug für ein kräftiges Funkeln. Mittsommer ist zwei Monate her. Nachts kann man das deutlicher spüren als tagsüber, wo das Licht immer noch so hell und warm ist, als gäbe es keine Dunkelheit.

Im Schneckentempo schiebe ich mich südwärts durch Schweden, nicht immer auf sumpfig-matschigen Waldpfaden, sondern zwischendurch auch mal auf einem nicht enden wollenden Schotterweg. Ich überlege, zum Zeitvertreib die Autos zu zählen, die mir begegnen, muss jedoch schon bald feststellen, dass das nicht allzu spannend ist, denn lange kommt kein einziges vorbei. Als ich gerade anfange, mich zu fragen, ob für den Fall, dass ich gar nicht über die Null hinauskomme, überhaupt von Zählen die Rede sein kann, dringt ein untergründiges Grummeln an mein Ohr. Endlich.

Das Geräusch wird rasch lauter. Könnte sogar ein Holztransporter sein, denn es klingt irgendwie schwer. Doch wenig später wird mir klar, dass ich völlig daneben liege. Ich höre nicht nur Grummeln, da ist auch Plätschern mit drin. Das ist ganz einfach ein Bach, nur eben ein ziemlich lauter. Und dann sehe ich auch schon das Wasser zwischen den Fichtenstämmen glitzern. Wenn dicke Steine auf dem Grund liegen, an denen die starke Strömung ein wenig rüttelt, dann kann das wirklich wie ein Auto klingen, manchmal sogar wie ein Lastwagen oder eine Straßenbahn. Da falle ich nicht zum ersten Mal drauf rein. Nur ist mir auf einem Fußpfad mitten im Fjäll, anders als hier, natürlich sofort klar, dass ich mich irre.

Offenbar ist Motorenlärm in meinem Gehirn noch immer als das weitaus wahrscheinlichere Geräusch abgespeichert. Mit anderen Worten: Ich bin der Großstadt noch nicht vollständig entwöhnt und es besteht Hoffnung, dass ich Ende Oktober zurück in Berlin nicht gleich beim Überqueren der erstbesten Straße plattgefahren werden. Im Augenblick jedoch erscheint mir jede Form von städtischer oder auch nur dörflicher Umgebung maximal weit weg. In meiner aktuellen Situation ist es deutlich abendfüllender, Bäche statt Autos zu zählen. Oder ich zähle einfach beides, wobei ziemlich schnell klar ist, wer das Rennen macht. Ein Bach folgt dem nächsten und insgesamt werden es einundzwanzig in allen Größen und Lautstärken. Die Anzahl der Autos beschränkt sich hingegen auf vier. 21:4 für Bach, ein mehr als eindeutiges Ergebnis!

Warmes Herbstwetter gehört zum Schönsten, was man hier oben im Norden erleben kann. Es fühlt sich an wie die Wirklichkeit gewordene Traumvision eines mückenfreien, skandinavischen Sommers. Nur leider geht jede Schönwetterphase irgendwann vorbei. Zwar scheint am nächsten Morgen noch die

Sonne, doch wilde Wolken lassen vermuten, dass das nicht so bleiben wird.

Unter einem aufgewühlten Himmel schillert der ebenso aufgewühlte Stausee Ransarn silbergrau vor sich hin. Manchmal führt mein Weg direkt am Ufer entlang mit herrlichem Ausblick auf die umgebenden Berge. Dann wieder wandere ich ein Stückchen entfernt durch Birkenwald. Wo man geht und steht, schießen Pilze aus dem Boden: braune, gelbe, weiße und rote, gepunktet und einfarbig, glatt oder rau, einzeln oder in Grüppchen, kurz in allen Formen, Farben und Ausführungen.

Gegen Mittag grasen ein paar Kühe am Wegesrand – oder sind es vielleicht verkleidete Rentiere? Ich kann jedenfalls kaum glauben, dass ich schon so weit südlich bin, dass Kühe auf den Wiesen genug zu fressen finden. Doch zu Fuß erlebt man den Übergang in die gemäßigteren Breiten sehr allmählich und fließend. Rentiere und Kühe lösen einander nicht schlagartig ab, sondern existieren eine ganze Weile nebeneinander. Und so taucht kurz hinter der Kuhweide schon wieder ein Rentierzaun auf.

Kaum bin ich hindurchgeschlüpft, entwickelt sich die typische Stimmung vor dem Regen. Der Himmel zieht sich mehr und mehr zu und es beginnt nach Feuchtigkeit zu riechen. Die Welt wird sehr still, denn die graue Wolkendecke schluckt jeden Laut. Den Farben hingegen kann sie nichts anhaben. Im Gegenteil, der Boden leuchtet regelrecht, so als habe jemand darunter eine unsichtbare Lichtquelle entzündet.

Schon bald beginnt es zu nieseln. Den Stausee habe ich inzwischen hinter mir gelassen und laufe jetzt an einem der Flüsse hinauf, die in ihn einmünden. Auf einer Lichtung am Ufer finde ich eine Hütte. Die kommt wie gerufen, denn der Regen soll über Nacht stärker werden. Also mache ich es mir drinnen gemütlich. Nach dem Abendessen sitze ich mit einem warmen Kakao am Fester und schaue zu, wie die Regentropfen gegen die Scheibe prasseln. Morgen werde ich vermutlich den ganzen Tag durch Mistwetter wandern, doch darüber kann ich nachdenken, wenn es so weit ist. Jetzt genieße ich erstmal den gemütlichen Augenblick.

Zwar regnet es beim Frühstück nicht mehr, es kostet mich aber trotzdem einige Überwindung, das feste Dach über meinem Kopf zu verlassen und den schmalen Pfad einzuschlagen, der etwa 200 Meter von der Hütte entfernt im nassen Birkenwald verschwindet. Die Wolken hängen tief und es herbstet. Egal, wo ich hingucke, immer wieder überkommt mich das Gefühl, dass es das jetzt wohl gewesen ist mit dem Sommer. Zwar ist es windstill und die Mehrzahl der Blätter ist noch grün, doch es liegt eine klamme Kälte in der Luft, die selbst in den sonnigsten Momenten des Tages nicht recht verschwinden will.

Ganz allmählich führt der Weg wieder höher in die Berge hinauf. Bald schon säumen nur noch vereinzelt Bäume meinen Weg, bis ich schließlich ganz darüber hinaus bin, die Seen tief unter mir liegen und ich den Birkenwald von oben sehe. Hier wirkt die Welt sogar noch etwas herbstlicher, denn an den kleinen, bodendeckenden Pflänzchen sind die allermeisten Blätter inzwischen rot oder gelb geworden und es kommt mir vor, als ob der bunte Teppich während der letzten Tage die grünen Fädchen, die noch vereinzelt in ihn eingewebt waren, fast ganz verloren hat.

Vor der steil aufragenden Felswand des Durrenpiken haben sich sehr fotogen ein paar Rentiere positioniert und ergreifen, kaum dass sie mich erblickt haben, mindestens ebenso fotogen die Flucht. Und noch ein Wesen kreuzt meinen Weg, etwas langsamer und kleiner, aber dafür äußerst farbenfroh. Es ist eine leuchtend grüne Raupe, geringelt mit schwarzen Bändern voller oranger Punkte, auf denen stachelartige Härchen wachsen.

Ich trödele ganz schön herum, schaue den Rentieren hinterher und gucke zu, wie die Raupe perfekt getarnt im bunten Teppich verschwindet. Als die Steilwand schließlich hinter mir liegt, ist es schon beinah sieben Uhr und an den felsigen Gipfeln hängt der Abendnebel. Einen Schlafplatz habe ich rasch gefunden, wobei „finden" eigentlich das falsche Wort ist, denn ich muss gar nicht suchen. Es ist praktisch egal, wo ich mich niederlasse. Der Boden ist fast überall weich und glatt, und Wasser für meine Tütensuppe fließt sozusagen an jeder Ecke.

Ich baue mein kleines rotes Häuschen vor spektakulärer Bergkulisse auf und genieße noch eine Weile den Ausblick. Die Atmosphäre wirkt maximal einsam und verlassen. Während der letzten fünfzig Kilometer ist mir, abgesehen von Rentieren, mutmaßlichen Kühen und der bunten Raupe niemand begegnet. Und dennoch werde ich morgen das Örtchen Klimpfjäll erreichen – und nicht nur das, ich werde sogar einen Abend in Gesellschaft verbringen.

Als ich aufwache, pfeift ein kräftiger Wind über die wolkenverhangenen Berge und peitscht eisigen Nieselregen durch die Luft. Wüsste ich nicht, dass ein gemütlicher Nachmittag unter festem Dach auf mich wartet, würde mir das Aufstehen und Zusammenpacken wirklich schwerfallen. Doch mit Aussicht auf Komfort in greifbarer, wenn auch noch nicht sichtbarer Nähe geht es so halbwegs. Außerdem kommt mein Rucksack, da kaum noch etwas darin ist, seinem Idealgewicht von fünfzehn Kilogramm heute erfreulich nahe: Meinen Proviant habe ich so gut wie komplett aufgegessen, weil es in Klimpfjäll einen Laden gibt, und meine Klamotten so gut wie komplett angezogen, weil es saukalt ist.

Der Vormittag vollzieht sich als Tragikomödie in fünf Akten: Berge, Nebel, Rentiere, Sumpf und Birken – Reihenfolge beliebig austauschbar, dazwischen ich als matschbespritztes Michelin-Männchen auf dem Weg in ein gottverlassenes Kaff, dem ich mit völlig übersteigerter Sehnsucht entgegenfiebere.

Beim ersten Blick von oben besteht Klimpfjäll aus nichts weiter als ein paar verschwindend geringfügigen Hütten, die sich am Ufer des riesengroßen Kultsjön hilflos zusammendrängen.

Als ich etwas später unten auf Schotterwegen zwischen den Häusern hindurchlaufe, wirkt der Ort zwar etwas weniger winzig, aber immer noch nicht groß. Den kleinen Lebensmittelladen finde ich jedenfalls, ohne im eigentlichen Sinne danach suchen zu müssen.

Nach einem gierigen Einkauf lasse ich mich an einem Picknicktisch auf dem Parkplatz nieder, verzehre bei lauschigen Temperaturen im knapp zweistelligen Bereich heißhungrig eine unter normalen Umständen wirklich bedenkliche Anzahl an Nutellabroten und warte auf Kilian, mit dem ich hier verabredet bin. Kilian kommt auch aus Berlin, wandert genau wie ich gern kreuz und quer durch Europa und hat während der letzten Jahre mehrere längere Touren unternommen. 2019, als ich von Tarifa zum Nordkap unterwegs war, haben sich unsere Wege schon einmal in Nordschweden gekreuzt. Dass dies nun ein zweites Mal geschieht, ist ein wirklich schöner Zufall!

Die Ferienwohnung, die wir uns teilen, erinnert ein bisschen an die Ausstellungsräume einer IKEA-Filiale. Unwillkürlich sucht man überall nach den Preisschildern. Ansonsten aber ist es sehr gemütlich. Ein Zimmer ganz für mich allein mit einem richtigen Bett, das hatte ich lange nicht. Auch meine letzten Spaghetti-Carbonara, die nicht aus Instantpulver bestanden, sind eine Weile her. Am meisten jedoch freue ich mich über unsere Gespräche. Die letzten eineinhalb Monate im Fjäll waren streckenweise sehr einsam. Manchmal habe ich tagelang keinen Menschen getroffen und viel unterhalten konnte ich mich nicht.

Für zwei Tage wollen Kilian und ich zusammen weiterwandern, lassen es jedoch gemütlich angehen und starten mit einem ordentlichen Frühstück. Das hilft, um anschießend trotz Nieselregen und steilem Aufstieg gut gelaunt zu bleiben. Zurück in den Bergen liegt der riesige Kultsjön schon bald tief unter uns und Klimpfjäll am gegenüberliegenden Ufer ist kaum noch zu erkennen. Vor uns erstreckt sich eine von kleinen Seen und Hügeln unterbrochene, ansonsten völlig freie Fläche, auf der man den Eindruck gewinnt, unendlich weit gucken zu können. Trotz oder vielleicht auch wegen der wilden, tiefhängenden Wolken öffnen sich immer wieder spektakuläre Ausblicke in alle Richtungen.

Wir gelangen an einen Gebirgsbach, der die Grenze zwischen Västerbotten und Jämtland markiert. Zur Begrüßung nimmt die Sonne ein wenig Fahrt auf und gleich wirkt die Landschaft viel freundlicher. Manchmal fallen die Strahlen fast wie Scheinwerfer durch eine teils aufgelockerte, teils immer noch finstere Wolkendecke, so dass manche Stellen am Boden besonders hell und bunt herausstechen. Für den Fall, dass trotzdem noch irgendeine Farbe fehlen sollte, bauen wir unsere Zelte direkt unter einem kräftigen Regenbogen auf.

Am nächsten Tag steht jede Menge Sumpf auf dem Programm. Für Nordskandinavien ist das eigentlich nichts Ungewöhnliches, aber diese Etappe ist so voller Sumpf, dass es kaum etwas anderes zu geben scheint, wodurch es naheliegt, sich auch gedanklich mit dem Thema Sumpf zu befassen. Dabei stellen wir fest, dass Sumpf viel besser ist als sein Ruf, und je länger wir uns über ihn unterhalten, desto mehr pro-Argumente fallen uns ein. Erstens: Sumpf ist nur an den Schuhen matschig braun, ansonsten gibt er sich ausgesprochen farbenfroh und strahlt in den verschiedensten Gelbschattierungen, mal mehr ins Beige, mal mehr ins Grünliche changierend. Zweitens: Sumpf ist wunderbar weit und lässt viel Platz für Himmel und Wolken. Drittens: Sumpf entschleunigt. Es schmatzt und gluckst bei jedem Schritt und immer wieder sinkt man ein Stück ein wie beim Laufen durch hohen Sand. Viertens: Die Welt braucht Sumpf, denn er speichert Kohlenstoffdioxid, und zwar sehr effektiv.

Am späten Nachmittag erreichen wir die Gabelung, wo sich unsere Wege trennen. Kilian will nach Westen in Richtung Norwegen, ich weiter nach Süden. Es hat Spaß gemacht, mal wieder ein Stück gemeinsam zu wandern. Allein hätte ich womöglich viel mehr über den Sumpf geflucht und mir wären gar nicht so viele Gründe dafür eingefallen.

Ich laufe noch ungefähr zehn Kilometer weiter in den Abend und die immer noch lange anhaltende Helligkeit hinein. Als ich den Wasserfall Lejarfallet umhüllt von herbstlich goldenem Dämmerlicht zwischen den hohen Fichten hindurch schimmern sehe, kraxele ich eine steile Böschung hinab, um unten am Flussufer vor atemberaubend schöner, wild tosender Kulisse mein Zelt aufzustellen. Vielleicht nicht der leiseste Schlafplatz, den ich je hatte, aber einer der schönsten.

Beim Frühstück erlebe ich einen herrlichen Sonnenaufgang direkt über den hochaufspritzenden Wassermassen. Ein Sonnenstrahl nach dem anderen schiebt sich über die Kante, von der sich der Lejarfallet hinabstürzt und jeder einzelne Tropfen schillert als eigenes, kleines Wunder im Glanz des Morgenlichtes kurz auf, bevor er sich wieder mit den Fluten vermischt – ein atemberaubend schöner Anblick, von dem ich mich kaum losreißen kann. Irgendwann aber ist jede Ausrede aufgegessen oder ausgetrunken und schließlich stopfe ich Tasse und Kocher in meinen Rucksack und ziehe weiter.

Der Weg führt noch eine ganze Weile am Fluss entlang und ich stelle mir vor, dass irgendwo darin die kleinen Tropfen von heute früh vor sich hin tanzen. Anfangs strömt das Wasser sehr rasch, so als trage es den Schwung aus dem Lejarfallet noch in sich. Dann wird das Flussbett breiter und die Wellen ruhiger, bis die Oberfläche schließlich so still geworden ist, dass sich die Wolken darin zu spiegeln beginnen.

Um wieder aus dem Flusstal hinauszugelangen, muss ich bergauf, so lange bis ich oben auf dem Rödfjäll bin, das seinem Namen alle Ehre macht. Tatsächlich sind die Felsen hier nicht wie üblich grau, sondern aus unverkennbar rötlichem Gestein. Würde der Himmel etwas mehr Sonne spendieren, könnte die Landschaft fast ein bisschen nach Wildem Westen aussehen. Doch auch unter düsteren Wolken geht von der tonartigen Farbe eine erstaunliche Wärme aus. Jeder Tag unterwegs hält seine eigenen, wunderschönen Eindrücke und überraschenden Momente bereit. Heute folgen auf den glitzernden Wasserfall und die roten Berge als krönender Abschluss eine goldene Abendsonne und schließlich das erste Nordlicht, das in grünen Flammen über den Himmel züngelt.

Gegen Morgen entleert sich eine laut Wettervorhersage einprozentige Regenwahrscheinlichkeit zu hundert Prozent über meinem Zelt. Anders ausgedrückt, ich wache ziemlich früh auf, weil es lautstark auf die Plane prasselt. Als das Geräusch endlich verebbt, öffne ich den Reißverschluss und krieche nach draußen. Erfreulicherweise sieht der Himmel gar nicht so hoffnungslos aus, wie ich befürchtet hatte. Zwar entsteht im Laufe des Tages noch mehrfach der Eindruck, als braue sich ein gewaltiges Unwetter zusammen, doch lockern die schweren Wolken jedes Mal wie von Zauberhand wieder auf, wobei sie die merkwürdigsten Formen annehmen und zum Beispiel aussehen wie quallenförmige UFOs oder wie der Schnee in einer zu kräftig durchgeschüttelten Glaskugel.

Ebenso wie das Auf und Ab am Himmel begleitet auch das Auf und Ab auf der Erde meinen Weg. Immer wieder kämpfe ich mich von den Wäldern und Seen hinauf zu den Felsen und Steilwänden und durch die unterschiedlichen Farbschattierungen von Sumpf wieder hinab. Währenddessen knurrt mir ordentlich der Magen, denn viel Proviant habe ich nicht mehr. Das kleine Städtchen Gäddede, wo ich Nachschub kaufen werde, erreiche ich erst morgen, kann aber schon jetzt an kaum etwas anderes denken als ans Essen.

Angetrieben durch allerlei Nahrungsmittel-Fantasien schaffe ich eine viel längere Strecke als gedacht. Offenbar ist mein Körper in der Lage, auch aus rein virtuellen Kalorien zumindest übergangsweise ein wenig Energie zu generieren. In einem Kiefernwald gar nicht mehr weit von Gäddede entfernt schlage ich mein Zelt auf. Zum Abendessen schlinge ich eine Portion Nudeln hinunter und am nächsten Morgen stopfe ich mir in Gestalt dreier Müsliriegel heißhungrig und hektisch meine nun wirklich allerletzten realen Kalorien in den Mund.

Zum Glück erreiche ich schon bald die Straße nach Gäddede: eine bequeme Asphaltpiste zwischen hohen Fichten ohne Sumpf oder felsiges Auf und Ab direkt ins Schlaraffenland! Sieben Kilometer verrät ein Schild, darunter ist ein Verkehrszeichen angebracht, das die Höchstgeschwindigkeit auf siebzig festlegt. Ganz so schnell kann ich die Strecke zwar nicht zurücklegen, erreiche mit konstantem Tempo sechs jedoch immerhin nach ziemlich genau siebzig Minuten das Ortsschild.

Die Haupt- und bei um die dreihundert Einwohnern auch so gut wie einzige Straße wäre die perfekte Dogmafilmkulisse. Doch obwohl Gäddede auf den ersten Blick etwas trist erscheint, so kann es auf den zweiten Blick sehr wohl mit einer Attraktion aufwarten. Der Ort beherbergt nämlich das größte Schneemobil der Welt mit entsprechendem Eintrag im Guinnessbuch der Rekorde. Mangels anderer Sehenswürdigkeiten beschließe ich, mich heute ausnahmsweise mal brennend für

Schneemobile zu interessieren. Ich betrachte das Ding gründlich von allen Seiten und lese mir die dazugehörige Informationstafel aufmerksam durch. Das größte Schneemobil der Welt wurde 1992 gebaut und ist 8.2 Meter lang, 2.5 Meter breit und 3.5 Meter hoch.

Abgesehen von diesem gewaltigen Fahrzeug ist in Gäddede alles angenehm klein und nah beieinander. Ich bin also rasch am Supermarkt und anschließend ebenso rasch am Campingplatz. Nachdem ich mein Zelt aufgebaut habe, ziehe ich mich in den Aufenthaltsraum zurück, der, ähnlich wie Gäddede selbst, übersichtlich und auf engstem Raum zusammengefasst alles bietet, was ich im Moment an Zivilisation benötige: gemütliche Sessel, WLAN und jede Menge Steckdosen. Direkt angrenzend gibt es eine Küche, eine Waschmaschine, einen Wäschetrockner und im Nebengebäude sind die Duschen.

Dass ich nicht mehr brauche und auch gar kein Recht habe, mehr zu beanspruchen als das wirklich Notwendige, habe ich während der letzten Monate beim Wandern im Wald, am Meer, im Gebirge, in Schnee, Regen und Sonnenschein immer wieder aufs Neue begriffen. Und als heute Abend ein kräftiges Nordlicht am Himmel erstrahlt, dringt es mir ein weiteres Mal ins Bewusstsein.

Nordlichter stehen nicht still, sondern bewegen sich wabernd vorwärts, ein bisschen wie ziehende Wolken nur deutlich schneller. Dabei wechseln sie in rascher Folge die Gestalt, wobei bizarre, unheimliche Figuren entstehen können. Kein Wunder also, dass sich jede Menge Mythen darum ranken. Die Wikinger betrachteten Nordlichter als Manifestation ihrer Götter. In der samischen Religion werden sie mit den Seelen der Toten assoziiert und man bringt den grünen Flammen bis heute großen Respekt entgegen. Zu lange hineinzugucken, soll Unglück bringen. Ich finde diesen Gauben sehr nachvollziehbar, denn es lässt sich nicht leugnen, dass von dem Phänomen eine geheimnisvolle und besondere Atmosphäre ausgeht, der man sich trotz naturwissenschaftlicher Erklärung nicht vollständig entziehen kann. Jedenfalls bin ich ziemlich erstaunt, dass die in der Dunkelheit so magisch veränderte Welt ein paar Stunden später im Hellen vollkommen normal aussieht.

Nachdem ich Gäddede verlassen habe, stehe ich schon bald wieder auf einem Schotterweg zurück ins Fjäll, immer wieder mit schöner Aussicht über grüne Wiesen und auf blaues Wasser, das zwischen weißen Birkenstämmen schimmert. Die Sonne scheint kräftig zwischen Schäfchenwolken hindurch, es ist sommerlich warm und nur die verblühten Lupinen und Weidenröschen auf den Böschungen deuten in Richtung Herbst.

Gegen Abend erreiche ich den Hällingsåfallet – einen Wasserfall, der sich 43 Meter tief in den mächtigsten Canyon Skandinaviens hinabstürzt. Dabei spritzt das Wasser so hoch auf, dass permanent unzählige Tropfen in der Luft hängen. Sobald die Sonne darauf trifft, geht über der Schlucht ein prächtiger Regenbogen auf. Eine Brücke führt über das fallende Wasser hinweg ans andere Flussufer, wo ich auf einer Lichtung zwischen Birken und Fichten mein Zelt aufschlage.

Am nächsten Morgen sorgt eine feuchte Kälte dafür, dass sich der Wald um einiges herbstlicher anfühlt als gestern. Erst gegen Mittag klart es auf und während sich mein Weg aufs Hotagsfjäll hinaufschlängelt, durchdringen mehr und mehr Sonnenstrahlen die Wolkendecke. Jenseits der Baumgrenze schließlich überzieht ein warmes Leuchten die Landschaft. Schroffe Gipfel gibt es hier oben nicht. Man wandert eher wie über eine leicht hügelige, baumlose Ebene hinweg. Höhere Berge sind klein am Horizont zu sehen. Felsen ragen nur vereinzelt aus der Erde hervor. Meistens ist der Boden weich und von einem dichten Pflanzenteppich überwuchert, den zu dieser Jahreszeit ein beeindruckendes Farbspektrum schmückt.

Ich kenne das Hotagsfjäll bereits von früheren Touren und mag es wahnsinnig gern. Es erscheint mir wie die formvollendete Reduktion aufs absolut Wesentliche: Hier existieren nur noch Himmel und Erde, weiter nichts. Meine Vergangenheit ebenso wie meine Zukunft erscheinen auf beruhigende Weise aufgelöst im Rhythmus meiner Schritte und mich umgibt eine Art immerwährender Augenblick. Ich denke über nichts mehr nach, ich bin einfach nur da.

Im Licht der Abendsonne erreiche ich einen Fluss. Das Ufer bietet gute Plätze für ein Nachtlager. Ich kuschele mich in den Schlafsack und schaue noch eine Weile auf das Wasser hinunter, das beruhigend gleichförmig und doch in unaufhörlich wechselnden Strudeln vor sich ihn strömt. Irgendwann ist es so dunkel geworden, dass ich den Fluss nicht mehr sehen, sondern nur noch hören kann. Ein rauschendes Einerlei, und trotzdem gibt es keinen Klang zum zweiten Mal.

Der Tag beginnt genau wie der gestrige aufgehört hat: mit sehr viel Erde und Himmel und dem Gefühl grenzenloser Freiheit. Es weht ein kalter Wind. Dann und wann fallen ein paar Regentropfen. Ein Wetter, das ich normalerweise als grau und ungemütlich empfinden würde, hier oben jedoch bin ich einfach nur glücklich und kann gar nicht so genau erklären, warum. Sorgen und Gedanken, die ich sonst nur schwer loslassen kann, schrumpfen vor dem Hintergrund der unendlichen Weite der Landschaft in sich zusammen und entgleiten mir wie von selbst. Ich nehme mich immer weniger wichtig und fühle mich mit jedem Schritt ein bisschen leichter, beinah als würde ich schweben.

Manche Tage bieten einen solchen Überfluss an wunderbaren Momenten, dass man gar nicht weiß, wohin damit, und ganz automatisch anfängt, schöne Erinnerungen für schlechte Zeiten zu sammeln. Heute ist so ein Tag. Das Fjäll leuchtet mir nur so entgegen und obwohl mir zu meinem Glück rein gar nichts mehr fehlt, kommt schließlich sogar noch die Sonne raus. Obendrein stellt sich eine Rentierherde sehr dekorativ direkt vor meiner Nase zum Gruppenfoto auf. Es sieht beinahe aus, als würden die Tiere lächeln.

Nachmittags steige ich wieder zur Baumgrenze ab. An einen der Stämme ist ein Schild genagelt: „Skynda långsamt" – „Beeile dich langsam" steht darauf. Dieser Satz beschreibt ziemlich präzise, was ich beim Wandern zu lernen versuche. Ich möchte geduldig genug werden, um jeden Augenblick meines Lebens wahrzunehmen und wertzuschätzen. Viel wichtiger als ein Ziel tatsächlich zu erreichen, ist es, den Weg dorthin nicht aus den Augen zu verlieren. Ihn um des Ankommens willen, hastig und unachtsam an mir vorbeiziehen zu lassen, wäre Zeitverschwendung. Zumal ich nicht wissen kann, wohin er mich überhaupt führt und ob der eigentliche Höhepunkt und die glücklichsten Momente tatsächlich am Ende auf mich warten oder sich nicht doch schon irgendwo unterwegs ereignen werden.

Am nächsten Tag muss ich mal wieder ein längeres Stück Straße laufen. Immer wieder rasen Autos an mir vorbei, die ungefähr zwanzig Mal so schnell sind wie ich. Perfekte Bedingungen, um weiter über die Vorteile meines Schritttempos nachzudenken. Bei oberflächlicher Betrachtung erscheint die Strecke unendlich lang und langweilig. Würde ich nur ankommen wollen, würde mich das Starren auf den grauen Asphalt und den schier unendlichen, weiß-gestrichelten Mittelstreifen, der sich irgendwo in der Ferne um die nächste Biegung verliert, in den Irrsinn treiben. Doch sobald ich den Weg zum Ziel erkläre, hebe ich den Kopf, sehe den Wald neben und die Wolken über mir und freue mich, dass nach und nach immer mehr Sonnenstrahlen zu mir durchdringen. Auf einer Weide am Straßenrand stehen ein paar Ziegen. Sie gucken mich neugierig an und ihre langen Bärte flattern lustig im Wind. Ein bunter Schmetterling flattert vorbei, die Kronen der Nadelbäume bilden eine immer wieder ein bisschen anders gezackte Silhouette und über sie hinweg fliegt eine Schar Wildgänse in Richtung Süden.

Mein nachmittägliches Highlight ist der der Ort Rötviken: Ein paar rote Holzhäuser und in der Mitte ein winziger Lebensmittelladen – garantiert ohne Anstehen an der Kasse. Draußen an einem Picknicktisch verputze ich gierig eine Obstration, einen großen Becher Joghurt und mehrere Stück Kuchen. Selbst nach fast sechs Monaten Wanderschaft bin ich noch immer überrascht, wie gut mir diese einfachen Dinge unterwegs schmecken, wie anders ich sie wertschätze und wieviel Appetit ich darauf habe. Satt und zufrieden laufe ich in meinen letzten Sommerabend hinein. Ab morgen ist September und damit meteorologisch gesehen Herbst.

Am nächsten Tag ist von der neuen Jahreszeit allerdings noch absolut nichts zu merken. Die Sonne scheint mit sommerlicher Kraft. Ich laufe überwiegend durch Fichtenwald und sehe fast nur grüne Nadeln statt gelber Blätter. Die Seen sind noch warm und da ich mehrere gute Badestellen finde, gehe ich im Laufe der Etappe insgesamt dreimal schwimmen. Das ist Rekord. Keine Ahnung, warum ich den ausgerechnet heute aufstelle. Ich habe einfach Lust ein bisschen auf dem Rücken zu treiben mit dem Himmel über mir und dem Wald rings um mich herum. Vielleicht ist es meine Art, mich von der diesjährigen Badesaison zu verabschieden.

Gegen Abend steigt der Weg merklich an und führt mich auf den 857 Meter hohen Berg Önrun hinauf. Mit zunehmender Höhe werden die Fichten weniger und Birken gewinnen die Oberhand. Pünktlich zum Sonnenuntergang bin ich oben angelangt und genieße eine fast unwirklich schöne Aussicht auf eine ganz und gar in Pastellfarben gehüllte Welt. Wenn es nicht so verdammt echt wäre, müsste man es Kitsch nennen. Ziemlich genau hier blicke ich auf 3500 Kilometer Schweden zurück, etwa 1000 Kilometer sind es noch bis zurück in unser Sommerhäuschen.

Zwar sieht es im Moment absolut nicht danach aus, doch soll es in den nächsten Stunden zu regnen beginnen. Deshalb bin ich froh, knapp unterhalb des Gipfels ein Häuschen für mein Häuschen zu finden – einen kleinen Rastunterstand, in den mein Zelt genau hineinpasst und auf diese Weise trocken und entsprechend leicht bleibt.

Die Wettervorhersage stimmt. Morgens trommelt der Regen auf das Dach des Rastschutzes. Ich ziehe den Reißverschluss auf und schaue vorsichtig hinaus. Das malerische Postkartenpanorama ist einer weiß-grauen Wand aus undurchdringlichem Dunst gewichen. Am liebsten würde ich die Augen gleich wieder zumachen und im Schlafsack bleiben. Einzig der Gedanke, dass ich, wenn ich heute ein gutes Stück schaffe, morgen einen Supermarkt erreichen kann, hilft mir, meinen inneren Schweinehund zu überwinden. Motivation geht beim Wandern erstaunlich oft durch den Magen.

Als ich gerade fertig gepackt habe und aufbrechen will, kommen zwei tropfnasse Jagdhunde schwanzwedelnd zu mir herein gehechelt. Es folgen drei ebenso tropfnasse Jäger mit Gewehren über der Schulter, die hier der typisch schwedischen Lieblingsbeschäftigung des Kaffeetrinkens nachgehen möchte. Natürlich kommt sofort die Frage, ob ich auch einen will. Na klar will ich.

Die Männer erzählen, dass sie irgendwelche Vögel schießen wollen, aber für heute wegen des schlechten Wetters abbrechen mussten. Während des Gesprächs fällt mir auf, dass es eigentlich lustig ist, dass das schwedische Wort für „nass" ganz ähnlich klingt wie das deutsche Wort „blöd". Es wird auch fast genauso geschrieben, bloß mit einem „t" am Ende. Die Jäger müssen darüber ebenfalls lachen. Zwei von ihnen können sogar ein bisschen Deutsch und wir haben für eine Weile sehr viel Spaß dabei, uns über die oft witzigen und manchmal verblüffenden Ähnlichkeiten zwischen den beiden Sprachen auszutauschen.

Tatsächlich gibt es im Schwedischen eine ganze Reihe von Wörtern, deren Bedeutung man sich vom Deutschen sehr gut herleiten kann, auch ohne Schwedisch zu sprechen. Nur die Schreibweise ist ungewohnt: jaktgevär, jakthund, vandringstur, ryggsäck, rastplats, paus, kaffekanna… um nur einige wenige Begriffe zu nennen, die zur aktuellen Situation passen. Ob die Worte blöd und blöt mit ihren ganz unterschiedlichen Bedeutungen irgendetwas miteinander zu tun haben, weiß ich zwar nicht, aber was ich weiß, ist, dass ich wider Erwarten doch noch gut gelaunt in den Tag starte.

Der Weg führt über die Westseite des Önrun hinab, wo die Aussicht zwar noch immer nebelig verhangen ist, die Beeren und Blätter am Boden jedoch so farbenprächtig um die Wette leuchten, als wollten sie gegen den trüben Himmel aufbegehren. In Erwartung eines auch weiterhin grauen Tages bleibe ich vorsorglich eine Weile stehen und vertiefe mich in die bunten Bilder, die der Herbst auf die Bergflanke und weiter unten in den Sumpf gemalt hat.

Es regnet ohne Unterlass. Egal ob Jacke, Hose, Rucksack oder das Knäckebrot in meiner Hand, heute ist alles blöt. Und die schmatzend matschigen Wege durch den Morast sind sogar gleich doppelt blöt – nicht nur von oben, sondern auch von unten. Ich bin froh, als ich endlich wieder festen Waldboden unter den Füßen habe. Zwar gibt es auch hier reichlich Wasser, aber ein bisschen mehr gesammelt in Bächen und Flüssen statt überall schwammartig in der Erde verteilt. Noch weniger blöt läuft es sich auf Schotter, und der Gipfel an Komfort begegnet mir am Nachmittag mit einem längeren Stück Asphalt.

Ein weiteres Luxus-Highlight meines Tages ist eine Verschnaufpause im Trockenen. Am Ortseingang des Dorfes Finnsäter steht neben einem Wanderparkplatz eine kleine Bretterbude. Zuerst halte ich das Ding für ein Plumpsklo. Doch nein, hinter der Tür verbirgt sich ein Abstellraum für allerlei Gerümpel: ausrangierte Möbel, eine gesprungene Fensterscheibe, ein Stapel Teller, eine stehengebliebene Uhr und eine Urkunde von 1997, die an Finnsäters goldene Zeiten erinnert, als es den Sieg als Dorf des Jahres davontrug. Das Arrangement lädt nur begrenzt zum Verweilen ein. Doch wenn dies der einzige trockene Ort der Etappe ist, dann muss ich ihn wohl nutzen. Ich klemme mich also zwischen verwitterte Gartenstühle, ein altes Grillrost und das Dorf-Diplom und kaue auf einem durch die Kälte hart gewordenen Schokoriegel herum.

Später im Weiterlaufen träume ich mich weit weg und habe kaum noch einen Blick für die Landschaft. Daher gibt es über die nächsten paar Stunden nicht viel zu erzählen und ich springe direkt vierzehn Kilometer weiter bis zu dem Punkt, wo ich an irgendeinem nassen Waldrand mein Zelt aufbaue. Während ich drinnen Ordnung schaffe und mich umziehe, stelle ich fest, dass so gut wie alles blöt ist und dass blöt ganz schön blöd ist, egal ob an Kleidung, Brillengläsern, Kaffeepulver oder Haferkeksen. Doch zum Glück ist es eben nur blöd und nicht wirklich schlimm, denn irgendwann werde ich wieder trocken sein – vielleicht sogar schon morgen.

Der Sonnenaufgang über meiner Lichtung ist sehr wohlwollend interpretiert als guter Anfang zu werten. Außerdem wachsen um mein Zelt herum zur Abwechslung mal keine Birken, sondern tatsächlich Buchen, das war mir gestern in der Dämmerung gar nicht aufgefallen. Es ist zwar nur die mittelschwedische Miniversion, denn richtig große Exemplare gibt erst in Südschweden, und davon bin ich weit entfernt, doch die kleinen Bäumchen zeigen zumindest an, dass der ganz raue Norden pünktlich zu Herbstbeginn hinter mir liegt.

Zurück auf der Landstraße haben Himmel und Asphalt noch immer ungefähr dieselbe Farbe, doch wenigstens regnet es nicht. Ich laufe an einem Wegweiser nach Frankrike vorbei, das schwedische Wort für Frankreich. Es sind nur 28 Kilometer. Beim Betrachten meiner blaugefrorenen Hände muss ich innerlich laut loslachen. Wie kommt man nur auf die Idee, einen Ort mitten in dieser Nadelwaldwildnis so zu nennen? Ich frage mich, ob es in Frankrike wärmer ist als hier. Doch da mein Weg in eine andere Richtung führt, habe ich keine Gelegenheit, das herauszufinden und muss mich stattdessen mit dem Dorf Kaxås begnügen.

Ein unbestreitbarer Pluspunkt für Kaxås ist, dass es dort einen Supermarkt gibt. Spontan bekomme ich Lust auf Mousse au Chocolat oder Croissant, nur leider hat der Laden absolut nichts Französisches zu bieten. Na gut, dann eben Italien. Das lässt sich mit Pizzabrötchen, einer Tüte Cantuccini und einem Espresso aus dem Automaten sehr leicht realisieren. Der Erfolg ist überwältigend: Anflüge von blauem Himmel über meinem Mittagstisch und ungefähr eine halbe Stunde lang die Sonne im Gesicht. Für mehr reicht es nicht, doch sehe ich ein, dass sich mediterrane Illusionen auf dem 63. Breitengrad beim besten Willen nicht dauerhaft erzeugen lassen, dafür ist die nordische Sumpf- und Nadelwaldlandschaft beidseits der Straße einfach zu dominant.

Gegen Abend erreiche ich den St. Olavsleden, einen Pilgerweg, der von Sundsvall bis nach Trondheim führt. So weit folge ich ihm zwar nicht, aber für die nächsten vier bis fünf Tage wird er mich begleiten. Ich finde eine Lichtung am Wegesrand, die gerade groß genug ist für mein Zelt. Genau rechtzeitig, denn kaum, dass ich den Reißverschluss zugezogen habe, prasselt ein kräftiger Schauer auf die Plane.

Als ich aufwache, habe ich das Gefühl, gegen hellen Sonnenschein anblinzeln zu müssen, und das stimmt tatsächlich. Zwar muss ich auch ein paar bunte Herbstblätter von der Plane sammeln, doch die Wärme reicht locker aus, damit mein Krempel endlich trocknen kann.

Mein nächstes Pilgerziel ist der Supermarkt in Mörsil. Hier gibt es immerhin Croissants und Weintauben, wenn auch immer noch nicht die heißersehnte Mousse au Chocolat, die mir irgendwie nicht mehr aus dem Kopf gehen will. Doch bekomme ich schon morgen eine neue Chance. Das goldene Zeitalter der Supermärkte ist angebrochen. Ich befinde mich nämlich im Tal des Indalsälven, einer für jämtländische Verhältnisse dicht besiedelten Region.

Manchmal muss ich Bahnschienen oder Schnellstraßen überqueren, zum größten Teil jedoch ist der Weg einsam und waldig mit ein paar Wiesen und Weiden zwischen den Bäumen. Als sich hinter einem Strauch ein dickes, braunes Fellwesen hin und her bewegt, schrecke ich mächtig zusammen und glaube für einen kurzen Augenblick, meinen ersten Bären in freier Wildbahn getroffen zu haben. Aber zum Glück guckt dann doch nur ein freundliches, Gras mampfendes Hochlandrind zwischen den Blättern hervor.

Am nächsten Morgen ist es so weit: Im Supermarkt in Järpen bekomme ich im dritten Anlauf meine Mousse au Chocolat. Danach gibt es wieder jede Menge Wald und Wasser, mit dem Unterschied, dass der Indalsälv heute deutlich wilder vor sich hinströmt als gestern in den stillen Buchten kurz hinter Mörsil. Nur einzelne, besonders dicke Sonnenstrahlen schaffen es durch das üppige grüne Dach der dichten Fichtenzweige über meinem Kopf. Über dem Fluss jedoch ist der Himmel knallblau und ein lebhaftes Funkeln ziert die spritzenden und schäumenden Wellen. Der Wasserfall Ristafallet, an dem mein Pfad ganz dicht vorbeiführt, ist nicht irgendein x-beliebiges Naturschauspiel in einer x-beliebigen Landschaft – eigentlich heißt er Glupafall und die Bäume drum herum bilden den Mattiswald. Hier nämlich wurden Teile der Ronja-Räubertochter-Verfilmung von 1984 gedreht.

Oberhalb des Ristafallet hat man zum einen eine schöne Aussicht über das Reich der Graugnome, Wilddruden, Rumpelwichte und Dunkeltrolle, zum anderen gibt es einen Campingplatz. Der allerdings wirkt so leer und verwaist, dass ich zunächst annehme, er sei herbstbedingt bereits geschlossen. Dann aber wird, wie so oft beim Wandern, doch noch alles gut: An der Tür zur Rezeption hängt eine Telefonnummer. Tatsächlich geht jemand ran und tatsächlich darf ich hier zelten. In einem kleinen roten Häuschen gibt es warmes Wasser und Strom und ich habe die ganze Zeltwiese für mich allein. Die Nachsaison hat begonnen. Und falls Ronja und Birk hier irgendwo in der Nähe sein sollten, dann fangen sie vermutlich langsam an, sich zu fragen, ob sie den Winter in der Bärenhöhle überstehen können.

Am nächsten Morgen geht es noch ein kleines Stück weiter durch den Mattiswald. Dann verdrängen die sich mehrenden Zeichen der Zivilisation den märchenhaft-verwunschenen Charakter. Unterquerungen von Bahnschienen mögen, sofern sie ausreichend zugewuchert sind, noch halbwegs ins Bild passen, doch spätestens an der E14 verliert sich jede Ronja-Assoziation und ich erkläre den Mattiswald für beendet. Eigentlich hatte ich ihn mir grösser vorgestellt. Aber in Büchern und Filmen ist eben alles ein bisschen anders als in der Wirklichkeit. Deshalb guckt beziehungsweise liest man sie ja.

Heute muss ich eine ganze Menge Asphalt treten und fast die ganze Zeit sind irgendwo Häuser zu sehen. Einsam wandern geht anders, doch landschaftlich hat die Gegend trotzdem einiges zu bieten. Blickt man den Indalsälv hinauf, so öffnet sich der Blick auf ein herrliches Bergpanorama, nicht selten mit hübschen Spiegeleffekten im Wasser.

Nachmittags erreiche ich das Städtchen Åre, einen berühmten Wintersport- und Skiort mit langer Tradition. Hier wurde 1940 der erste Sessellift Schwedens eröffnet. Seit einigen Jahren versucht man, indem man die Hänge für Mountainbikes freigibt, auch im Sommer Touristen anzulocken, was zu funktionieren scheint. Zwar hat Åre rund um eine alte Kirche auch noch wenige verschwiegene Ecken, besteht ansonsten jedoch größtenteils aus Cafés, Restaurants, Hotels, Sportgeschäften und entsprechend vielen Menschen. Alles wirkt sehr sauber und dadurch etwas künstlich, wie eine sterile Playmobil-Stadt. Jeden Tag bräuchte ich so eine Atmosphäre nicht, doch als kurzes Intermezzo kann ich die Vorzüge von ein bisschen Rummel ganz gut genießen. Burger und Pommes hatte ich wirklich lange nicht mehr und hinterher gibt es sogar noch ein Eis.

Frisch gestärkt lasse ich Åre hinter mir zurück. Nachdem ich von der E14 abgezweigt bin, stehe ich rasch wieder im Wald, beinah als wären Burger und Pommes nie gewesen. Die tiefstehende Sonne schimmert durch die Zweige und dicke Fichten ragen in den Himmel. Bald wird der Indalsälv wieder lauter und schließlich taucht der wild tosende Tegeforsen auf. Ohne Schwierigkeiten gelangt man bis nahe an die Kante, von der sich der Wasserfall hinabstürzt, und kann über die Fluten hinweg ins Abendrot hineingucken. Die aufspritzenden Tropfen glitzern wunderschön im Licht der letzten Sonnenstrahlen. Erstaunlicherweise ist der Fluss wenig später an meinem Schlafplatz schon wieder so ruhig, dass ich noch kurz schwimmen gehe, wobei ich eine gewisse Sehnsucht nach der warmen Dusche gestern auf dem Campingplatz nicht ganz unterdrücken kann.

Morgens weckt mich ein zwar leuchtender, aber doch schon so herbstlich verhaltener Sonnenaufgang über meiner Badestelle, dass ich es beim besten Willen nicht schaffe, noch einmal ins Wasser zu springen. Lieber beginne ich den Tag mit einem heißen Kaffee. Während ich die dampfende Tasse in den Händen dem Fluss lausche, verzieht sich der Frühnebel, und nachdem ich zusammengepackt habe, glitzert der Indalsälv absolut überzeugend im Sonnenschein. Es verspricht ein warmer und heller Tag zu werden.

Nach wenigen Kilometern gelange ich in den Ort Duved. Mein vierter Tag auf einem Pilgerweg und ich war noch in keiner Kirche. Das werde ich hier und jetzt ändern. Die Kirche von Duved, ein auffälliger weißer Holzbau im neugotischen Stil, ist zwischen den kleinen Häuschen kaum zu übersehen. Der Innenraum ist schlicht, aber dennoch feierlich gestaltet mit viel Liebe zum Detail. Eine Weile stehe ich unter den weiß geschnitzten Gewölben und den goldenen Kronleuchtern und schaue auf den von fünf hohen Fenstern umgebenen, lichtüberfluteten Altar. Dann heißt es Abschied nehmen vom St. Olavsleden, den ich kurz hinter Duved verlasse.

Stattdessen begleitet mich heute sehr intensiv die E14. Nur selten kann ich mal ein kurzes Stück auf kleinere Wege ausweichen, das meiste ist Asphalt. Mein Ziel ist das etwa fünfzig Kilometer entfernte Storlien, wo ich übermorgen meinen Freund Christoph treffen werden, um eine Woche mit ihm gemeinsam unterwegs zu sein. Aber trotz Vorfreude sind fünfzig Kilometer Straße eine ganze Menge. Manchmal werde ich gefragt, was ich beim Wandern eher langweiliger Teilstücke den ganzen Tag über tue, um beim Gehen nicht einzuschlafen. Meistens träume ich ein bisschen vor mich hin, das funktioniert auch, während man wach ist. Gleichförmige Strecken, wo man sich auf nichts anderes konzentrieren muss, als einen Fuß vor den anderen zu setzen, können sehr kontemplativ sein. Man kann die Fichten zählen und die Blumen am Straßenrand betrachten, ab und zu eine gute Tat vollbringen, indem man Raupen oder Käfer von der Fahrbahn rettet, oder beobachten, wie sich Sonne, Baumkronen und Wolken in den Seen neben der Straße spiegeln.

Falls all das immer noch nicht reicht, um dem Tag einen Sinn zu geben, dann kann man versuchen, ihn durch die Erfindung neuer physikalischer Einheiten so zu strukturieren, dass sich die zurückzulegende Strecke möglichst angenehm anfühlt. Für mich gilt heute: 7 Kilometer = 1 Zimtschnecke. Das heißt alle sieben Kilometer verlagert sich eine der drei Zimtschnecken, die ich vorhin in Duved gekauft habe, von meinem Rucksack in meinen Bauch. Zwar laufe ich eigentlich nicht nur drei, sondern dreieinhalb Zimtschnecken, doch nachdem mein Vorrat aufgebraucht ist, muss ich mich wohl oder übel das letzte Stück wieder in Kilometern statt in Zimt vorwärtsschnecken.

Am nächsten Tag wühle ich eine neue physikalische Einheit aus meinem Proviantbeutel hervor: sechs bunte Lollis in blau, grün, gelb, orange, rot und lila. Einer davon entspricht exakt 3,997 Kilometern. Doch da ich nicht gern mit krummen Zahlen rechne, runde ich großzügig auf vier. Ich werde heute den kompletten Regenbogen abarbeiten, also alle sechs Lollis laufen, die ich dabeihabe, umgerechnet knapp 24 Kilometer.

Während der ersten zwei Lollis ist die Gegend noch eher flach und genau wie gestern eignet sich die E14 bestens zum Fichten zählen. Ab Lolli drei tauchen in der Ferne Berge auf und die Landschaft wird abwechslungsreicher. Die Sonne lässt sich Zeit, bis sie mal richtig rauskommt. Erst kurz vor Lolli vier lockert die Bewölkung endgültig auf. Prompt fange ich an zu bummeln und finde ein paar schöne Wege neben der Straße beziehungsweise neben der Bahnlinie, die parallel zur E14 verläuft und auf der gelegentlich mal ein Güterzug vorbeirattert.

Die Lollis vergehen wie im Flug. Als ich gegen halb sieben den letzten aufgegessen habe, ist die Sonne kurz davor, hinter der gezackten Waldsilhouette neben der Straße zu versinken. Ich biege auf einen schmalen Pfad ab, der irgendwo zwischen den Bäumen verschwindet. Nach einigen hundert Metern finde ich einen Bach, wo ich mir die Grundlage für meine Tütensuppe zapfe, und wenig später einen gemütlichen Schlafplatz auf weichem Moos.

Am nächsten Morgen kann ich mir viel Zeit lassen, denn es sind nur noch zwei Lollis bis nach Storlien. Zwar werde ich, da ich keine Lollis mehr habe, stattdessen Kilometer laufen müssen, doch auch das sollte schnell erledigt sein. Ich strecke also erst einmal die Beine in den blauen Himmel und trockne in aller Ruhe das Zelt. Heute Abend wird es, da ich im Hotel übernachte, im Rucksack bleiben, also will ich es nicht nass einpacken.

Der Weg nach Storlien beginnt mit ein paar hübschen Pfaden zwischen Birken- und Fichten. Die Blätter sind schon mächtig gelb. Trotzdem habe ich noch einmal das Gefühl von beinah sommerlichem T-Shirt-Wetter. Die Sonne scheint hell durch die Zweige und ich spüre ihre wärmenden Strahlen auf der Haut. Manchmal zwitschert ein Vogel oder es raschelt im Geäst. Ansonsten ist es ganz still, zumindest bis ich wieder auf der Straße bin. Doch auch hier ist nicht allzu viel los. Es leuchten die Herbstfarben und als vielversprechende Aussicht auf die nächsten Tage öffnen sich immer wieder herrliche Blicke aufs hohe Fjäll.

Christoph kommt erst am späten Nachmittag in Storlien an. Ich dagegen erreiche schon gegen Mittag den Ortseingang. Ein bisschen Zeit muss ich also noch rumkriegen, doch die Antwort auf die Frage womit, fällt mir angesichts des riesigen, kastenförmigen Einkaufszentrums „Fjell Handel" nicht allzu schwer.

Essen natürlich, was sonst?! „Fjell" ist die norwegische Schreibweise für „Fjäll". Ich vermute sie wurde aus Gründen der Kundenorientierung gewählt. Die Nummernschilder auf dem Parkplatz zumindest sind mal wieder zu beinah 100% norwegisch.

Nachdem ich meinen Rucksack in einen der überdimensionierten Einkaufswagen hineingewuchtet habe, wirkt er nur noch wie ein kleines Handtäschchen. Drinnen angelangt, verstehe ich sofort, weshalb man in diesem Laden so viel Stauraum vor sich her schieben muss: Ob Käse, Nudeln, Tee, Waschpulver, Ketchup, Kekse oder Schokolade – so gut wie alles, was man hier kaufen kann, gibt es nur in gigantischen Verpackungsgrößen. Irgendetwas in kleinen Mengen zum Sofortverzehr zu finden, ist gar nicht so leicht. Nach einigem Suchen entscheide ich mich für zwei Croissants, ein Stück Lachs und ein Stück Käse.

Neben dem Parkplatz setze ich mich auf ein kleines, mit Schottersteinchen vermengtes Fleckchen Grün, das der Fjell Handel vom Fjäll noch übriggelassen hat. Nachdem ich gegessen und eine Weile im Sonnenschein vor mich hin gedöst habe, mache ich mich auf den Weg zum Bahnhof. Abgesehen von den Dingen in den Regalen und auf den Wühltischen des Supermarktes ist in Storlien nichts wirklich groß, aber das macht nichts. Wesentlich ist: Ich treffe Christoph, wir finden unser Hotel und es gibt dort sogar ein gutes Restaurant, um auf einen gelungenen gemeinsamen Tourstart anzustoßen.

Wenn man morgens aus dem Fenster guckt und die Welt in einer grauen, regnerischen Nebelsuppe verschwimmt, dann weiß man, warum die Schweden gern frische Waffeln mit Marmelade und Schlagsahne frühstücken. Hinterher ist man unter Garantie glücklich genug, um so ziemlich jedes Mistwetter ohne schlechte Laune ertragen zu können. Mit anderen Worten: Wir sind froh, diesen Tag am Hotelbuffet zu beginnen und auch nachdem wir endlich losgegangen sind, schaffen wir erstmal nur ein paar hundert Meter, bis wir beschließen, das Wetter mit einem zweiten Frühstück im Café des Einkaufszentrums weiter auszusitzen.

Wenn man lang genug wartet, wird mit Kaffee und Waffeln alles gut. Zumindest hört es auf zu regnen und die Welt sieht gleich nur noch halb so ungemütlich aus. Also los, bevor es wieder anfängt und wir den nächsten Vorwand für noch mehr Kaffee und Waffeln gefunden haben. Zwar bleibt es kühl und herbstlich, doch wenn man erstmal in Bewegung und im Wanderrhythmus ist, fühlt sich das gar nicht mehr so schlimm an. Der Himmel ist grau und die Bäume sind zum Teil schon kahl, der Boden aber leuchtet wie immer in prächtigen Farben. Felsen, Wald, Sumpf und weiter Blick. Von allem etwas, doch Sumpf gibt es entschieden am meisten und das Vorankommen ist streckenweise recht mühsam. Wegen nasser Füße und der morgendlichen Waffelverzögerung kommen wir nicht sehr weit und schaffen den Aufstieg aufs Fjäll heute noch nicht.

Am nächsten Morgen jedoch steigt der Weg sehr bald deutlich an und es dauert nicht lange, bis wir die Baumgrenze hinter uns lassen. Hier gibt es nur noch Gestrüpp, steinigen Boden und wilden Himmel mit ziemlich viel Wind. Es kostet ordentlich Kraft, sich beim Bergaufgehen dagegen anzustemmen. Der Wind nimmt weiter zu und vielgestaltige Wolkenbilder fegen über uns hinweg. Manchmal kommen ein paar Sonnenstrahlen durch und dennoch bleibt die Landschaft schroff und abweisend. Ebenso wunderschön wie stolz und unnahbar blicken die Berge auf uns herab, als wollten sie sagen. „Kommt bloß nicht näher." Es fühlt sich ein bisschen so an, als liefe man auf eine Kante zu, hinter der die Welt entweder einfach zu Ende ist oder so weit und groß wird, dass man sich darin wie ein Blatt im Sturm für immer verliert.

Doch weder das eine noch das andere passiert: Wir fallen in keinen Abgrund und wir werden auch nicht weggeweht. Stattdessen landen wir in Blåhammaren, mit 1086 Metern Schwedens höchstgelegene Fjällstation. Innen gemütliche

Hüttenstimmung, draußen rüttelt der Sturm an Türen und Fenstern und lässt die Bretterwände ächzen. Jetzt im Zelt zu liegen, wäre sicher kein Spaß. Wie gut, dass wir bequem im Warmen sitzen und aus dem Fenster auf die zerzauste Landschaft hinausgucken können, auf die sich allmählich die Dämmerung herabsenkt.

Am nächsten Morgen hat sich das Wetter beruhigt. Zwar wandern wir laut Vorhersage in einen ordentlichen Regen hinein, aber da nachher wieder eine Fjällstation auf uns wartet, wäre nasswerden halb so schlimm, und zunächst sieht es auch gar nicht danach aus. Heute säuselt nur eine sanfte Brise durch Gestrüpp und Heidekraut, der Himmel wirkt freundlich und ein weißes Rentier läuft sehr fotogen um einen kleinen Teich herum und spiegelt sich im Wasser.

Der Weg, den wir aktuell gehen, heißt Jämtlandstriangeln. Es ist ein Dreieck, das die Fjällstationen Blåhammaren, Sylarna und Storulvån miteinander verbindet. Wir wollen das ganze Dreieck laufen, werden also am Ende wieder in Blåhammaren landen. Es ist das erste Mal auf meiner Tour quer durch Schweden, dass ich einen Rundweg gehe, denn einen Wanderklassiker wie die Jämtlandstriangeln möchte ich mir auf keinen Fall entgehen lassen.

Klar ist man auf einer so beliebten Strecke nicht völlig allein, auch gegen Ende der Saison ist noch einiges los, und damit meine ich nicht nur die Rentiere, wir treffen auch ein paar andere Wanderer. Zum Beispiel drei lustig aufgelegte, rüstige Rentner aus Stockholm, mit denen wir in einer Rasthütte zusammen Kaffee kochen, uns lange unterhalten und viel lachen. Außerdem bekomme ich ein Smörgås mit Ei und Kaviarcreme geschenkt – sehr schwedisch und sehr lecker! Kaviarcreme aus der Tube ist in Schweden ein üblicher Brotaufstrich. Der intensiv-salzige Geschmack ist ein wenig gewöhnungsbedürftig, aber ich finde, dass er zu einigen Dingen, zum Beispiel Ei, sehr gut passt.

Nach unserer ausgedehnten Pause zieht sich der Himmel rasch zu und wir müssen ein Stück in strömendem Regen zurücklegen. Doch jeder Regen geht vorbei, irgendwann pladdert das Wasser nicht mehr von oben auf unsere Kapuzen, und als wir uns der nächsten Fjällstation nähern, ist die Sicht wieder so klar, dass sogar der schroffe Gipfel des Sylarna, der den ganzen Weg über im Nebel lag, endlich aus den Wolken guckt. Nass sind wir trotzdem und daher froh, ein festes Dach über dem Kopf zu haben und unsere Sachen aufhängen zu können. Nach einem warmen Abendessen haben wir den Regen bald vergessen und sind uns einig, dass es ein guter Tag gewesen ist.

Zum Frühstück gibt es Waffeln mit Blaubeermarmelade und vorm Fenster fegen Sturmböen und Schneeregen vorbei. Da fällt die Wahl zwischen drinnen und draußen nicht allzu schwer und wir beschließen, einen Pausentag einzulegen. Christoph ist relaxt genug, wirklich auszuruhen, während ich es natürlich nicht lassen kann, wenigstens einen kurzen Ausflug zu unternehmen.

Die Landschaft hüllt sich in düsteres Zwielicht. Nur hier und da dringt ein schwacher Sonnenstrahl durch die Wolkendecke, so dass die Berghänge in der Ferne kurz aufglimmen wie Funken in kalter Asche. Über das Fjäll weht ein eisiger Wind und mit allen Sinnen spüre, rieche, sehe, schmecke und höre ich den ersten Schnee. Die Flocken bleiben zwar noch nicht liegen, sind aber trotzdem unübersehbar. Sie springen mir buchstäblich direkt ins Auge beziehungsweise in den Bart und eigentlich ins ganze Gesicht.

Bis auf den Gipfel des Sylarna hinaufzuklettern, wäre heute zu gefährlich. Im Übrigen würde sich die Aussicht dort oben ganz genauso wie hier unten auf den Schnee direkt vor meiner Nase beschränken. Bevor ich umkehre, sehe ich mich noch einmal um: Es gibt nur mich, den eisigen Wind und das Stück Erde, auf dem ich stehe. Der Rest der Welt verliert sich zu allen Seiten in dichten Nebelschwaden. Der Boden unter mir fühlt sich auf eine merkwürdige Weise beweglich an und es kommt mir vor, als flöge ich auf einer unendlichen grau-braun gemusterten Patchwork-Decke aus herbstlich gefärbtem Moos und schroffem Gestein durch Zeit und Raum.

Während ich den Pfad zurückwandere, träume ich sehnsüchtig von einem heißen Kaffee und einem Stück Schokokuchen. Manchmal muss man gar nicht viel tun, damit Träume wahr werden. In diesem Fall wenigstens reicht es aus, eine gute Stunde lang einen Fuß vor den anderen zu setzen, ein bisschen Kälte aushalten und schon ist es so weit. Im Café der Fjällstation gibt es alles, was mein Herz derzeit begehrt. Ich lese ein bisschen, unterhalte mich viel mit Christoph und bewege mich kaum noch von meinem bequemen Sessel weg. Ein perfekter Ruhetag, um Energie zu sparen und Kraft zu sammeln für die vier einsamen und vermutlich recht winterlichen Wochen Fjäll-Endspurt, die mir noch bevorstehen.

Am nächsten Morgen ist die Landschaft wie verwandelt. Die Luft ist klar und der Sylarna zeigt sich in seiner ganzen Pracht. Unter sonnigem Himmel und mit einem goldenen Leuchten überzogen erscheint die Atmosphäre gleich viel einladender und wärmer. Kaum zu glauben, dass ich gestern Handschuh und Mütze tragen musste und trotzdem noch gefroren habe. Zwar liegt schon reichlich Herbstgeruch in der Luft, doch wenn man das Gesicht gegen die Sonne hält und die Augen schließt, fühlen sich die Strahlen noch fast sommerlich an. Von Schnee oder Regen keine Spur. Nur ein paar nette und manchmal ganz lustig geformte Schäfchenwolken werfen ihre Schatten auf die Berge. Manchmal entstehen dadurch faszinierende Bunt-Schwarz-Kontraste, die die ohnehin schon kräftigen Farben nur noch knalliger hervorstechen lassen. Dazwischen glitzern Bäche, und die Seen wirken wie blankpolierte Edelsteine. Wilde Flüsse und Rentiere kreuzen unseren Weg, der sich vor einem nahezu fototapeten-verdächtigen Hintergrund entlangschlängelt – fast ein bisschen zu schön, um echt zu sein.

Zwei volle Tage wandern wir durch traumhaftes Wetter. Erst als wir die Jämtlandstriangeln vollendet haben und von der Fjällstation Blåhammaren aus wieder in Richtung Storlien hinunterkraxeln, schlägt es um. Das Fjäll wechselt die Farbe von Bunt zu Braun – so schnell, dass wir beinahe zusehen können und plötzlich spüren wir die ungemütliche Seite des Herbstes in allen Gliedern. Ein kalter Wind zieht auf, eisiger Nieselregen peitscht uns ins Gesicht, die Felsen sind glitschig nass und das Vorwärtskommen ist anstrengend.

An trüben Tagen wird es bereits früh dunkel, und als wir endlich im Hotel in Storlien ankommen, hat die Dämmerung schon ganz schön zugeschlagen. Mit einem leckeren Abendessen im Restaurant lassen wir den Tag und auch unsere gemeinsame Tour gebührend ausklingen. Wir hatten eine tolle Zeit mit viel Spaß, herrlichen Naturerlebnissen und intensiven Gesprächen. Es wird sich ungewohnt anfühlen, morgen wieder allein weiter zu wandern.

Nach dem Frühstück bringe ich Christoph zum Bus und statte anschließend dem Einkaufszentrum „Fjell Handel" einen erneuten Besuch ab, denn ich brauche Proviant. Während ich auf einer Bank neben dem Parkplatz meine Tagesrationen im Rucksack verstaue, reißt der Himmel, der früh morgens noch trüb und grau war, endlich auf.

Auf demselben Weg, auf dem wir gestern abgestiegen sind, wandere ich wieder hoch ins Fjäll. Die Baumgrenze lasse ich rasch hinter mir. Die Landschaft ist kaum wiederzuerkennen. Ob der Himmel weit ist oder nicht, macht im wahrsten Sinne des Wortes einen himmelweiten Unterschied. Heute fühlt sich das Vorankommen kein bisschen mühsam an, und das, obwohl ich die Höhenmeter von gestern nun in umgekehrter Richtung wandere, also bergauf, und mein Rucksack obendrein auch noch mit neuem Vorräten vollgestopft ist.

Der Ausblick ist wunderschön und umso grenzenloser, je tiefer die Sonne sinkt. Im Schein der Abenddämmerung baue ich mein Zelt auf. Das Fjäll leuchtet still und verhalten vor sich hin und wirkt ganz und gar verzaubert. Ich verkrieche mich im Schlafsack und schaue verträumt durch den offenen Eingang hinaus. Noch vier Wochen, dann schlafe ich wieder im Bett. Natürlich wird das wärmer und weicher sein als hier und trotzdem werde ich mich vermutlich schon bald nach den Nächten unter freiem Himmel zurücksehnen.

Als ich aufwache, rüttelt der Wind heftig am Gestänge und mit der Ruhe von gestern Abend ist es vorbei. Ich öffne den Reißverschluss und schiebe vorsichtig den Kopf nach draußen. Es rauscht und pfeift brüllend laut in meinen Ohren, die Wolken sehen wild aus und die Luft ist schneidend kalt. Zusammenzupacken und loszugehen, kostet heute jede Menge Überwindung, doch als ich erstmal in Bewegung bin, fühle ich mich besser.

Gegen Mittag laufe ich noch einmal am Sylarna-Massiv vorbei. Oben auf dem Pass hinter der Fjällstation liegt mir zum Abschied die gesamte Jämtlandstriangeln zu Füßen. Man kann bis nach Blåhammaren und Storulvån gucken. Ich stelle den Rucksack ab und verschnaufe. Für längere Pausen ist es definitiv zu eisig, doch bei diesem Ausblick muss ich kurz innehalten. Dann tauche ich hinter den Pass hinab, lasse die Berge der letzten Woche hinter mir und vor mir beginnt das Helagsfjäll.

Nun bin ich endgültig auf dem Weg angelangt, der als südlicher Kungsleden bezeichnet wird, wobei manchmal auch die Jämtlandstriangeln dazu zählt. Der südliche Kungsleden ist deutlich weniger bekannt als der nördliche, auf dem ich vor ein paar Wochen gewandert bin. Erst recht um diese Jahreszeit ist es hier wirklich einsam. Mir bläst ein kräftiger Herbststurm entgegen und die Wolken nehmen immer bizarrere, manchmal fast bedrohliche Gestalt an. Wie riesige düstere Walzen rollen sie über die Berggipfel hinweg und der Boden darunter leuchtet nicht mehr warm, sondern hat einen silbrig klirrenden Glanz angenommen. Meine Schritte klingen dumpfer und beim

Fixieren der flatternden Zeltplane mit den Heringen kommt mir die Erde fester vor als gestern. Jedenfalls muss ich mich ganz schön abmühen, um mein kleines Häuschen zum Stehen zu bringen.

Mein Blick hinaus geht auf den Helags, mit 1797 Metern immerhin der höchste schwedische Berg südlich des Polarkreises. Doch habe ich den Ort für mein Nachtlager nicht nach ästhetischen Gesichtspunkten, sondern vielmehr unter Windschutzaspekten ausgewählt, denn nachts soll es noch stürmischer werden, als es jetzt bereits ist. Ich stehe in der Biegung eines Flusses auf etwas erhöhtem Ufer im Schatten einiger kleiner Hügel. Ob sie das Gröbste abhalten können, weiß ich nicht, doch bin ich zuversichtlich, denn es grasen Rentiere in der Nähe und die wissen meist ziemlich genau, wo man sich unter welchen Bedingungen im Fjäll am besten aufhalten sollte.

Und tatsächlich, die Rentiere haben Recht, der Zeltplatz ist perfekt, um eine stürmische Nacht gut zu überstehen. Ich schlafe gut und morgens beim Aufwachen ist alles wieder ruhig. So ruhig, dass ich neben mir den Bach plätschern höre. Dieses Geräusch hatte der Wind gestern völlig verschluckt.

Als ich losgehe, funkeln zwischen den Frühnebelschwaden ein paar Sonnenstrahlen hindurch. Kurzzeitig habe ich die Hoffnung, dass mich mein Weg doch nicht, so wie angesagt, den ganzen Tag durch Regen führen wird. Doch leider nein, die Wettervorhersage stimmt. Es bleibt bei einigen wenigen Sonnenminuten, dann beginnt es zu pladdern. Zwischendurch nieselt es, dann schifft es, plästert, prasselt oder schüttet. Heute fällt viel Wasser vom Himmel, und zwar auf jede erdenkliche Art.

Nach einigen Kilometern überquere ich die mit einem windschiefen Schild markierte Grenze nach Härjedalen. Die Region gehört inzwischen zu Jämtland, war aber früher mal eine eigene Provinz. Mit weniger als einem Einwohner pro Quadratkilometer ist sie die bevölkerungsärmste Gegend Schwedens.

Härjedalen hat keine einzige größere Stadt, dafür jedoch umso mehr spektakuläre Landschaft zu bieten. Schade nur, dass heute kaum etwas davon zu sehen ist.

Der Helags versteckt sich unter einer Wolkendecke, die umso dichter wird, je näher ich komme. Der Wegweiser zum Gipfel zeigt geradewegs in eine undurchdringliche Nebelsuppe hinein. Ich nehme nicht den Pfad dort hinauf, sondern lieber den in Richtung der zum Berg gehörenden Fjällstation. Das aktuelle Wetter eignet sich nämlich bedeutend besser für einen Schokokuchen als für eine Gipfelbesteigung.

Als ich das gemütlich warme Café wieder verlasse, regnet es noch immer. Schritt für Schritt steige ich vom Helagsfjäll hinab in Richtung Ljungdalen. Ich platsche durch ein paar zum Teil beeindruckend große Pfützen und wate durch den einen oder anderen über die Ufer getretenen Bach. Nasswerden gehört an Tagen wie diesen einfach dazu. Sich darüber aufzuregen, wäre völlig sinnlos. Stattdessen freue ich mich lieber darüber, dass das Café der Fjällstation so kurz vor Saisonende noch geöffnet hatte, ich eine Weile im Trockenen sitzen konnte und es sogar Sahne zum Schokokuchen und neben Kaffee auch noch Kakao gab. In meiner aktuellen Situation fühlt sich das alles keineswegs selbstverständlich, sondern nach sehr viel Luxus an.

Bis in den kleinen Ort Ljungdalen schaffe ich es heute nicht mehr. Doch gelingt es mir immerhin tiefer in den Birkenwald zu kommen, wo der Himmel endlich ein wenig aufreißt und sich die herbstlichen Baumkronen so intensiv auf der Oberfläche eines kleinen Sees spiegeln, dass das Wasser beinah golden erscheint. An meinem Schlafplatz, verborgen zwischen Bäumen, ist es viel ruhiger als gestern. Im Augenblick regt sich kein Windhauch. Zu hören ist nur das sanfte Tröpfeln von Blatt zu Blatt. Ansonsten ist es vollkommen still.

Morgens stoße ich rasch auf einen Schotterweg, der mich hinunter nach Ljungdalen führt. Vorgestern gegen den Wind, gestern gegen den Regen und heute wandere ich endlich wieder gegen die Sonne, dazu auch noch bergab. Besser geht's nicht! Der Supermarkt ist genau wie Ljungdalen selbst zwar eher klein, doch finde ich alles, was ich für die nächsten Tage brauche. Den heißersehnten Luxus für sofort gönne ich mir in Form von frischem Obst, einer Flasche Orangensaft und mehreren Käsebroten. Es gehört zu den schönsten Erfahrungen beim Langstreckenwandern, dass man in Dingen, die man sonst für selbstverständlich hält, etwas Besonderes sehen lernt. Leider befürchte ich, dass ich diesen wertschätzenden Blick nach meiner Rückkehr wieder verlieren werde. Doch wer weiß, vielleicht kann ich ja doch ein klein wenig davon bewahren. Darüber, wie ich das anstellen könnte, muss ich, während ich Ljungdalen hinter mir zurücklasse, noch eine ganze Weile nachdenken. Doch komme ich zu keinem richtigen Schluss und irgendwann beschäftigt sich mein Kopf wie von selbst wieder mit anderen Dingen.

Die Landstraße, an der ich gerade entlangstapfe ist übrigens nicht irgendeine, sondern die höchstgelegene in ganz Schweden. Natürlich fängt sie nicht sofort hoch an, sondern windet sich ganz allmählich zwischen Fichten hinauf. Dann kommt Birkenwald, und schließlich ein herrlich weiter Blick über eine flache Hochebene, auf der nur noch höchstens kniehohe Sträucher wachsen und die von unzähligen Bächen, kleinen Flüssen, Teichen und Seen durchzogen ist. Nur die Wolken müssten für meinen Geschmack gar nicht so spannend aussehen. Doch bis in den späten Nachmittag hinein werfe ich meistens einen Schatten und das Wasser glitzert – beides eindeutige Zeichen für gutes Wetter.

Erst auf den letzten Kilometern frischt der Wind ordentlich auf, und kaum bin ich im Zelt, fallen die ersten Tropfen. Laut Wetterbericht soll es die nächsten zwei Tage beinahe ohne Unterbrechung regnen und ein kräftiger Südwind wird mir das Wasser mitten ins Gesicht pusten. Schöne Aussichten. Aber zum Glück führt Schwedens höchstgelegene Straße ja auch irgendwo hin. Nach Funäsdalen, um genau zu sein. Das schaffe ich zwar nicht morgen, aber übermorgen. Und weil ich dann vermutlich völlig durchgeweicht sein werde, zücke ich jetzt das Handy und buche mir kurzerhand ein Bett im Hostel. Es wird also zunächst alles blöt und dann alles gut werden.

Nachts prasselt es ordentlich auf die Plane, sieht jedoch morgens gar nicht so schlimm aus wie ich erwartet hatte. Immerhin kann ich im Trockenen zusammenpacken. Das ist schon viel wert. Die Straße begrüßt mich ungemütlich, aber nicht hoffnungslos, denn in der Ferne sehe ich einen Hauch von Sonnenlicht unter den düsteren Regenwolken hindurchschimmern. Als dann trotzdem die ersten Tropfen fallen, beschließe ich, heute nicht nass zu werden, sondern stattdessen den Regen zu spüren. Das ist ein himmelweiter Unterschied. Beim Nasswerden ist man grimmig und schlecht gelaunt. Beim Regenspüren fühlt man sich lebendig und erfrischt.

Nach wenigen Kilometern erreiche ich den höchsten Punkt von Schwedens höchstgelegener Straße. 975 Meter steht auf einem Markierungsstein, der groß, kantig und grau in einen grauen Himmel ragt. Der Wind malt wilde Wellenmuster in die riesigen Pfützen auf dem Schotter und ich spüre sehr viel Regen. Die gute Nachricht ist: ab jetzt geht's bergab. Aus den weiten sumpfigen Flächen beidseits des Weges ragen immer mehr Bäume auf und schließlich bin ich zurück im Birkenwald. Hier unten ist der Wind gleich viel wärmer und auch schwächer und hin und wieder macht der Regen eine kurze Pause.

Je tiefer ich komme, desto mehr Fichten mischen sich als tiefgrüne Kleckse unter die gelben Birken. Sogar die Sonne tritt für einen winzigen Augenblick durch ein Wolkenloch hervor. Die meiste Zeit aber sind die Farben von dunstigem Grau kaschiert und die Landschaft gibt sich das Aussehen eines trüben Novembertages. Trotzdem ist das Wetter viel besser, als ich befürchtet hatte. Eigentlich bin ich kein Pessimist, doch manchmal ist es gar nicht schlecht, mit dem Schlimmsten zu rechnen, denn dadurch vergrößert sich die Möglichkeit für positive Überraschungen. Heute freue ich mich über jede trockene Rast am Straßenrand, egal wie kalt und zugig sie auch sein mag. Abends stelle ich fest, dass mein Rucksack samt Inhalt erstaunlich wenig nass geworden ist. Am Ende war der Tag gar nicht so blöt.

Die ganze Nacht über rütteln Wind und Regen kräftig am Zelt. Morgens sammele ich eine beachtliche Menge an gelben Blättern von der Plane und es kommt mir vor, als wäre der Herbst seit gestern Abend deutlich weiter als um nur zwölf Stunden vorangeschritten. Zurück auf der Straße spüre ich eine Menge Regen, doch da ich das Nasswerden weiterhin strikt ablehne, perlen die Tropfen einfach an mir ab wie am Gefieder einer wandernden Ente. Es ist nicht mehr weit bis in das Städtchen Funäsdalen. Und deshalb kann ich, Wetter hin oder her, kaum anders als gut gelaunt zu sein. Zum einen wegen der Aussicht auf eine trockene Nacht im Hostel. Vor allem aber, weil ich ziemlich genau mit dem Erreichen des Ortschildes die 4000 Kilometer knacke.

Funäsdalen ist mit knapp tausend Einwohnern eine der größten „Städte" in der Region Härjedalen. Es gibt eine Hauptstraße mit ungewohnt viel Verkehr, einen Supermarkt, ein paar Cafés, Restaurants und Läden mit Wander- und Skibekleidung. Wie immer nutze ich die Annehmlichkeiten der Zivilisation zum Einkaufen von Proviant, diesmal jedoch auch, um mir eine Jubiläumspizza zu gönnen: quattro formaggi, sozusagen ein Käse pro tausend Kilometer. Dann gehts den Berg hoch bis in meine Unterkunft, die etwas außerhalb der Stadt gelegen ist, praktischerweise genau in der Richtung, in die ich morgen weiterlaufen will.

North Mountain Lodge – naja, stimmt irgendwie: Berge sind von der Terrasse aus zu sehen und im Norden bin ich auch, daran lässt das Thermometer an der Hauswand mit zehn Grad Mittagshitze keinen Zweifel. Mein Zimmer hat durchs Fenster

Waldblick und was den Innenraum betrifft, sorge ich rasch für einen Nasser-Krempel-Blick. Ich freue mich über eine warme Dusche, wasche meine Klamotten, lade die Powerbanks und koche mir ein üppiges Abendessen. Kurzum, ich tanke Kraft für die fünfhundert Kilometer Schweden, die noch auf mich warten.

Am nächsten Morgen herrscht Frühnebel und der Waldblick hat sich in einen undurchdringlichen Weiße-Wand-Blick verwandelt. Doch die Wetterprognose ist gut, die Dunstschwaden lösen sich in Windeseile auf und kaum, dass ich gefrühstückt habe, scheint hell und warm die Sonne herein.

Draußen wartet ein goldener Herbsttag. Das erste Stück ist Straße, dann biege ich auf einen ruhigeren Schotterweg ab. Der Boden leuchtet orange, Wasser und Himmel blau. Es läuft sich leicht und ich bin so voller Energie, dass ich den Rucksack selbst bergauf kaum spüre. Unter einem Skilift entlang steigt mein Pfad mehrere hundert Meter steil an. Dann flacht er ab, schlängelt sich zwischen den letzten paar Birken hindurch und schließlich stehe ich wieder jenseits der Baumgrenze. Vor mir öffnet sich der für diese Landschaft typische weite Blick, den ich schon so oft erlebt habe und an dem ich mich trotzdem niemals sattsehen kann. Mal wieder nur Himmel, Erde und ich.

Ich bin zurück auf dem südlichen Kungsleden, den ich zugunsten der höchstgelegenen Straße Schwedens und ein bisschen Mountain-Lodge-Komfort für einige Tage verlassen hatte. Die Luft schmeckt frisch, das Wasser ist klar und bevor in ein paar Wochen der erste Schnee fällt, legt der bunte Teppich noch einmal richtig auf. Zwischen den Pflanzen stechen graue Felsen hervor, in der Ferne türmen sich neue Berge und davor schimmern silbern hingekleckst unzählige Seen.

Die Sonne steht inzwischen schon am frühen Abend recht tief. An trüben Tagen wirkt es manchmal, als wäre sie bereits untergegangen. An Tagen wie diesem jedoch taucht sie die Welt in ein magisch wirkendes Abendlicht. Manchmal entstehen dabei erstaunlich warme Farben, beinah feurig, ohne dass von dem Licht noch irgendeine spürbare Wärme ausginge. Ganz allmählich verblasst es und macht einem überwältigenden Sternenhimmel Platz. Noch steht Pegasus am Südhimmel, doch lange wird es nicht mehr dauern, bis Orion ihn ablöst.

Im Morgengrauen ist die Landschaft von Raureif überzogen und ich fröstele mächtig. Bei so blauem Himmel fällt der Start in den Tag trotzdem nicht schwer. Der Weg führt zwischen herbstlich überwucherten Felsen hindurch, bis ich schließlich die weiter unten gelegenen sumpfigen Flächen erreiche. Wenn man sich langsam beeilt, wechselt die Szenerie nicht so schnell. Man kann das langweilig finden, ich finde es luxuriös. Wann hat man schon mal genug Zeit, um all das Schöne zu entdecken, das man sonst so leicht übersieht. Sumpf zum Beispiel kann viel mehr als nur nasse Füße: wenn sich sonnendurchflutete Schäfchenwolken darin spiegeln, dann wird ein Haufen Matsch plötzlich richtig fotogen.

Nachmittags laufe ich stundenlang über eine dicht mit Kiefern bewachsene Heidelandschaft hinweg. Der blaue Himmel, der rote Boden und die grünen Baumkronen in der Mitte, das ist alles, was es hier gibt. Ein bisschen gedankenverloren setze ich immer einen Fuß vor den anderen, träume vor mich hin und fühle mich sehr reich und erfüllt. Ich betrachte die unterschiedlich geformten Kiefern, keine ist wie die anderen und mein Weg durchs Dickicht, der auf den ersten Blick eintönig wirken könnte, in Wahrheit sehr abwechslungsreich.

Abends lichtet sich der Wald und ich gelange an einen See. Genau wie gestern hüllt sich alles in ein zauberhaftes, weiches Zwielicht. Das passiert im Moment immer etwa von sechs bis halb sieben – meine magische halbe Stunde. Anschließend verblasst die Welt und wird dunkel und kalt. Doch inzwischen habe ich am Ufer mein rotes Häuschen aufgeschlagen und muss nur noch hineinschlüpfen.

Der nächste Tag beginnt regnerisch grau. Sumpf, See und Kiefernwald wirken wie verwandelt. Um meine Chance auf positive Überraschungen zu erhöhen, befürchte ich vorsorglich sehr unangenehmes Wetter. Und tatsächlich wird es auf diese Weise mal wieder viel besser als gedacht. Zumindest nicht so nass. Der Nieselregen hört nach einigen Stunden auf, nur der Wind weht hartnäckig weiter – je höher ich komme, desto stärker.

Ich wandere heute am See Rogen vorbei beziehungsweise hoch über ihn hinaus. Der Rogen liegt inmitten einer unberührten Wildnis aus Bergen und Wald, umgeben von unzähligen anderen Seen und Flüsschen voller Inseln und Halbinseln. Jenseits der Baumgrenze ist die Aussicht trotz des immer noch teilweise bedeckten Himmels überwältigend. Dafür lohnt es sich allemal, so weit hinaufzukraxeln und sich kräftig durchpusten zu lassen. Ich habe richtig Mühe, mich auf den Beinen und auf dem Pfad zu halten. Dass mich der Rucksack zwanzig Kilogramm schwerer macht, fühlt sich hier oben sehr beruhigend und ausnahmsweise sogar erleichternd an. Noch erleichterter aber bin ich, als es wieder abwärts geht und ich sozusagen über den Berg bin, raus aus den Felsen und zurück im Heidekraut zwischen den Kiefern. Hier unten ist der Wind deutlich schwächer und am nächstbesten Bach gönne ich mir eine Verschnaufpause.

Wenige Kilometer später ist Jämtland zu Ende und ich bin zurück in Dalarna. Der Blick über den Rogen war ein zwar stürmischer, aber auch wirklich furioser Abschied. So als habe sich Jämtland für ein paar letzte Fotos noch einmal richtig schön herausputzen und all seinen wilden Charme zur Schau stellen wollen. Dalarna begrüßt mich in der halben Stunde des magischen Abendlichtes mit einer rosig weiß gefleckten Bergkulisse – zum Glück noch kein Schnee, sondern helles Moos, das zwischen und auf den Felsen wächst, manchmal so weit das Auge reicht.

Als schließlich eine kleine Rasthütte auftaucht, ist es schon recht dämmerig und auch immer noch windig. Kein Vergleich zum Sturm drüben in Jämtland, aber ein festes Dach für die Nacht kommt mir trotzdem sehr gelegen. Ich mache es mir auf den ungefähr sechs Quadratmetern meiner kleinen Behausung mit zwei Holzpritschen an den Wänden, einem Kamin mit dickem Ofenrohr in der Mitte und einem winzigen Fenster gegenüber der Tür so gut es geht bequem. Für den Schöner-Wohnen-Preis reicht es nicht, aber es ist halbwegs warm und fühlt sich, spätestens als ich meinen abendlichen Topf Nudeln in den Händen halte, sehr gemütlich an. Zum Nachtisch habe ich mir ein Stück Schokolade aufgehoben, das mir, da ich es mir während der wirklich anstrengenden heutigen Etappe regelrecht vom Munde absparen musste, ganz besonders gut schmeckt. Satt und zufrieden krieche ich in den Schlafsack und sofort fallen mir die Augen zu.

Ich erwache, weil durchs Fenster helles Licht hereinscheint. Als ich die Tür öffne, strahlt mir ein herrlicher „Sommer"-Morgen entgegen. Mein Weg windet sich sonnenbeschienen bis ins Tal hinab, wo wieder Kiefern und Birken wachsen. Zwischen den Stämmen funkeln Seen hindurch, einer blauer als der andere und alle so klar, dass man bis auf den Grund sehen kann. Eine Weile sitze ich am Wasser und lausche in die Stille hinein. Die Wellen plätschern leise ans Ufer und das Laub wirbelt nicht wie gestern durch die Luft, sondern rieselt sanft zu Boden. Ich bin zurück in Dalarna, geht es mir immer wieder durch den Kopf. Das ist die Provinz, in der unser Sommerhäuschen liegt. Mein Ziel ist in beinah greifbare Nähe gerückt. Jetzt kann eigentlich nichts mehr passieren. Heimspiel sozusagen.

Ich laufe durch Heidekraut und Kiefernwald. Hier und da blitzen noch mehr Seen auf. Manchmal kreuzen kleine Bäche meinen Weg und ich sehe den Birkenblättern zu, wie sie flussabwärts treiben. Auf einer weiten Lichtung finde ich schließlich einen geeigneten Platz für mein Zelt. Kaum, dass die Sonne vor mir untergegangen ist, steigt hinter mir, beinah ebenso leuchtend, ein prächtiger Vollmond in den Himmel empor. Ein wunderschöner Tag, der auch nachts nicht aufhören will, mich anzustrahlen.

Während ich schlafe, ziehen Wolken auf und beim Blick aus dem Zelt begrüßt mich ein grauer Morgen. Da das schlechte Wetter angesagt war, bin ich innerlich vorbereitet und trage den Regen mit Fassung. Zumal ich nachher Grövelsjön, Schwedens südlichste Fjällstation, erreiche, wo ich all meinen Krempel wieder trocken kriegen dürfte. Um in die Zivilisation zu gelangen, muss ich jedoch noch einmal über den Berg. Rasch geht es aufwärts in die Felsen und bald schon habe ich die Baumgrenze erreicht. Die Seen hinter mir im Tal, die gestern so tiefblau geglitzert haben, sind heute diesig verhangen. Je höher ich komme, desto rauer und steiniger wird mein Weg, bis auch die letzten kleinen, grünen Bäumchen, die als Farbtupfer noch aus dem Grau hervorstachen, in düsterem Zwielicht verschwunden sind.

Irgendwie will es heute gar nicht richtig Tag werden. Die Sonne lässt sich nur als ganz schmaler Streifen direkt am Horizont erahnen, wie ein Lichtschimmer unter einem Türspalt, wobei die Tür unerbittlich geschlossen bleibt. Ich spüre mehr und mehr Regen, die Sicht wird zunehmend schlechter und ich träume mich weit weg. Dichter Nebel kann sich anfühlen wie ein Kokon: Wenn man kaum die eigene Hand vor Augen sieht, ist man automatisch ganz nah bei den eigenen Gedanken.

Als der Weg wieder merklich abwärtsführt, weiß ich, dass Grövelsjön näherkommt. Doch von der Straße und den Häusern unten im Tal kann ich lange nichts erkennen. Als die Konturen der Fjällstation schließlich aus dem Dunst auftauchen, ist das Gebäude bereits so nah, dass ich nach nur wenigen weiteren Schritten die Türklinke in der Hand halte. Endlich im Trockenen!

Ich bin völlig durchgeweicht und mein winziges Zimmer wird im Nu zum bewohnbaren Wäscheständer. Im wahrsten Sinne des Wortes tropfnasse Sachen, die es besonders schlimm erwischt hat, kommen in den auf saunaartige Temperaturen angeheizten Trockenraum. Morgen muss ich nicht mit feuchten Klamotten in den Tag starten, so viel ist sicher. Wie lange dieser luxuriöse Zustand anhält, bleibt abzuwarten. Doch das ist ja gerade das Schöne am Wandern: Dadurch, dass man nicht weiß, was und wie es kommt, wird es nie langweilig.

Als ich morgens den ersten Blick aus dem Fenster riskiere, strahlt mir nicht gerade das perfekte Wanderwetter entgegen. Der Bus an der Haltestelle vor der Fjällstation, dessen grelle Scheinwerfer ein künstliches, gelbes Licht in den Morgennebel werfen, fährt nach Mora. Das ist die Kleinstadt, in deren Nähe unser Sommerhäuschen liegt. Ich müsste bloß einsteigen und drei Stunden später wäre ich nur noch knapp dreißig Kilometer von meinem Ziel entfernt.

So träume ich ein bisschen im warmen, weichen Bett vor mich hin. Dann gebe ich mir einen Ruck und stehe auf. Nein, ich werde meinem Motto treu bleiben und mich langsam beeilen. Busfahren würde zwar viel schneller gehen, wäre aber um Einiges langweiliger. Ich habe zwei Beine, die auch bei Nebel funktionieren, und es gibt keinen vernünftigen Grund, ein anderes Verkehrsmittel als die eigenen Füße zu wählen.

Da Grövelsjön keinen Supermarkt hat und mich von der nächsten Einkaufsmöglichkeit in Flötningen noch knapp fünfzig Kilometer trennen, habe ich gestern nicht bloß Frühstück, sondern auch ein Lunchpaket bestellt. Das bedeutet, dass ich eine Papiertüte bekomme, die ich mir am Buffet füllen darf. Ich packe so viel hinein wie irgend geht. Außerdem lade ich mir mehrmals den Teller voll und esse reichlich auf Vorrat.

Satt und trocken verlasse ich die südlichste Fjällstation Schwedens, die auch heute beim besten Willen nicht sehr südlich aussieht – ein zweigeschossiger roter Holzbau, der ebenso rasch hinter Dunstschwaden verschwindet, wie er gestern auftauchte. Obwohl es schon kurz nach zehn ist, macht der Nebel keinerlei Anstalten, sich zu verziehen. Eine klamme Kälte erfüllt die Luft, aber es regnet nicht, zumindest noch nicht. Ich habe mir fest vorgenommen, den paradiesischen Zustand des Satt- und Trockenseins so lange zu genießen wie irgend möglich, und kein Nebel auf der Welt wird mich daran hindern können. Im Übrigen hat so ein weißer Schleier durchaus Vorteile. Zum Beispiel den, dass die Welt darunter sehr verwunschen aussieht. Wahrscheinlich wäre diese Straße durch dichten Fichtenwald, wenn ich sie besser erkennen könnte, viel weniger schön.

Gegen Mittag zweige ich auf einen Pfad ab, der mich tiefer in den Wald hinein und manchmal über sumpfige Lichtungen führt. Ganz allmählich löst sich der Nebel auf und die Bäume wirken wieder mehr wie Bäume statt wie riesige Fabelwesen, die sich ernst und schwerfällig auf meinen Weg hinunterneigen. Ganz kurz erstrahlt am Himmel ein winziger blauer Schnipsel, die einzigen paar Sonnensekunden meines Tages, wenig später jedoch beginnt es zu regnen. Zuerst versuche ich es mit Ignorieren, nur lässt es sich leider nicht lange leugnen, dass mehr und mehr Tropfen auf meine Jacke fallen. Sehnsüchtig denke ich an den gestrigen Nachmittag in meinem warmen Zimmerchen in der Fjällstation zurück. Es gibt Augenblicke, die möchte man am liebsten festhalten oder in bestimmten Situationen wieder zurückholen können. Aber es war ja klar, dass das nicht geht und dass ich nicht ewig trocken bleibe. Auch mein Magen fängt langsam wieder zu knurren an. Das Frühstück ist entschieden zu lange her.

Zum Glück habe ich heute ein gutes Schutzhütten-Timing. Immer wieder finde ich genau im rechten Moment kleine Unterstände am Weg, um dem Regen zu entkommen. Und gegen Hunger und Kälte hilft der supergute Kladdkaka in meinem Lunchpaket. Kladdkaka ist ein schwedischer Schokokuchen, der so ähnlich schmeckt wie Brownies, nur besser. Ich kann mich also nicht beklagen. Es ist sogar sehr gemütlich, hier im Wald zu sitzen, dem Regen zu lauschen, die frische Luft zu atmen und leckeren Kuchen zu essen. Wenn die schönen Augenblicke schon nicht verweilen wollen, dann muss man sich eben neue suchen. Ich glaube, die Welt ist voll von schönen Augenblicken, die nur darauf warten, dass jemand sie findet.

Abends beim Wasserholen habe ich das Gefühl, dass der Himmel über dem Fluss etwas heller wird. Es kann aber auch Einbildung sein. Sicher ist jedoch: Als ich hinterher ins Zelt schlüpfe, bin ich längst nicht so durchgeweicht, wie es das Wetter befürchten ließ. Die Wolkendecke ist jetzt so dünn, dass der Mond kräftig hindurchschimmert. Vielleicht schafft die Sonne das ja morgen auch.

Als die ersten Vögel zu singen beginnen, strecke ich erwartungsvoll den Kopf nach draußen. Noch ist kein Sonnenstrahl zu sehen, aber das kann ja noch werden. Auf so einer Tour braucht man manchmal etwas Geduld. Immerhin packe ich im Trockenem zusammen und gehe im Trockenen los. Das ist schon viel wert.

Der Supermarkt in Flötningen naht langsam, aber er naht. Wie gesagt: Geduld! Wobei man bei einer so eintönigen Strecke auch gut von einer Geduldsprobe sprechen könnte. Endlose Schotterpisten durch endlosen Kiefernwald. An einem Rastplatz esse ich mein letztes, inzwischen etwas eingematschtes Käsebrötchen vom Frühstücksbuffet in Grövelsjön. Das war's mit meinem Lunchpaket. Doch mein Tank ist voll genug, als dass ich die verbleibenden acht Kilometer bis zum Supermarkt ohne weitere Energiezufuhr schaffe.

Flötningen besteht im Wesentlichen aus ein paar zwischen Nadelbäumen verborgenen Hütten am Ufer eines Sees. Den Laden an der Hauptstraße gibt es mal wieder nur dank der Nähe zur norwegischen Grenze. Zwar ist er ein bisschen aus der Zeit gefallen, oder vielleicht auch einfach nur vintage, doch finde ich alles, was ich brauche. Außerdem sind die Leute richtig nett. Ich darf mein Handy laden und bekomme sogar einen Becher Kaffee geschenkt. Und weil die Sonne inzwischen ansatzweise scheint und der dicke eisschleckende, weiße Plastikbär auf dem Parkplatz mich so freundlich anlacht, gönne ich mir ein Cornetto – natürlich Zitrone, denn das schmeckt am sommerlichsten.

Gut gelaunt verstaue ich meinen riesigen Einkauf. Der nächste Laden kommt erst in acht Tagen. Ich verlasse Flötningen also etwa sechs Kilogramm schwerer als ich es betreten habe. Bestimmt werde ich nach der Tour so manches an meinem Wanderleben vermissen. Die ewige Ich-esse-nur-was-ich-tragen-kann-Diät jedoch wird ganz sicher nicht dazu gehören. Dass darüber noch nie jemand einen Ratgeber geschrieben hat: Tragen Sie alles, was Sie essen wollen, vorher für eine Weile durch die Gegend, je nach gewünschtem Effekt ein bis acht Tage lang und über zwanzig bis zweihundert Kilometer hinweg. Garantierte Gewichtsabnahme schon nach kurzer Zeit, sogar bei exzessivem Verzehr von Kuchen, Eis und Schokolade.

Hinter Flötningen geht der Kiefernwald, sofern er sich überhaupt in irgendeiner Form unterbrechen musste, nahtlos weiter. Doch hat der langweilige Schotterweg bald ein Ende und auf urigen Pfaden erreiche ich das Naturreservat Drevfjäll – eine abgelegene, waldig-sumpfige Wildnis, die ich während der nächsten Tage durchqueren werde – übrigens immer noch auf dem südlichen Kungsleden.

Inzwischen zieht schon gegen achtzehn Uhr die Dämmerung herauf. Eine Weile leuchtet der blaue Abendhimmel noch mit dem gelben Sumpfgras um die Wette, dann wird es rasch und unaufhaltsam immer dunkler. Eigentlich müsste ich mich dringend nach einem Schlafplatz umsehen, kann es aber trotz der aufsteigenden nächtlichen Kühle nicht lassen, erst noch eine Weile das schwindende Licht über einem stillen Waldsee zu betrachten. Ein fast voller Mond, Nachtwolken und das letzte Glimmen der untergegangenen Sonne spiegeln sich zwischen Seerosen und allen möglichen kleinen, grasbewachsenen Inseln. Wann sieht man schon mal etwas so Schönes?!

Anschließend suche ich mir in Windeseile einen Schlafplatz. Zuerst muss ich die Taschenlampe herauswühlen, denn ohne geht nichts mehr. Als mein Zelt steht, mache ich wie jeden Abend ein Foto davon. Heute lege ich vorher die Taschenlampe hinein, damit man überhaupt etwas erkennen kann. Wie eine riesige rote Laterne leuchtet mein kleines Häuschen mitten im finsteren Wald. Ganz ähnliche Bilder habe ich am Anfang meiner Tour im März in Südschweden gemacht. Damals stand mein Zelt im Schnee und der Winter ging gerade zu Ende. Nun ist Herbst. Mein Weg führt nicht nur quer durch Schweden, sondern auch quer durch die Jahreszeiten.

Den Mond von gestern Abend sehe ich heute Morgen beim Aufwachen zu meiner Linken noch gerade soeben untergehen. Genau gegenüber zu meiner Rechten steigt derweil die Sonne empor. Die Helligkeit verbreitet sich rasch zwischen den Zweigen, die Wärme braucht ein wenig länger, aber es verspricht ein schöner Tag zu werden.

Das Naturreservat Drevfjäll ist voller eigenartig geformter, knorriger Kiefern, zwischen denen kleine Teiche in der Sonne glitzern und golden schimmerndes Sumpfgras vermischt mit wattebauschartigen Wollblumen leise im Wind wogt. Die Planken über den Matsch sind nicht durchweg gut erhalten und teilweise fehlen sie ganz, so dass ich über längere Strecken von Stein zu Stein hüpfen muss. Das ist anstrengend und gelingt nicht immer. Obendrein bin ich wegen der in Flötningen eingehandelten zusätzlichen sechs Kilogramm auf meinem Rücken nicht gerade unbeschwert unterwegs. Aber mein Hauptproblem ist, dass ich heute Morgen viel zu wenig Kaffee hatte. Keine Ahnung, wie das passieren konnte, doch leider habe ich gestern vergessen, neuen zu kaufen, und nun werde ich, um ganz schlimme Entzugserscheinungen zu vermeiden, den kleinen

Rest, den ich noch habe, mit Bedacht rationieren müssen. Das zumindest befürchte ich, bis ich der Kaffeefee begegne.

Dass es eine Kaffeefee gibt, war mir neu, doch sie scheint tatsächlich zu existieren, zumindest hier und heute, denn in der Küche der nächsten Rasthütte finde ich eine noch fast volle Tüte Instantkaffee. Der letzte Eintrag im Hüttenbuch liegt über zwei Wochen zurück, es ist also niemand da, der etwas dagegen haben könnte, wenn ich mich bediene. Also fülle ich meine so gut wie leere Tüte ein wenig auf, stelle den Rest wieder ins Küchenregal, hole mir Wasser aus dem Bach vor der Tür und schmeiße den Kocher an. Als ich endlich die dampfende, duftende Tasse in den Händen halte, freue ich mich so sehr darüber, dass ich den fehlenden Kuchen gar nicht vermisse.

Kaum bin ich wieder auf dem Weg, taucht vor mir ein dicker, kräftiger Regenbogen auf. Ich interpretiere ihn als gutes Omen und als Zeichen der Kaffeefee, die mir sagen will, dass es okay war, etwas von dem Kaffee mitgehen zu lassen. Mit ausreichend Coffein in Blut und Gepäck bin ich wieder voller Energie und laufe noch fast bis in den Mondschein hinein. Jeder Tag endet ein bisschen früher als der vorangegangene und ich muss mich ranhalten, um meine Etappen im Hellen zu schaffen. Morgen ist der erste Oktober. In zwei Wochen komme ich an.

Oktober – das klingt nun wirklich schon sehr nach Herbst und trotzdem ist der Vormittag noch angenehm warm und sonnig. Wie gestern hüpfe ich hier und da von Stein zu Stein, um nicht im Sumpf und an manchen Stellen auch nicht im Bach zu landen, denn die Brücken über das Wasser sind oft genauso kaputt wie die Bretterstege über den Matsch.

Inmitten eines solchen Hindernislaufs begegnet mir der erste andere Wanderer seit Grövelsjön. Ich sehe ihn schon von weitem auf mich zu stapfen. Groß, drahtig und mit langem weißem Bart. Er trägt Gummistiefel und einen Rucksack mit Außengestänge, eine etwas unmodern wirkende Ausrüstung, die typisch ist für die älteren schwedischen Bergwanderer. Wir kommen rasch ins Gespräch. Per ist 77 Jahre alt, wandert seit 60 Jahren jeden Sommer im Fjäll, kennt es in und auswendig und will alles wissen über meine Tour von Abisko bis hier runter.

Nachdem wir uns verabschiedet haben, stelle ich mir vor, wie er in seinen Gummistiefeln ganz lässig die Bäche und Sümpfe überquert, vermutlich um einiges geschickter als ich. Mit 77 noch in diesem Gelände wandern, das muss ihm erst mal jemand nachmachen. Hut ab! Und auch wenn vermutlich jeder jüngere, modern ausgerüstete Outdoorliebhaber über Gummistiefel lachen würde, so sind sie vielleicht doch gar keine schlechte Idee. Zwar hat man sicher weniger Halt im Sprunggelenk, doch vermutlich kann man sich daran gewöhnen. Vielleicht probiere ich es, wenn ich das nächste Mal neue Wanderschuhe fürs Fjäll brauche, einfach mal aus.

Hier oben im Norden – ich bin immer noch auf 61 Grad – steht die Sonne zu dieser Jahreszeit den ganzen Tag lang merkwürdig tief und scheint mir die meiste Zeit über so direkt ins Gesicht, als sei sie gerade dabei auf- oder unterzugehen. Ungefähr zwei Stunden, bevor sie letzteres tatsächlich tut, breitet sich ein verhaltenes Zwielicht über der Landschaft aus, das ganz anders wirkt als die magische halbe Stunde goldener Abendhelligkeit, die ich noch vor einer knappen Woche einige Male erleben durfte. Es ist eher eine Art Nachmittagsdämmerung.

Das Schauspiel beginnt, während ich jenseits der Baumgrenze immer höher hinauf aufs Drevfjäll wandere. Ein schmaler Streifen gelben Lichts bedeckt den westlichen Horizont. Er reicht aus, um alles gut erkennen zu können, bringt jedoch weder das Sumpfgras zum Leuchten noch die Pfützen zum Glitzern. Ein paar letzte Strahlen sorgen dann und wann für einen blitzartigen Schimmer, sind aber bereits so blass, dass man problemlos hineingucken kann, ohne auch nur im Geringsten geblendet zu werden.

Nachdem die Sonne vollständig untergegangen ist, glimmt die Welt ein wenig nach, und schließlich werden die Wolken und ihr Spiegelbild in den Bergseen blass und fahl wie in einem Schwarz-Weiß-Film. Schleunigst schlage ich das Zelt auf, denn schon bald wird es stockfinster sein. Den höchsten Punkt des Drevfjälls habe ich hinter mir gelassen. Morgen geht es runter ins Tal des Görälv und auf der anderen Seite des Flusses wieder hinauf in den Fulufjäll Nationalpark.

Als ich erwache, umgibt mich eine schneidend kalte Wand aus Frühnebel. Doch beim Abstieg durch den Birkenwald reißt der Himmel auf. Je tiefer ich komme, desto wärmer wird es. Vögel zwitschern im Geäst, hier und da plätschert ein Bächlein und eh ich's mich versehe, stehe ich unten am Fluss im prallen Sonnenschein. Das ging schnell.

Nach einer Verschnaufpause beginne ich den deutlich langwierigeren Bergauf-Teil der Etappe. Auf einem sumpfigen Absatz trete ich aus dem Schatten der hohen Bäume heraus und spüre die Wärme der Mittagssonne im Gesicht. Sie steht herbstlich „hoch" am Himmel und tut, was sie kann. In Kombination mit dem Aufstieg reicht es sogar zum Schwitzen. Von den frostigen Temperaturen heute Morgen ist nichts mehr zu spüren. Der aufgetaute Boden schmatzt unter meinen Tritten und um meine Hosenbeine spritzt der Matsch.

Das Fulufjäll ist kein Berg, sondern eine ausgedehnte Hochebene. Einmal hierher aufgestiegen, kann man tagelang auf etwa tausend Metern Höhe wandern, ohne dass es irgendwo nennenswert hoch oder runter ginge. Dadurch entsteht ein ganz besonderer Eindruck von Weite. Der Himmel wirkt zum Greifen nahe, so dass ich beinah das Gefühl habe, den Kopf einziehen zu müssen, um nicht anzustoßen. Das viele Moos rundet wie eine Art Verkleidung die kantigen Felsen ab. Die Landschaft ist von einem geheimnisvollen Anstrich überzogen, der selbst schroffem Gestein merkwürdig weiche Konturen verleiht. Es sieht aus, als versuchte der Boden auf diese Weise das Muster der direkt über ihm hängenden Schäfchenwolken nachzuahmen.

Gegen Ende der Nachmittagsdämmerung wird es rasch empfindlich kalt und ich bin froh, als ich im Schlafsack stecke. Über Nacht ist mir warm, doch im Morgengrauen fange ich wieder an zu bibbern. In der Hoffnung, meine körpereigene Heizung durch Zufuhr von Brennstoff ein wenig hochregeln zu können, verputze ich bereits in aller Frühe fast meine gesamte Tagesration. Es hilft, nur wird der Preis dafür wohl leider Hunger am Nachmittag sein.

Gestern bin ich von Westen her aufs Fulufjäll aufgestiegen, heute wandere ich bis zur östlichen Kante, wo es wieder hinuntergeht. Doch bevor ich zu den großen, grünen Fichten dort unten absteige, will ich erst noch einer sehr kleinen, aber ganz besonderen Fichte hier oben einen Besuch abstatten. Old Tjikko mag unscheinbar aussehen, doch ist er der älteste Baum der Welt. Seit unfassbaren 9550 Jahren klammert er sich mit seinen Wurzeln an ein paar Felsen und trotzt Wind und Wetter. 9550 Jahre!!! Fast fünf Mal von heute zurück bis Christi Geburt – kaum vorstellbar, was dieser Baum schon alles erlebt hat.

Doch ist Old Tjikko nur der erste von drei Superlativen des heutigen Tages. Der zweite heißt Njupeskär und ist Schwedens höchster Wasserfall. Um zu ihm zu gelangen, muss ich ein ganzes Stück tiefer in eine steile Schlucht hinab. Der Weg ist schwindelerregend und wieder mal merke ich, dass auch Bergabgehen ziemlich herausfordernd sein kann. Doch die Kraxelei lohnt sich, denn unten angelangt kann ich endlich sehen, was schon seit geraumer Zeit immer lauter zu hören ist. Njupeskär ist 93 Meter hoch und das Wasser befindet sich über 70 Meter im freien Fall.

Angesichts dieser Zahlen stellt sich die sehr berechtigte Frage, was für ein dritter Superlativ da noch kommen soll. Nun, es ist der weltbeste Kladdkaka mit Blaubeeren und Schlagsahne, den ich je gegessen habe, wobei mir inzwischen so sehr der Magen knurrt, dass aus meiner momentanen Sicht vermutlich so ziemlich alles nach Superlativ schmecken würde. Ich habe wahnsinniges Glück, dass die kleine Kaffeebude auf dem Parkplatz am Wanderweg zum Njupeskär noch geöffnet hat und ich ganz unverhofft Gelegenheit bekomme, das Kaloriendefizit, das ich mir heute Morgen eingehandelt habe, wieder auszugleichen.

Satt und zufrieden wandere ich zurück aufs Fulufjäll, dem Himmel und dem warmen Licht entgegen. Je höher ich komme, desto mehr bin ich von Helligkeit umgeben. Sumpfgras und Seen leuchten um die Wette und es entsteht der paradoxe Eindruck, als schiene die Sonne umso kräftiger, je weiter sie in Richtung Horizont gelangt. Als sie ihn berührt, ist es, als bündele sie ihre letzten Kräfte, um ganz kurz vor ihrem Untergang noch einmal alles in ein weiches Gold zu tauchen. Nachdem sie versunken ist, bleibt die intensive Farbe für einige Augenblicke an der Landschaft hängen. Dann verblasst die Welt und ein kühles Blau gewinnt die Oberhand, das schließlich ins Schwarz der Nacht übergeht. Und wieder ist es über gute zwölf Stunden hinweg entsetzlich dunkel und kalt.

Als die Sonne endlich zurückkehrt, wird es zunächst nur heller; bis es spürbar wärmer wird, muss ich noch eine ganze Weile warten. Zum Glück wirkt selbst das freundliche Licht allein bereits belebend und reicht aus, um meinen Körper in Gang zu bringen. Zähneklappernd packe ich meinen Krempel zusammen und denke darüber nach, welche Vorteile die Kälte für mich haben könnte. Spontan fällt mir nicht viel ein. Dass meine Schokolade nicht schmelzen und damit keine Sauerei im Rucksack verursachen kann, zählt nicht, denn dafür ist kein Tiefkühltruhe-Milieu nötig, moderate Plusgrade würden locker ausreichen. Erst beim Losgehen kommt mir ein Argument für Minusgrade in den Sinn und unter die Sohlen: Der

schlammige Boden ist gefroren und ich kriege zumindest auf
den ersten Kilometern keine nassen Füße.

Obwohl die Sonne rasch höher steigt und den matschigen
Wegen ordentlich einheizt, dauert es bis in den späten Vormittag, ehe ich wieder bei jedem Schritt einsinke. Ich laufe am
Fluss Tangån entlang, der sich ganz langsam aus einem Rinnsal
im Sumpf zu einem richtigen Bach mausert und schließlich so
breit wird, dass man ihn nicht mehr trockenen Fußes überqueren kann.

Mittags verlasse ich das Flusstal und wandere hoch über das
Summelfjäll hinweg. Das Gefühl, eines unnatürlich weiten Horizonts ist extrem. Fast hat man den Eindruck, die Erdkrüm-
mung erahnen zu können. Kein Baum, kein Strauch, nichts als
Felsen und es weht ein bitterkalter Wind. Wieder denke ich
über die Vorteile von auf den ersten Blick unangenehmem Wetter nach und muss nur nach oben gucken, damit mir etwas einfällt: Ein packendes Wolkenkino, nur vielleicht mit etwas Über-
länge.

Erst als ich vom Summelfjäll abgestiegen bin und wieder tief
unten im Tal zwischen den hohen Fichten stehe, beruhigt sich
der Himmel. Neben mir rauscht ein alter Bekannter von heute
Vormittag: auf seinem Weg von den Bergen herab ist der
Tangån zu einem richtigen Fluss geworden. Auf einer Lichtung
am Ufer baue ich mein Zelt auf. Ich hatte gedacht und gehofft,
dass es hier unten wärmer sein würde, doch das war ein Irrtum.
Als ich spät abends nochmal raus will, glitzern Eiskristalle auf
der Plane. Ich fürchte, die Campingsaison geht langsam, aber
sicher ihrem Ende entgegen. Es wird Zeit, dass ich unser Sommerhäuschen erreiche!

Diesmal habe ich bereits mitten in der Nacht den unwider-
stehlichen Impuls, große Mengen meiner Tagesration zu ver-
drücken, um mich irgendwie warmzuhalten. Morgens sehe ich
dann auch warum. Jedes Blättchen, jeder Zweig, jeder Gras-
halm und jede Tannennadel, alles glitzert in eiserner

Erstarrung – natürlich auch mein rotes Häuschen. Zum Glück verspricht es ein schöner Tag zu werden, doch dauert es eine Weile, bis die Sonne über die Bäume emporgeklettert ist. Kaum, dass sie es geschafft hat und ich die ersten Strahlen auf der Haut spüre, begreife ich mal wieder sehr konkret, weshalb es in vielen Kulturen Sonnengötter gibt.

Ich wandere durch Kiefernwald mit im Vergleich zur Landschaft der letzten Tage noch beinah sommerlich grünem Bodenbewuchs. Helles Licht und Vogelgesang überfluten meinen Pfad, der sich malerisch zwischen den Stämmen hindurchschlängelt. Eigentlich paradiesisch, wenn mir nur nicht so sehr der Magen knurren würde. Frieren verbraucht offenbar unfassbar viele Kalorien. Auch darüber könnte doch mal jemand einen Diätratgeber schreiben: „Schlafen Sie einfach den ganzen Winter auf dem Balkon ...“

Am nächsten Bach trinke ich so viel von dem eiskalten Wasser, wie ich irgendwie runterkriege. Kurzzeitig füllt das den Magen und lenkt ein bisschen vom Hunger ab. Im Weiterlaufen kommt mir prompt ein richtig guter Einfall, den ich durchaus schon früher hätte haben können: Vielleicht hat der Campingplatz, den ich morgen ansteuern werde, ja einen Kiosk. Wenn ich dort eine Ration zukaufen könnte, dürfte ich jetzt etwas von dem essen, was noch in meinem Rucksack ist. Es ist ja nicht so, dass ich keinen Proviant mehr hätte, er muss nur leider noch bis Montag reichen und heute ist erst Donnerstag.

Gedacht, getan. Ich ziehe das Handy aus der Tasche, setze mich unter die nächstbeste Kiefer und habe sogar Netz, was nicht unbedingt selbstverständlich ist. Auf der Website lässt sich nichts herausfinden. Also rufe ich an. Und ja!!! Kleine Snacks könnte ich auch in der Nachsaison noch kaufen. Augenblicklich beginne ich in den Tiefen meines Rucksacks zu wühlen. Dabei landet mindestens die Hälfte meines Krempels ringsum im Heidekraut und in der Mitte zwischen all den bunten Packsäcken sitze ich und freue mich kindisch über eine Tüte Erdnüsse.

Nachdem ich alles leergefuttert und gierig auch noch den kleinsten Krümel aus der hinterletzten Falte der Verpackung herausgepult habe, liege ich zufrieden im Sonnenschein und döse vor mich hin. In der „prallen Mittagshitze" ist es tatsächlich noch warm genug für ein Schläfchen. Aber es darf wirklich kein bisschen schattig sein. Sonst ist die schneidende Kälte sofort zurück. Das merke ich, als der Pfad kurz nach meiner Rast in eine Schlucht hinabführt, in die die Sonnenstrahlen nur mit halber Kraft hineingelangen.

Nachmittags erreiche ich einen bequem abwärts führenden Schotterweg, von dem aus ich bereits den nächsten Höhenzug erkennen kann. Doch ist das Sälenfjäll erst übermorgen dran. Morgen kommt mein Abstecher zum Campingplatz und heute laufe ich nur noch bis hinab zum Görälv, den ich vor ein paar Tagen zwischen Drevfjäll und Fulufjäll schon einmal überquert habe. Allerdings ist er inzwischen um einiges breiter geworden und kaum wiederzuerkennen.

Unter einer hohen Fichte am Ufer schlage ich mein Zelt auf. Dann trinke ich in der aufkommenden Nachmittagsdämmerung meinen üblichen Ich-bin-angekommen-Kaffee, den ich mir dank der Kaffeefee ohne schlechtes Gewissen gönnen kann. Dazu gibt's sogar Schokokekse, und zwar nicht bloß ein paar. Wegen des geöffneten Campingplatzkiosks darf ich die ganze Rolle aufessen. Wandern geht durch den Magen. Ich glaube, das sagte ich vor ein paar Wochen schon mal. Doch manche Dinge sind so wahr, dass man sie gar nicht oft genug wiederholen kann.

So laut, wie es am nächsten Morgen auf die Plane prasselt, ist kein Blick nach draußen nötig, um zu wissen, dass es in Strömen regnet. Ich bleibe vorerst im Schlafsack und dämmere noch ein bisschen vor mich hin. Leider wird das Geräusch unterdessen kein bisschen leiser. Offenbar lässt sich das Wetter nicht einfach ausliegen. Also schlüpfe ich wohl oder übel in die Regenkleidung, packe meinen Krempel so gut es geht wasserdicht zusammen und ziehe den Eingang auf. Morgenkaffee im Sonnenschein fällt leider aus und ich sehe zu, dass ich loskomme. Wenigstens wartet heute ein Campingplatz auf mich, das ist bei diesem Wetter ein echter Trost.

Unterwegs zur heißersehnten warmen Dusche muss ich durch mehrere kalte Duschen, einige Schlammbäder und sehr viel Nachmittagsdämmerung – auch schon am Vormittag. Nach etwa drei Stunden taucht endlich der „Ort" Stöten zwischen den Fichten auf. Anführungszeichen deshalb, weil Stöten eigentlich nur zur Wintersportsaison so richtig existiert. Während des übrigen Jahres handelt es sich um nichts weiter als ein paar verwaiste Häuser am Berghang unterhalb der Skipisten. Autos oder Menschen begegnen mir keine. Die Gegend wirkt vollkommen verlassen.

Der Campingplatz liegt an der unterhalb des Berges vorbeiziehenden Landstraße. Doch genügt ein Blick, um zu verstehen, dass Zelten heute wirklich nicht drin ist. Es sei denn, ich hätte Lust auszuprobieren, wie es sich anfühlt in einer Pfütze zu schlafen. Habe ich aber nicht und bin daher froh, dass ich stattdessen ein Zimmer bekommen kann. Bald schon sitze ich gemütlich im Warmen und der Regentag da draußen geht mich nichts mehr an.

Beim Blick aus dem Fenster überlege ich, ob ich nicht statt von Regentag lieber von einem Nachmittagsdämmerungstag sprechen sollte. Das würde den Gemütlichkeitsaspekt stärker hervorheben, den es ja, wenn man sich erstmal ins Trockene gerettet hat, durchaus gibt. Denn mit unbegrenzt Strom, WLAN und ungesundem Essen kann ein zeitlich ausgedehnter Nachmittag sehr angenehm sein. Gesundes Essen wäre selbstverständlich vorzuziehen, ist in meinem speziellen Fall jedoch leider keine Option, denn die gestern telefonisch angekündigte Snackauswahl besteht aus exakt drei Dingen: Chips, Cola und

Gummibärchen, womit dann auch klar wäre, woraus meine morgige Tagesstation besteht.

Aber jetzt ist erst mal heute: mein Sofatag – noch eine mögliche Bezeichnung für einen Regentag, sofern man ein Sofa hat. Glücklicherweise befinde ich mich in dieser angenehmen Lage und habe obendrein alle Zeit der Welt zum Netflix gucken, Musik hören oder Zeitung lesen. Alles Dinge, zu denen ich unterwegs nur selten Gelegenheit finde. Regentage oder Nachmittagsdämmerungstage oder Sofatage oder wie auch immer man sie nennen möchte, sind eigentlich gar nicht so schlimm.

Als ich am nächsten Morgen durch nun wieder im Sonnenschein glitzernde knöcheltiefe Pfützen stapfe, bin ich einmal mehr froh, in dieser absoluten Nicht-Saison ein festes Dach über dem Kopf gefunden zu haben. In Stöten „City-Center" jedenfalls wäre es schwierig geworden. Der Ort, in dem es im Winter Läden, Restaurants, Cafés und Hotels gibt, befindet sich in einem verstörend absurden Standbymodus. Riesige Wichtel oder lachende Schneemänner mit Hotellogos auf dem Bauch zeigen einladend in diverse Richtungen, wo sich dann doch nur gähnend leere Parkplätze, stillstehende Skilifte und verrammelte Imbissbuden befinden. Ich laufe an den Schaufenstern geschlossener Wintersportgeschäfte entlang und über eine von mehrgeschossigen Hotelfassaden umrahmte, vollkommen öde Piazza hinweg. Auf den ausgestorbenen Restaurantterrassen ragen aus mit dicken Planen abgedeckten Sitzmöbelhaufen ein paar windschiefe Heizpilze hervor. Das Ganze wirkt wie eine unheimliche Katastrophenfilmkulisse nach Aussterben der Menschheit durch was auch immer. Entsprechend dankbar bin ich, als ich endlich auf dem Wanderweg hinauf in die Berge angelangt bin, das obere Ende der erdig-matschigen Pisten unter mir verschwinden sehe und die Szenerie damit endgültig hinter mir lasse.

Die Wege im Fjäll sind selbst um die Mittagszeit noch vereist. Was gestern flüssig vom Himmel fiel, scheint nun dauerhaft gefroren zu sein. Der Sumpf schmatzt nicht mehr unter meinen Sohlen, sondern klingt hohl und dumpf oder knirscht wie berstendes Glas. Klirrende Kälte im wahrsten Sinne des Wortes. Manchmal kommt die Sonne durch, dann wieder tanzen vereinzelte Schneeflöckchen vor meinen Augen und permanent fegt ein kräftiger Wind ungebremst über die baumlose Hochebene hinweg.

Kaum, dass ich die Handschuhe ausziehe, lässt schneidender Frost meine Finger gefühllos werden. Beim Fotografieren knipse ich mir die Finger blau, doch das ist mir egal. Diese Landschaft ist viel zu schön, um sie nicht irgendwie festzuhalten, und trotz des rauen Wetters möchte ich im Augenblick nirgendwo anders sein als genau hier. Bis übermorgen noch, dann habe ich auch das Sälenfjäll, das südlichste und letzte auf meinem Weg, überquert. Allmählich also heißt es Abschied nehmen von der unendlichen Weite, die ich so liebe.

Manchmal flammen noch Reste vom bunten Teppich auf, wie um mich daran zu erinnern, dass noch längst nicht Winter ist. Trotzdem kann ich unmöglich hier oben zelten. Ich würde wegwehen oder festfrieren oder festgefroren davonfliegen, falls das geht. Auf jeden Fall alles nicht sehr erstrebenswert und deshalb steige ich zum Schlafen lieber ein Stück ab. Es tauchen wieder Bäume auf, erst nur vereinzelt, dann immer mehr. Und schließlich finde ich auf einer Waldlichtung ein Plätzchen auf weißem Moos mit einem winzigen Rest Abendsonne. Erstaunlich wieviel milder es hier unten ist, und beinah windstill.

Zwar freue ich mich, dass ich bald wieder in meinem warmen Zuhause sein werde, bin jedoch zugleich dankbar für jede Nacht, die ich, bevor es so weit ist, noch draußen verbringen darf. Ich mag es, in die Dämmerung zu gucken, die frische Luft und die Geräusche der Natur direkt um mich zu haben, die Erde unter mir zu spüren, über mir die Baumkronen wogen zu sehen und bis in den Himmel blicken zu können. Das alles gibt mir ein spezielles Gefühl der Geborgenheit, das ich sonst nirgends empfinde.

Als ich mir meinen Morgenkaffee kochen will, stelle ich fest, dass ich meinen Trinkwasservorrat nicht mehr ausschütten, sondern nur noch ausschütteln kann, so dass sich der Flascheninhalt in kleinen Bröckchen neben mir im Moos verteilt. Obgleich sich die Nacht gar nicht so kalt angefühlt hat, muss sie es wohl doch gewesen sein. Zum Glück fließt ein paar hundert Meter weiter ein Bächlein vorbei. Die vielen Birkenblätter, die der Herbst ins Wasser geweht hat, leuchten goldbraun im Sonnenschein und sehen ein bisschen aus wie Münzen in einem Glücksbrunnen. Obwohl ich bereits rundum glücklich bin, werfe ich vorsichtshalber noch ein paar Blätter dazu, schaden wird es nicht.

Das Wetter ist trotz Kälte herrlich. Ich wandere wieder aus dem Wald heraus und hinauf, dem weiten Himmel entgegen. Je höher ich komme, desto frostiger wird es. Das war kaum anders zu erwarten. Mancherorts sind die Birkenblätter im Wasser bereits festgefroren und das Spiegelbild der beinah kahlen Bäume liegt still und starr auf einer hauchdünnen Eisschicht.

Der Weg ist größtenteils glatt und steinhart. Während ich so vor mich hin schlittere, stelle ich mehr und mehr fest, was für hübsche Muster das Eis in die Pfützen malt. Immer wieder bleibe ich stehen und gucke fasziniert nach unten. So als ginge ich durch ein Museum, wo die Bilder, statt an der Wand zu hängen auf dem Boden liegen – eine Art Eiskunstlauf könnte man sagen. Wenn man einmal damit angefangen hat, in den splitternden Formen und Luftblasen unter dem gefrorenen Wasser etwas zu erkennen, dann kann man so schnell nicht wieder damit aufhören. Man sucht nach immer neuen Wesen und plötzlich wohnt in jeder Pfütze irgendein kleines Eismonster. Ein bisschen kindisch vielleicht, aber wie Astrid Lindgren, als sie mit fast siebzig Jahren noch auf einen Baum kletterte, ganz richtig sagte: „Es gibt kein Verbot für alte Weiber, auf Bäume zu klettern." Ich denke, dass es ebenso wenig ein Verbot für mittelalte Wanderer gibt, in gefrorenen Pfützen nach Eismonstern zu suchen und dass man dafür nicht zwingend ein Kind sein muss.

Allerdings schlafe ich in Gegenden, wo so viele merkwürdige Gestalten herumlungern, vorsichtshalber lieber in einer Rasthütte. Die Östfjällstuga liegt direkt an einem Bergsee, über dem gerade wunderschön die Sonne untergeht. Innen ist es sehr gemütlich: Fensterplatz mit Seeblick, Pritsche sogar mit Matratze und natürlich ein Ofen, so dass mir zum ersten Mal am heutigen Tag zunächst ein bisschen und dann richtig ordentlich warm wird.

Unterwegs erwacht man jeden Morgen unter einem neuen Himmel, geht es mir am nächsten Morgen beim Aufwachen durch den Kopf. Das ist ein großartiges Geschenk und einer der Gründe, warum ich so gerne wandern gehe. Die Welt sieht noch einmal so strahlend aus, dass ich den Einbruch des Herbstes, hätte ich gestern nicht so viele Eismonster getroffen, kaum glauben könnte. Die Luft ist kühl, doch nicht mehr so schneidend eisig. Statt eines pfeifenden Windes kitzeln Sonnenstrahlen auf meiner Haut, so dass ich Mütze und Handschuhe für eine Weile ausziehen kann. An meinem letzten Tag im Fjäll scheint die Landschaft noch einmal alles aufbieten zu wollen, was sie sich an sommerlichen Reserven aufgespart hat. Ein furioser Abschied!

Der südliche Kungsleden endet und ich folge einem Stück Straße durch Fichtenwald hinunter in die Zivilisation. Lindvallen ist noch so ein zu dieser Jahreszeit mindestens halbtoter Skiort wie neulich Stöten. Immerwährende Winterdeko erinnert ganzjährig an den nicht immer offensichtlichen Sinn und Zweck der momentan völlig ausgestorbenen Straßen. Doch wenigstens hat der Supermarkt geöffnet und ich kann mich mit neuem Proviant für die nächsten fünf Tage eindecken. Außerdem gelingt mir auf der Suche nach den verlorenen Kalorien ein zusätzlicher, ganz unverhoffter Durchbruch: Burger King. Das meiste der aufgenommenen Energie kommt mir auf der steilen Skipiste zurück in die Berge zwar gleich wieder abhanden, jedoch im Tausch gegen eine grandiose Aussicht! Der Blick geht runter ins Tal des Västerdalälven, reicht weit über die dicht bewaldeten Hänge gegenüber hinweg und verschwindet schließlich in den Wolken, wo irgendwo hinter dem Horizont unser Sommerhäuschen liegt. Ich setze mich auf einen Felsen und schaue hinab. An dieses Panorama werde ich mich noch lange erinnern. Ich finde, ich habe Burger und Pommes sehr gewinnbringend angelegt.

Die Eismonster sind heute viel weniger präsent als gestern. Der Boden ist nicht durchgehend bretthart und manchmal schmatzt noch etwas Sumpf unter meinen Tritten. Auch als die Sonne tiefer sinkt und sich hinter Wolkenschleiern verbirgt, bleibt es vergleichsweise mild. Ich wage es also nochmal mit Zelten und finde ein herrliches Abschiedsplätzchen auf einer sanft hügeligen, von Heidekraut und einzelnen Kiefern bewachsenen Ebene. Meine letzte Nacht im Fjäll, umgeben von einer Landschaft, deren Kargheit die Welt auf ganz wenige Dinge reduziert. Ideal, um zur Ruhe zu kommen und ganz bei sich selbst zu sein. Wann immer ich das im Alltag brauche, werde ich hieran zurückdenken. Und ich werde wiederkommen, ganz bestimmt!

Doch für dieses Jahr ist Schluss! Am nächsten Morgen räume ich bereitwillig den Eismonstern das Feld. Nichts wie weg, der Sonne entgegen und hinunter zum Västerdalälven. Der Weg ist leicht zu bewältigen, denn wie nicht anders zu erwarten war, geht es kontinuierlich bergab. Auf halber Strecke erreiche ich eine Schotterpiste und muss spätestens jetzt kaum noch etwas anderes tun, als mich Schritt für Schritt ins Tal fallen zu lassen.

Unten angelangt tragen die Birken sogar noch ihre goldenen Blätter, der Fluss glitzert im Sonnenschein und am Ufer ist es warm genug für eine ausgedehnte Rast. Anschließend folge ich der Straße am Västerdalälven entlang bis zum Startpunkt des Vasaloppet. Der Vasaloppet oder auch Wasalauf ist eine der größten Skilanglaufveranstaltungen der Welt. Jedes Jahr am ersten Wochenende im März starten hier in der Nähe der Ortschaft Sälen etliche tausend Teilnehmer. Die Strecke, die sie auf ihren Skiern zurücklegen, führt bis in die neunzig Kilometer entfernte Stadt Mora. Neben der Skiloipe gibt es auch eine Fahrradstrecke und einen Wanderweg. Letzterem, dem sogenannten Vasaloppsleden, werde ich während der nächsten Tage folgen.

Der Wasalauf wird bereits seit 1922 ausgetragen, seine Geschichte reicht jedoch viel länger zurück, stolze 500 Jahre. Damals unterstand Schweden der Macht Dänemarks, wogegen sich in der Bevölkerung immer größere Unzufriedenheit regte. Der Befreiungskämpfer Gustav Vasa rief in Mora zum offenen Widerstand auf, stieß jedoch zunächst auf Skepsis. Um den dänischen Soldaten zu entkommen, floh er auf Skiern in Richtung Westen. In Mora änderten die Menschen derweil ihre Meinung und schickten zwei Abgesandte, die nach Gustav suchen sollten. Sie fanden ihn in Sälen und kehrten gemeinsam mit ihm nach Mora zurück. Daraufhin begann unter Gustavs Führung ein Unabhängigkeitskampf, dem sich immer mehr schwedische Städte und Gemeinden anschlossen und der schließlich zu Schwedens Emanzipation von Dänemark führte. Gustav wurde als Gustav Vasa 1523 zum ersten schwedischen König gekrönt.

Bereits nach wenigen Kilometern erreicht der Vasaloppsleden seinen mit 528 Metern höchsten Punkt. Ab jetzt geht es nur noch bergab, theoretisch wenigstens. Praktisch führt der Weg, bevor er in Mora am Siljansee ankommt, selbstverständlich noch etliche Male hoch und runter durch eine hügelige Landschaft aus Wald und Sumpf – manchmal als geschlängelter Pfad, dann wieder als gut befestigte Schotterpiste. Der Tag, der so blau angefangen hat, verdüstert sich zusehends und am

Himmel stapeln sich die Wolken. Die Eismonster befinden sich auf dieser Seite des Västerdalälven noch im Winterschlaf, doch dafür ist heute Nacht laut Wetterbericht mit einem Angriff der Sturm- und Regengeister zu rechnen.

Am späten Nachmittag erreiche ich Smågan, die erste von sieben Pausenstationen für die Skifahrer. Für Wanderer gibt es an der Außenseite des Gebäudes einen Trinkwasserknopf. Kaum habe ich meine Flaschen vollgezapft fallen die ersten Tropfen. Zum Glück liegt nur wenige hundert Meter entfernt eine Übernachtungshütte, die ich von früheren Touren bereits kenne. Das letzte Stück Weg lege ich im Vollsprint zurück, sofern das mit einem vollgepackten Wanderrucksack möglich ist. Ich kann mich noch fast trocken in die Hütte retten und freue mich riesig, den Sturm- und Regengeistern ein Schnippchen geschlagen zu haben.

Die ganze Nacht über toben sie rund um meine Behausung, doch am nächsten Morgen sind sie zum Glück verschwunden und draußen im Sonnenschein wartet ein herrlicher Weg, der mal durch lose mit Kiefern bewachsene Heidelandschaft und mal durch dichten Wald führt. Zwischendurch muss ich große sumpfige Flächen überqueren, auf denen der Matsch noch kein bisschen festgefroren ist, von Eismonstern keine Spur.

Um die Mittagszeit erreiche ich Mångsbodarna, die zweite Pausenstation auf der Skiloipe. Wieder finde ich einen Trinkwasserknopf und daneben eine gemütliche Pausenbank, der perfekte Ort für einen Kaffee. Hinterher schlängelt sich mein Pfad durch ein sehr felsiges Stück Wald. Die kleineren Brocken verbergen sich unter einer dicken Moosschicht, die größeren sind zum Teil sehr charakteristisch geformt und wirken manchmal fast wie geheimnisvolle Bauwerke. Hier entlangzuwandern ist wunderschön, aber auch anstrengend. Ich kraxele von Hügel zu Hügel und immer wieder öffnen sich weite Blicke in die Ferne mit nichts als wogenden Baumkronen, soweit das Auge reicht.

Schließlich wird der Wald wieder flacher, der Pfad endet und das letzte Stück Wanderweg für heute führt auf der Skiloipe entlang. Nun habe ich die bedeutende Piste, auf der einmal pro Jahr Langlaufski-Amateure und -Profis aus aller Welt entlangfahren, direkt unter meinen Füßen. Doch zu dieser Jahreszeit, ohne Skier und Schnee und obendrein als einziger Mensch weit und breit, fühle ich mich auf der raumgreifenden Schneise mitten zwischen den hohen Bäumen ein wenig verloren. Bei deutlich fortgeschrittener Nachmittagsdämmerung passiere ich die Skistation Risberg, versorge mich am Trinkwasserknopf und schlage nicht weit entfernt direkt auf der Loipe mein kleines rotes Häuschen auf. Da über Nacht eher nicht mit Skifahrern zu rechnen ist, stehe ich bestimmt niemandem im Weg.

Am nächsten Morgen schultere ich den Rucksack, um weiter dem Countdown in Richtung Mora zu folgen. Am Rand der Loipe gibt es alle tausend Meter ein Schild, das die verbleibenden Kilometer bis zum Ziel angibt. Mein Schlafplatz lag nahe der 55. Es folgen 54, 51, 48, 47, 43, 42, 41, 38, 33… Manche Schilder nehme ich nicht wahr, weil ich einfach zu verträumt bin. Andere entgehen mir, weil der Wanderweg gerade mal wieder abseits der Loipe als Pfad tiefer im Wald verläuft.

Nun, da meine Tour ihrem Ende entgegengeht, geschieht es beinahe automatisch, dass ich anfange, die lange Zeit des Unterwegsseins Revue passieren zu lassen. Während ich nichts weiter zu erledigen habe, als einen Fuß vor den anderen zu setzen, schweifen meine Gedanken frei und zwanglos in alle möglichen Richtungen. Im Vordergrund steht ein Gefühl der Freude und Dankbarkeit. Ich kann ohne zu lügen behaupten, dass ich während meiner gesamten Reise beinahe ununterbrochen glücklich war. Nur mit dem, was ich tragen kann, einfach in den Tag hineinzulaufen, lässt mich spüren, was ich wirklich benötige und was tatsächlich von Bedeutung ist. Im hektischen Alltag verliere ich dieses Wesentliche oft aus dem Blick und bilde mir ein, irgendetwas erreichen zu müssen, was mir zu meinem Glück noch fehlt. Unterwegs hingegen empfinde ich eine wohltuende innere Ruhe und Gelassenheit, weil mir mit jedem Schritt bewusster wird, dass ich alles, was ich brauche, bereits habe.

Am nächsten Morgen blicke ich in einen trüben Herbsthimmel. Die Sonne lässt sich hinter den Wolken nur hier und da erahnen, so richtig herauskommen will sie nicht. Für den späten Nachmittag ist Regen angesagt, der die ganze Nacht über anhält. Doch wenn ich nicht zu sehr trödele, kann ich es rechtzeitig in eine Hütte schaffen. Ich beeile mich also, aber wie immer langsam. Innerlich bleibe ich voll und ganz in besinnlich-kontemplativer Verfassung. Meine Gedanken springen munter zwischen dem, was war, und dem, was kommt, hin und her. Diese spezielle Stimmung am Ende einer langen Wanderung kenne ich schon von früheren Touren. Man könnte sagen, ich empfinde Vorfreude und Nachfreude im Wechsel. Ich weiß, dass es den Begriff „Nachfreude" nicht gibt, doch warum eigentlich nicht!? Schließlich kann man sich nicht nur auf etwas Zukünftiges, sondern ebenso gut auch über schöne Erinnerungen freuen.

Um den grauen, finster wirkenden Wald etwas aufzulockern, liegen ein paar Dörfer am Weg. Die roten Holzhäuschen wirken wie grelle Farbkleckse, die die Welt ein wenig bunter machen. Ich passiere die fünfte und einige Stunden später auch noch die sechste Skipausenstation, jeweils mit Trinkwasserknopf. So viel Zivilisation auf einmal fühlt sich ungewohnt an, aber es ist wichtig, dass ich mich allmählich wieder daran gewöhne. Denn, wenn ich Ende Oktober zurück in Berlin bin, werde ich mit deutlich mehr klarkommen müssen als ein paar Wasserhähnen und Bullerbü-Hütten.

Doch immer mit der Ruhe. Noch bin ich hier und Akklimatisierungsprozesse brauchen Zeit. Als nächste Stufe zunehmender Urbanität kommt erstmal Mora. Der Countdown am

Wegesrand zählt weiter runter: 23, 21, 20, 18, 17... und meine aus Vor- und Nachfreude gemischte Euphorie steigert sich mit jedem Schritt. Es fühlt sich beinahe an, als stünde Weihnachten vor der Tür, und ein bisschen erinnern mich die ständigen Zahlen am Wegesrand tatsächlich an einen rückwärts laufenden Adventskalender. Direkt hinter Türchen Nummer 9 liegt die letzte Skipausenstation und daneben die Hütte. Geschafft! - noch knapp vor den ersten Regentropfen. Die letzten neun Kilometer Vasaloppsleden hebe ich mir für morgen auf.

Während ich mich drinnen einrichte, gehen mir eine Menge Dinge durch den Kopf, die in die Kategorie Vorfreude gehören: Eine Sitzgelegenheit mit Lehne zum Beispiel, vielleicht sogar gepolstert, Abendessen nicht immer nur im Dämmerlicht oder Taschenlampenschein, mal wieder was anderes als Tütensuppe und Nudeln mit kurzer Kochzeit, richtigen Kaffee aus einer richtigen Tasse, mein eigenes Bett und auf dem Nachttisch mehrere Bücher zur Auswahl... Die Liste könnte ewig weitergehen: Fernseher, warme Dusche, Rasierapparat, Wasserkocher, Heizung, Waschmaschine, und, und, und... Allein schon die völlig profanen Dinge sind mir ein Grund zu überschwänglicher Vorfreude, die sich noch um ein Vielfaches steigert, wenn ich an das denke, was wirklich von Bedeutung ist. Und dafür brauche ich keine lange Aufzählung, eigentlich genügt ein einziger Satz: Ich freue mich, all die Menschen wiederzusehen, die ich über lange Zeit hinweg vermisst habe, allen voran meinen Mann Martin.

Nachdem es nachts kräftig aufs Hüttendach geprasselt hat, scheint am nächsten Morgen mindestens ebenso kräftig die Sonne auf die Terrasse. Der Himmel ist strahlend blau und nur ein paar riesige Pfützen erinnern noch an den Regen. Da muss ordentlich was runtergekommen sein. Gut, dass ich nicht im Zelt geschlafen habe. Sonst wäre ich auf den letzten Kilometern nochmal richtig schön durchgeweicht. So aber starte ich trocken in den Tag und kann mich darüber freuen, wie schön sich der sonnige Wald auf den nassen Wegen spiegelt.

Der Countdown läuft sich runter wie nichts und an jedem neuen Türchen jubele ich innerlich kurz auf. Bereits um die Mittagszeit steht mein kleines rotes Häuschen fertig eingerichtet auf dem Campingplatz. Morgen kommt noch eine letzte Etappe bis in unser Sommerhäuschen, aber jetzt nehme ich mir erstmal Zeit für einen Stadtspaziergang.

Mora ist nur noch knapp dreißig Kilometer von unserem Häuschen entfernt. Hierher fahren wir zum Einkaufen. Ich kenne mich also aus und drehe eine mir wohlbekannte Runde am Kirchturm vorbei, durchs Stadtzentrum, das ein paar schmucke alte Holzhäuser zu bieten hat, und hinunter zum Siljansee. Auf der Uferpromenade steht unübersehbar das mit vier Metern Höhe größte hölzerne Dalapferd der Welt. Das Schnitzen der normalerweise eher handtellergroßen rot bemalten Pferdchen hat in dieser Region eine jahrhundertelange Tradition. Mittlerweile haben sie sich vom Wahrzeichen Dalarnas zu einem Symbol für ganz Schweden gemausert und sind zu einem beliebten Souvenir und Deko-Element geworden.

Eine weitere Sehenswürdigkeit in Mora ist der Vasaloppet selbst. Die letzten paar hundert Meter der Skistrecke führen nämlich mitten durch die Stadt. „I fäders spår för framtids segrar" steht auf dem Tor, das die Skifahrer passieren, wenn sie am Ziel sind. „In der Spur der Väter für die Siege der Zukunft" – klingt vielleicht ein bisschen merkwürdig, bezieht sich aber rein aufs Skifahren und stammt als Motto noch vom allerersten Vasaloppet im Jahr 1922.

Natürlich laufe auch ich durch das Tor, doch mein persönlicher und tatsächlicher Zieleinlauf beginnt erst am nächsten Morgen. Ich verlasse Mora und den Vasaloppet, winke dem in der Ferne verschwindenden Kirchturm zu und wende mich dann meiner allerletzten Etappe entgegen. Sie besteht aus einem gelungenen Mix aus roten Häuschen, einsamen

Waldwegen, wo das goldene Laub unter meinen Füßen raschelt, und Landstraßen mit Panoramablick. Zwischendurch taucht immer wieder irgendwo der Siljansee auf mit seinen unzähligen Buchten und Inseln. Der Siljan ist Schwedens siebtgrößter See und hat eine sehr charakteristische, ziemlich zerklüftete Form, was daran liegt, dass er durch einen Meteoriteneinschlag entstanden ist. Kaum zu glauben, dass sich unter den harmlosen, kleinen Wellen der mit 55 Kilometern Durchmesser größte Meteoritenkrater Europas befindet.

In dem Dorf Gesunda zweige ich vom Ufer ab, um einen Weg hinauf auf die dicht mit Nadelbäumen bewachsenen Hängen der Umgebung einzuschlagen. Vorher jedoch treffe ich Martin, der gestern mit dem Zug in Berlin losgefahren ist und in wenigen Minuten mit dem Bus hier ankommen wird. Das letzte Stück bis zur Haltestelle renne ich, um unbedingt vor ihm da zu sein. Zwar würde Martin selbstverständlich auf mich warten, doch hatte ich mir unser Wiedersehen immer so ausgemalt, dass ich eher da bin und den Bus ankommen sehe. Ich schaffe es gerade noch rechtzeitig und alles ist genauso, wie es sich in meiner Vorstellung während der letzten Monate dutzende Male ereignet hat.

Wie geplant wandern wir meinen Endspurt gemeinsam. Es sind noch sieben Kilometer, die, weil wir uns so viel zu erzählen haben, wie im Flug vergehen. Der Wald wird mit jedem Schritt vertrauter. Noch knapp im Hellen laufe ich die allerletzten Meter meiner Tour bis in den Garten unseres Sommerhäuschens. Hier ist meine 4500 Kilometer lange Schlangenlinie kreuz und quer durch Schweden komplett.

Sprachlos lasse ich mich auf die Wiese zwischen die bunten Blätter fallen und starre in den dunkelblauen, abendlichen Herbsthimmel empor. Zu begreifen, dass ich wirklich angekommen bin, davon bin ich im Augenblick noch weit entfernt. Doch das macht nichts, im Gegenteil, je mehr Zeit ich mir damit lasse, desto länger bleiben meine Gedanken auf dem Weg und desto lebendiger wird meine Reise in mir nachhallen. Wenn ich mich langsam genug beeile, dann vielleicht sogar für immer.